고검독보

고검독보 1

천성민 新무협 판타지 소설

초판 1쇄 찍은 날 § 2016년 11월 17일
초판 1쇄 펴낸 날 § 2016년 11월 24일

지은이 § 천성민
펴낸이 § 서경석

편집책임 § 이지연

펴낸곳 § 도서출판 청어람
등록번호 § 제387-1999-000006호
등록일자 § 1999. 5. 31
어람번호 § 제2-2690호

주소 § 경기도 부천시 원미구 부일로 483번길 40 서경B/D 3F (우) 14640
전화 § 032-656-4452 팩스 § 032-656-4453
http://www.chungeoram.com
E-mail § chungeorambook@daum.net

ISBN 979-11-04-91054-8 04810
ISBN 979-11-04-91053-1 (세트)

①

천성민 新무협 판타지 소설

FANTASTIC ORIENTAL HEROES

고검독보

도서출판 청어람

目次

고검독보

序一

오 년 전, 형이 열셋, 내가 아홉이 되었을 때 아버지께서 갑자기 집을 떠났다. 가지 말라고 바짓가랑이를 붙잡은 나를 냉정하게 떨치며 돌아선 아버지가 남긴 말은 '아이를 키우면 깨닫는 것이 있을 거라더니, 다 헛소리였군'이었다.

아버지가 남긴 것은 은자 몇 개와 쌀 넉 섬, 그리고 무공비급 몇 권이었다. 그날부터 형은 무슨 생각이었는지 아버지가 남기고 간 무공을 익히기 시작했다.

그리고 삼 년 후, 형이 아버지를 찾아오겠다며 길을 나섰다. 곧 돌아오겠다고 했지만 형이 다시 돌아올 것 같지는 않았다.

그렇게 나는 혼자가 되었다.

홀로 남은 나는 역시나 형처럼 무공을 익히기 시작했다. 혼

자라는 외로움과 긴 시간을 잊는 데는 무공 수련만큼 좋은 것
이 없었다.

그렇게 이 년.

문득 궁금해졌다.

어째서 두 사람은 나를 버려두고 떠난 것일까.

그 이유를 묻기 위해 나는 집을 나섰다.

내가 열다섯이 되던 해의 일이었다.

序二

열다섯, 강호 출두.

복건 무림의 태산북두라고 할 수 있는 삼합문과의 사소한 시비 끝에 문주 이하, 삼대검수를 모조리 귀천시키면서, 삼합문의 숨겨진 비리를 만천하에 드러냈다.

그 일로 소년 검귀라는 이름이 널리 알려졌다. 그때부터 소검귀의 협명은 하루하루 드높아졌다.

복건 무림을 어지럽히던 녹림거마가 그의 검 아래 고혼이 되었고, 그를 추종하는 무리가 생기기도 했다. 그러나 언제나 홀로 서는 것을 좋아했던 그는 무리 짓는 것을 마다하였다.

어느샌가 세인들은 그를 고독검협이라 부르기 시작했다.

나이 약관에 이르러서는 당대에 검객들이 수위를 논하는 화산비검회에서 독보적인 두각을 드러냈다. 비록 우승자인 무당의 검룡진인에게 일초 반식의 차이로 패배하였지만, 누구도 그를 허수히 볼 수 없었다.

고독검협은 화산비검회의 최연소 참가자였고, 검룡진인의 나이가 불혹에 이르렀으니.

이렇듯 숱한 족적을 남긴 고독검협이었지만, 그는 강남 무림에 크게 암약하며 세상을 어지럽힌 마라천과의 결전 이후에 홀연 모습을 감추었다.

아는 사람들은 말한다.

고독검협, 그가 마라천의 천주와 부천주, 두 사람을 상대하여서 경천동지의 대결 끝에 둘을 베어버리고는 하늘이 다한 사람처럼 통곡을 하였다더라.

다른 것은 떠도는 풍문에 지나지 않았지만, 고독검협이 두 마인의 시신을 수습하고서 세상에서 모습을 감춘 것만은 분명한 사실이었다.

그리고 수 년, 고독검협 사진량의 이름은 차츰 잊혀가고 있었다.

第一章

무인도의 괴인(怪人)

쏴아! 쏴아!

파도 소리가 시원하게 들려오는 작은 어촌 마을. 순박한 인상의 어부 청년과 한 노인이 실랑이를 벌이고 있다.

"안 되우. 거긴 절대 못 간단 말유."

"약속했던 금액의 두 배, 아니, 세 배를 주지. 그래도 아니 되겠소?"

"몇 번을 말해야 알아들으시겠수? 거긴 암초도 많고, 해류도 복잡해서 접근 자체가 불가능하단 말유."

"다섯 배."

"아무리 그래도 안 되는 건 안 되는 거유."

노인이 계속해서 회유하려 했지만 어부 청년은 요지부동이었다. 한참을 그렇게 실랑이를 벌이던 노인은 뭔가를 결심한 듯 굳은 얼굴로 어부 청년에게 오른손을 활짝 펼쳐 보였다.

"내 거기까지 데려다 주면 금자 닷 냥을 내겠네."

순간 어부 청년의 눈이 휘둥그레졌다. 금자 닷 냥이라면 아무 일을 하지 않아도 몇 년은 충분히 지낼 수 있는 엄청난 금액이었다. 어부 청년의 마음이 흔들렸다. 그것을 눈치챈 노인이 왼손을 들어 손가락 두 개를 더 펼쳤다.

"그 섬까지 무사히 도착하면 금자 두 냥을 주지. 어떤가?"

어부 청년의 동공이 지진이라도 난 것처럼 크게 흔들렸다. 고작해야 무인도에 노인을 데려다 주는 것에 비해 상상할 수 없을 정도로 엄청난 보상이었다. 하지만 그것의 담보는 바로 자신의 목숨이었다.

어부 청년은 한참이나 고민했다. 어쩌면 인생을 한 방에 역전시킬 수 있는 일생일대의 기회일지도 모른다. 성공만 한다면 병든 노모를 편안히 모실 수 있을 것이다.

하지만 목숨이 달린 문제였다. 수십 년의 경험이 쌓인 노련한 어부들조차도 쉬이 다가가지 못하는 해역(海域)이었다. 실수로 다가갔다가 목숨을 잃은 어부도 부지기수였다.

성공한다면야 인생 역전이었지만 실패하면 바로 모든 것을 잃게 될 수도 있었다.

꿀꺽!

어부 청년은 저도 모르게 침을 삼켰다. 엄청난 보상을 생각하면 쉽게 결정을 내릴 수 없는 일이었다. 한참을 고민해 보았지만 결국 어부 청년은 노인의 제안을 거절했다.

"아무리 그래도 안 되겠구먼유. 너무 위험한 일이유."

"정말로 안 되겠나?"

노인은 간절한 얼굴로 다시 한 번 물었다. 이미 수십 번이나 다른 어부나 뱃사람들에게 퇴짜를 맞은 노인이었다. 그래도 혈기왕성한 젊은 어부라면 다를 줄 알고 제안을 한 것이었다.

"안 되겠수. 다른 데서 알아보시구려."

어부 청년은 아쉬움이 가득한 얼굴로 고개를 내저었다. 노인은 크게 실망한 듯 눈에 띄게 어깨를 축 늘어뜨렸다. 왠지 모를 미안함에 어부 청년은 뒷머리를 긁적이며 천천히 돌아섰다. 인생 역전의 기회를 놓쳤다는 아쉬움과 그래도 목숨은 건졌다는 안도감에 어부 청년은 길게 한숨을 내쉬었다.

"자, 잠깐!"

터벅터벅 걸음을 옮기던 어부 청년은 갑작스레 들려온 노인의 외침에 그 자리에서 멈춰 섰다. 어부 청년은 고개를 돌리며 물었다.

"또 왜 그러시우?"

"거기까지 가는 게 힘들면 배라도 팔게! 금자 열 냥을 주겠네."

"그, 금자 열 냥 말이우?"

어부 청년의 눈이 크게 휘둥그레졌다. 노인은 대답 대신 품속에서 곧장 금자 열 냥을 꺼내 들었다. 조금 때가 타기는 했지만 은은한 황금빛이 나는 진짜 금자였다.

노인으로서는 이것이 마지막 수단이었다. 그동안 수많은 사람에게 배를 팔라고 제안을 해보았지만 미친 사람 취급받기 일쑤였다. 백이면 백, 해류에 얽혔다간 난파(難破)당해 목숨을 잃고 마는 해역에 가겠다는 것도 모자라, 아예 배를 사서 혼자서라도 가겠다고 하니 뱃사람들에게는 당연히 미친 사람처럼 보였다.

하지만 노인이 보기에 어부 청년은 다른 뱃사람과는 조금 달라 보였다. 때문에 배를 팔라는 제안을 한 것이었다.

어부 청년의 눈이 바르르 떨렸다. 어부 청년의 손이 저도 모르게 노인의 손안에 있는 금자로 향했다..

"배를 팔지 않으면 줄 수 없네."

어부 청년의 손끝에 금자가 닿을 듯하자 노인은 그대로 휙, 손을 거두며 말했다. 어부 청년은 아쉬움이 가득한 얼굴로 품속으로 사라진 노인의 손을 좇았다. 그러다 노인과 눈이 마주쳤다. 노인의 눈빛이 '어쩔 텐가?'라고 묻는 것 같았다. 잠시 고민하던 어부 청년은 이내 고개를 끄덕였다.

"배, 배를 팔겠수."

좌악! 좌악!

거센 파도가 뱃전을 후려쳤다. 금방이라도 뒤집힐 듯 배가 크게 출렁였다. 혹시라도 놓칠까 노를 꽉 잡은 노인은 이를 악물고 저 멀리 희미하게 보이는 무인도를 뚫어져라 쳐다보았다.

"내 반드시 가고야 만다!"

빠득 이를 악물며 노인은 내공을 끌어 올렸다. 그래도 젊은 시절에는 장강교룡(長江蛟龍)이라 자처할 정도로 배에 어느 정도 익숙한 노인이었다. 게다가 강호의 내로라하는 절정의 고수까지는 아니더라도 일류에 준하는 무공을 익힌 터라 아무리 파도가 거칠어도 배가 쉽사리 뒤집히지는 않았다.

하지만 쉴 새 없이 몰아치는 거친 바람과 파도에 노인은 점점 지쳐 가고 있었다.

콰르릉! 콰쾅!

어느샌가 천둥 번개가 내리치고 거센 비바람이 쏟아져 내리기 시작했다. 파도는 더욱 높아져 작은 고깃배가 몇 장이나 튀어 오를 정도였다.

"끄윽!"

노인은 빠득, 소리가 날 정도로 이를 악문 채 노를 잡고 버텼다. 순간 십여 장이나 되는 높은 파도가 다가오는 것이 눈에 들어왔다. 노인은 온 힘을 다해 노를 저으며 뱃머리를 돌리려 했다.

빠직!

쏟아져 내리는 뇌우(雷雨) 사이로 둔탁한 파열음이 터져 나왔다. 노인이 꽉 움켜쥐고 있는 노가 파도를 버티지 못하고 두 조각이 나버렸다. 노에 몸을 지탱하고 있던 노인은 균형을 잃고 크게 휘청거렸다.

노인은 천근추(千斤錘)의 수법으로 남은 내공을 쥐어짜며 두 다리로 밀어 넣었다. 노인이 간신히 몸의 균형을 되찾은 찰나, 눈앞을 뒤덮은 시퍼렇고 거대한 물보라가 방향을 잃은 배를 덮쳐왔다.

콰르륵! 촤아악! 콰자작!

한 차례 배가 크게 출렁이자 노인은 그대로 허공에 튕겨 나가떨어졌다. 그와 동시에 파도에 휩싸인 배가 산산조각 났다. 쉬지 않고 몰아치는 거센 물보라에 온몸을 단단한 방망이로 얻어맞은 것 같았다.

"큭!"

절로 신음이 터져 나왔다. 다급히 내공을 끌어 올렸지만 단전(丹田)에 허탈감만이 느껴질 뿐이었다.

쿠르르르! 촤아악! 첨벙!

다시 한 번 거센 파도가 온몸을 후려쳤다. 그 충격으로 노인의 몸이 망망대해로 빨려 들어갔다. 정신이 아득해졌다. 그 순간 흐릿해져 가는 노인의 눈에 박살 난 배의 나무 조각이 보였다. 노인은 본능적으로 나무 조각을 향해 손을 뻗었다.

노인이 나무 조각을 잡은 순간!

콰르륵! 촤아악!

어마어마한 높이의 파도가 그대로 노인을 완전히 집어삼켜 버렸다.

＊　　　　＊　　　　＊

"그 아이를 찾아와 주게, 장노(張老)."

"아니 될 말입니다. 제가 어찌 주군의 곁을 떠난단 말입니까?"

"제발 부탁이네. 그 아이가 아니면 본가(本家)는……. 내 마지막 부탁일세. 부디 들어주시게."

"마지막 부탁이라니, 무슨 그리 약한 말씀이십니까? 주군께서는 금방 괜찮아지실 겁니다."

"아닐세. 내 몸 상태는 누구보다 내가 더 잘 알아. 얼마 버티지 못할 걸세."

"주군……."

"그러니 이렇게 부탁하겠네. 부디 그 아이를 찾아와 주시게. 살아만 있다면 반드시 찾을 수 있을 걸세."

"……."

"제발 부탁하네."

"알… 겠습니다, 주군……."

할짝! 할짝!

자신이 길을 떠날 결심을 한 그날의 꿈을 꾸던 노인의 볼에 뭔가 물컹거리고, 따뜻한 살덩이 같은 것이 닿았다. 누군가의 입김 같은 것도 느껴졌다. 살덩이가 얼굴을 스칠 때마다 찐득한 액체가 묻어났다.

"으, 으음……."

노인은 저도 모르게 낮게 신음했다. 온몸이 으스러지기라도 한 것처럼 지독한 통증이 느껴졌다. 사지가 부러진 듯 꼼짝도 할 수 없었다. 하지만 이상하게도 따뜻한 살덩이가 얼굴을 스칠수록 조금씩 통증이 줄어드는 것 같았다.

하지만 노인은 아직 눈을 뜰 수 없었다. 눈꺼풀이 마치 수백, 수천 근의 쇳덩이라도 된 것처럼 무겁기만 했다. 어느샌가 얼굴이 질퍽한 액체로 흥건해졌다.

노인은 눈을 감은 채 조용히 내공을 끌어 올렸다. 단전이 텅비어 허탈감만 느껴졌다. 나무 조각 하나에 의지한 채 파도와 싸우느라 내공을 모두 허비한 것이다. 노인은 고통을 감내하며 억지로 운기행공(運氣行功)을 시작했다.

일각 정도 시간이 지나자 한 줌의 내공이 회복되었다. 그때까지도 정체불명의 살덩이는 계속해서 노인의 얼굴을 미끄러지듯 오가고 있었다. 노인은 회복된 내공을 끌어 올리며, 억지로 눈을 뜨려 했다. 무겁기만 하던 눈꺼풀이 서서히 들어 올려졌다. 미세한 움직임이었지만 온몸의 근육이 비명을 질러댔다.

"끄, 끄으……."

절로 신음이 터져 나왔다. 하지만 노인은 내공을 일주천(一週天)하며 눈을 뜨려 애썼다. 이윽고 간신히 반개(半開)한 노인의 눈에 자신을 내려다보고 있는 희미한 형상이 보였다. 얼핏 보기에는 사람처럼 보였지만 덩치가 몇 배는 크고 온몸에 시커먼 털이 가득했다.

'뭐, 뭐지……?'

당황한 노인이 저도 모르게 입술을 달싹였지만 소리는 나오지 않았다. 흐릿한 형상이 조금씩 선명해져 갔다. 하지만 노인이 채 눈앞의 형상이 무엇인지 알아채기도 전에 시커먼 형상의 입에서 튀어나온 커다란 혓바닥이 노인의 얼굴을 한 차례 길게 훑고 지나갔다. 얼굴이 진득한 침으로 흥건해졌다.

"끄, 끄읍!"

노인은 저도 모르게 짧은 신음을 터뜨렸다. 벌어진 잇새로 침이 흘러 들어왔지만 뱉어낼 기운도 없었다. 시커먼 형상의 혓바닥은 맛있는 음식을 맛보기라도 하는 양, 노인의 얼굴과 몸을 마구 핥았다. 그제야 노인은 시커먼 형상이 무엇인지 알아챌 수 있었다.

건장한 체구의 성인 남성의 서너 배는 됨직한 커다란 덩치의 성성이였다. 성성이가 노인을 끌어안은 채, 혓바닥으로 노인의 온몸을 핥고 있었다.

성성이의 혀가 몸을 스칠 때마다 통증과 함께 섬뜩한 기분이 들었다. 몸을 적시는 진득한 침은 섬뜩한 느낌을 더욱 강하게 만들었다. 원래 성성이가 육식(肉食)을 하지 않는다는 것은 알고 있었지만, 지금 상황에서는 그런 사실이 중요하지 않았다.

문득 성성이와 노인의 반개한 눈이 마주쳤다. 노인의 상반신을 핥던 성성이는 눈이 마주치자 멈칫하더니, 노인을 향해 누런 이를 드러내며 씨익 미소를 지었다. 그 순간 드러난 날카로운 송곳니에 노인의 눈이 동요로 크게 흔들렸다.

금방이라도 성성이가 저 날카로운 이빨로 자신을 갈가리 찢어버릴 것만 같았다. 그런 노인의 생각을 눈치채기라도 한 것인지, 성성이의 얼굴이 천천히 가까워졌다. 간신히 회복된 미약한 내공을 온 힘을 다해 끌어 올린 노인이 몸을 움직이려 해보았지만 아무 소용 없었다. 그저 간신히 손가락 끝만 까딱할 수 있을 뿐이었다.

자신의 마지막을 직감한 노인은 눈을 질끈 감았다. 마지막으로 노인의 눈에 들어온 것은 입을 쩍 벌린 채 다가오는 성성이의 얼굴이었다.

'제, 젠장! 죄송합니다, 주군! 내 저승에서 백배사죄하겠습니다.'

날카로운 성성이의 이빨이 덮칠 것을 떠올리며 노인은 주군의 명을 따르지 못한 스스로를 탓했다. 이내 모든 것을 내려놓은 노인은 차분히 마지막을 기다렸다.

하지만 이상했다.

생살이 씹히는 고통을 예상했지만 아무런 일도 일어나지 않았다. 그저 성성이의 강한 콧김이 얼굴에 닿을 뿐이었다. 오히려 더욱 큰 긴장이 밀려왔다. 성성이가 자신을 어떻게 할지 도무지 상상이 가지 않았다.

그때였다.

파파파팍!

조금 떨어진 곳에서 무언가가 날아드는 파공성이 들려왔다.

"우끼?"

성성이가 움찔하며 고개를 돌리는 것 같은 느낌이 들었다. 노인은 저도 모르게 눈을 뜨려고 했다. 노인이 억지로 눈꺼풀을 약간 들어 올린 순간!

빠아악!

"우킥!"

묵직한 타격음과 함께 고통에 찬 성성이의 비명이 터져 나왔다. 그 바람에 성성이가 안고 있던 노인을 놓쳐 버렸다.

털썩!

폭신한 모래 바닥에 노인의 등이 부딪쳤다. 높은 곳에서 떨어진 것은 아니었지만 온몸이 으스러질 것 같은 통증에 노인은 저도 모르게 신음을 토해냈다.

"크윽!"

어마어마한 통증에 저도 모르게 눈이 번쩍 떠졌다. 바닥에 떨어진 굵은 나뭇가지와 뒤통수를 부여잡고 펄쩍펄쩍 뛰고 있는 성성이의 모습이 눈에 들어왔다. 성성이의 거대한 몸이 바닥에 쿵, 하고 떨어질 때마다 노인의 몸이 크게 흔들리고 통증이 밀려왔다.

"내가 사람은 먹는 게 아니라고 몇 번을 말했더라?"

몸이 흔들릴 때마다 느껴지는 지독한 통증에 정신이 아득해져 가는 노인의 귓가에 낭랑한 음성이 날아들었다. 그 순간 성성이가 움찔하며 움직임을 멈췄다.

성성이는 한 손으로 뒷머리를 긁적이며 고개를 돌렸다. 우연히도 성성이의 시선이 향한 곳으로 노인의 몸이 뒤집혀져 있었다.

무성한 수풀 사이로 누군가 천천히 걸어 나오고 있었다. 머리칼과 수염이 덥수룩하고, 옷은 얼마나 오래 입은 것인지 제형상을 알아볼 수 없을 정도로 헤져 있었지만 분명히 사람이었다.

그와 눈을 마주친 성성이는 풀이 죽은 듯, 그 자리에 주저앉으며 어깨를 축 늘어뜨렸다. 숲 속에서 나온 사내는 성성이를 스쳐 지나며 괜찮다는 듯 어깨를 툭 건드렸다. 이내 성성이가 벌떡 일어나 사내의 뒤를 쫓았다. 사내는 곧장 노인에게로 다가왔다.

누구냐고 묻고 싶었지만 지독한 통증에 노인은 버티지 못하고 의식의 끈을 놓아버렸다. 아득해져 가는 의식 속에서 사내의 나직한 음성이 들려왔다.

"이거야 원, 멀쩡한 곳이 하나도 없네. 이거 혹시 네가 그런 거냐?"

탁! 타타탁!

잘 마른 나무 타들어가는 소리가 조용한 야공(夜空)을 어지럽혔다. 그와 함께 고기를 굽는 구수한 냄새가 조용히 코끝으로 흘러들었다. 노인은 그제야 서서히 의식을 되찾았다. 아직까지 통증이 남아 있었지만 많이 좋아진 상태였다.

"끄응……!"

노인은 나직한 신음을 흘리며 천천히 눈을 떴다. 마치 요람에라도 누워 있는 것처럼 따뜻하고 포근했다. 억지로 고개를 돌리자 모닥불 맞은편에서 꿩을 굽고 있는 털북숭이 사내의 모습이 눈에 들어왔다.

"깼나?"

털북숭이 사내는 노인을 흘끗 쳐다보며 입을 열었다. 겉보기보다는 나이가 젊어 보이는 목소리였다. 노인은 말을 하려고 입술을 달싹였지만 소리가 나오지 않았다. 어느새 털북숭이 사내가 손가락을 퉁겨 아혈(啞穴)을 점한 탓이었다.

"될 수 있으면 아무 소리도 내지 말고, 그냥 가만히 있는 게 좋을 거야. 워낙에 상세가 심해서 말야."

노인은 허공을 격하고 날아든 사내의 음유한 기운에 짐짓 놀랐다. 전혀 눈치채지 못한 사이에 아혈을 제압당한 것이다.

노인은 놀란 눈으로 털북숭이 사내를 쳐다보았다. 사내는 노인의 시선에도 아랑곳하지 않고 굽고 있던 꿩고기를 집어 들었다.

꼬륵!

노인은 문득 잊고 있던 허기를 느꼈다. 기름이 쫙 빠져나가 잘 구워진 꿩고기를 보고 있자니 뱃속이 먹을 것을 달라고 아우성이었다. 막 꿩고기를 먹으려던 사내가 멈칫했다. 사내는 알겠다는 듯 피식 미소를 지으며 꿩고기를 불 가로 내려놓았다.

"이런, 깜박했네."

천천히 몸을 일으킨 사내는 모닥불의 빛이 닿지 않는 어두운 곳에서 주먹 정도 크기의 노란색 과일을 가져왔다. 노인에게 다가간 사내는 노란색 과일을 반으로 쪼개더니 노인의 입에 밀어 넣었다.

갑자기 커다란 과일이 입안에 들어오자 숨이 탁 막혔다. 음식을 씹을 힘도 없는 상황이라 노인은 그저 과일을 입에 담고 있을 뿐이었다. 절로 신음이 터져 나왔지만 아혈을 점한 상태라 소리가 나오진 않았다.

사내는 아무렇지도 않은 얼굴로 손을 뻗어 노인의 울대를 손가락으로 살짝 건드렸다.

꿀꺽!

노인은 저도 모르게 입안의 과일을 씹지도 않고 통째로 삼켜 버렸다. 사내는 씨익 미소를 짓더니 나머지 과일 반쪽도 노인의 입에 밀어 넣었다. 역시 사내가 울대를 툭 건드리자 과일은 부드럽게 식도를 타고 흘러들었다.

씹지도 않고 넘긴 과일이었지만 이상하게 속이 불편하지 않았다. 무언가 찌르르한 느낌이 들더니 허기가 사라지고 포만감이 가득했다. 뿐만 아니라 갑자기 텅 비어 허탈감이 느껴지던 단전에서 화끈한 열기가 치솟기 시작했다.

득! 드드득!

단전에서 치솟은 열기가 노인의 혈맥(穴脈)을 빠른 속도로 맴돌았다. 낡은 가죽 북을 두드리는 것 같은 소리가 전신에서 터져 나왔다. 이상하게도 통증보다는 굳은 근육이 부드럽게 풀어지는 것 같은 상쾌함만이 느껴졌다.

'도, 도대체 내가 뭘 먹은 거지?'

노인은 자신의 몸의 변화에 놀랄 수밖에 없었다. 아무래도 보통의 과일이 아닌 영약(靈藥)인 것 같았다. 잠시 노인의 상태를 보던 사내는 이내 원래 있던 자리로 돌아가 꿩고기를 뜯어 먹기 시작했다.

의문을 느끼는 것도 잠시, 노인은 사내의 움직임도 알아채지 못하고 자신의 혈맥을 맴도는 열기에 온 신경을 집중했다. 어느샌가 열기가 사그라지고, 노인의 온몸이 땀으로 흠뻑 젖었다. 마치 전력으로 경공을 펼쳐 장거리를 달린 것처럼 몸이 녹초가 되었다.

그에 반면, 근육은 부드럽게 풀려 긴장이 사라지고 한없이
편안한 기분이 되었다. 전에 없이 느껴지는 편안함에 노인은
그대로 까무룩 잠이 들어버렸다.

"우끼!"
할짝! 할짝!
성성이의 낮은 울음과 부드럽게 몸을 훑는 살덩이의 감촉에
노인은 천천히 눈을 떴다. 게걸스럽게 침을 흘리며 노인의 몸
을 훑고 있는 성성이의 모습이 보였다. 노인은 움찔 놀라며 억
지로 몸을 비틀었다. 하지만 사지가 부러져 부목으로 몸을 고
정한 터라 움직여지지 않았다.

"그냥 가만히 있어. 지저분해 뵈도 그 녀석 침에는 진통 효과
가 있으니까."

어디선가 홀연히 들려온 낯익은 음성에 노인은 눈을 돌려
사내의 모습을 찾았다. 털북숭이 사내는 백여 장은 넘어 보이
는 거리의 거대한 바위에 앉아 조잡한 낚싯대를 바다에 드리우
고 있었다. 상당한 거리가 있음에도 바로 귓가에서 속삭이는
것처럼 선명하게 들린 사내의 목소리에 노인은 놀라움을 감추
지 못했다.

'어, 엄청난 내공! 서, 설마……?'

노인은 문득 머릿속을 스치는 생각에 눈을 휘둥그레 떴다.
당장에라도 확인하고 싶었지만 말도 할 수 없고, 몸도 움직여지

지 않으니 어쩔 수 없는 일이었다.

할짝! 할짝!

그러는 중에도 성성이의 혓바닥은 쉬지 않고 노인의 몸을 핥아갔다. 온몸이 진득한 침으로 흠뻑 젖어들었다. 희한하게도 통증이 줄어들기는 했지만 과히 기분이 좋지는 않았다.

"우끼?"

문득 노인과 눈이 마주친 성성이가 고개를 갸웃거렸다. 하지만 이내 성성이는 누런 이를 드러내며 히죽 미소를 지었다. 그 모습을 보고 있자니 친근감보다는 찝찝한 기분이 들어 노인은 그대로 눈을 감아버렸다.

                    *   *   *

대체 며칠이나 지났을까.

노인의 시간 감각은 무뎌질 대로 무뎌졌다. 그도 그럴 것이 깊은 상처의 치유 때문인지 대부분의 시간을 잠든 채로 보냈으니 그럴 만도 했다. 가끔씩 정신을 차릴 때면 성성이가 몸을 핥고 있거나, 털북숭이 사내가 정체를 알 수 없는 과일을 먹였다. 하지만 그 덕분인지 노인은 상상할 수 없을 정도로 빠르게 회복되어 가고 있었다.

"으, 으음."

노인은 낮은 신음과 함께 천천히 눈을 떴다. 날이 훤히 밝아 있었다. 누가 가져다 놓은 것인지 처음 보는 커다란 나뭇잎 몇 개가 시원한 그늘을 만들어주었다.

"우끼!"

"우끼끽!"

조금 떨어진 곳에서 성성이의 울음소리가 들려왔다. 한두 마리가 아니었다. 적어도 십여 마리는 되어 보이는 울음소리였다.

노인은 저도 모르게 소리가 들려온 방향으로 천천히 고개를 돌렸다. 몸이 많이 회복된 덕인지 느리기는 하지만 목을 움직일 수는 있었다.

노인의 시선이 자신의 왼쪽 옆으로 향했다. 그 순간, 노인은 자신의 눈에 보인 광경을 믿을 수 없었다. 노인은 반쯤 넋 나간 얼굴로 자신의 눈앞에 펼쳐진 광경을 멍하니 쳐다보았다.

고운 모래가 가득한 해변에 십여 마리의 성성이가 줄을 맞춰 서 있었다. 그동안 노인의 몸을 핥아준 성성이를 필두로 십여 마리의 성성이가 일제히 동일한 움직임을 보이고 있었다.

그것도…….

'서, 성성이가 권법(拳法)을……!'

노인은 찢어져라 휘둥그레진 눈으로 한참이나 성성이들을 쳐다보았다. 성성이들의 움직임으로 보아 하루 이틀 수련한 것이 아니었다. 허공으로 내지르는 주먹은 조금의 흔들림도 없이 곧게 뻗어 나갔고, 아지랑이처럼 희미한 기운이 어려 있었다. 가장 눈에 띄는 것은 역시 맨 앞에 있는 커다란 성성이였다.

후웅! 후우웅!

그동안 노인의 몸을 핥아준 가장 덩치 큰 성성이가 내지르는 주먹은 묵직한 파공성이 선명하게 들릴 정도였다. 게다가 주먹을 감싸고 있는 뚜렷한 권기(拳氣)가 눈에 보였다.

"어때? 시간이나 때울 겸 심심해서 가르쳐 봤는데 제법 쓸 만해 보이지 않아?"

홀연히 귓가로 날아든 털북숭이 사내의 음성에 노인은 천천히 고개를 돌렸다. 어느새 나타난 것인지 사내가 노인의 바로 옆에 앉아 있었다.

제법 쓸 만한 정도가 아니다.

다른 성성이들도 내지르는 주먹에 약간이나마 기를 담을 수 있는 데다, 가장 큰 성성이는 권강(拳罡)에 가까운 수준의 권기를 뿜어내고 있었다. 흔히 말하는 절대고수에 육박하는 내공을 지니고 있다는 소리였다.

사람도 아닌 짐승이 강한 내공을 지녔다니, 믿기 힘든 이야기였다. 하지만 자신의 눈으로 본 사실을 믿을 수밖에 없었다.

"원래부터 녀석들은 내공이 있더군. 내가 한 일이라고는 그저 손발을 놀리는 법을 조금 가르쳐 준 것뿐이야."

"어, 어떻게……?"

노인은 저도 모르게 신음하듯 나직이 중얼거렸다. 내공을 지닌 짐승이라니. 생전 처음 듣는 이야기였다. 털북숭이 사내는 피식 미소를 지으며 말을 이었다.

"이 섬에는 희귀한 영약(靈藥), 영초(靈草), 영과(靈果)가 많이 있지. 그런 것들을 주식으로 삼고 지낸 녀석들이니 저절로 내공이 쌓였겠지. 그동안 당신이 먹은 과일도 그중 하나야."

노인은 털북숭이 사내에게 강제로 먹여질 때마다 혈맥을 자극해 활성화시켜 주던 노란색 과일을 떠올렸다. 그런 것들을 매일같이 먹고 지냈다면, 가능한 일일지도 몰랐다. 그제야 놀람이 어느 정도 가라앉았다.

"그나저나 몸은 어때? 이제 슬슬 조금씩 움직여도 될 거야."

"내, 내가 이곳에 온 지 얼마나 지났소?"

노인은 힘겹게 천천히 입을 달싹였다. 작긴 했지만 이전과는 달리 소리가 제대로 흘러나왔다. 노인의 질문에 털북숭이 사내는 잠시 생각하는 것 같더니 이내 대답했다.

"열흘… 정도 지난 것 같군."

고작 열흘밖에 지나지 않았다니.

노인은 사내의 말에 화들짝 놀랐다. 분명 사지의 근육이 뒤틀리고 뼈가 부러지는 엄청난 상세였다. 그런데 고작 열흘 만에 뼈가 붙을 정도로 회복이 되었다니. 그저 놀라울 뿐이었다.

"그래도 오늘은 이거나 먹고 몸을 추스르라고."

털북숭이 사내는 여느 때처럼 노란색 영과를 반으로 쪼개 노인의 입에 밀어 넣었다.

"오, 오랜만에 움직이려니 힘들군그래."

노인은 기다란 나뭇가지를 지팡이 삼아 조심스레 걸음을 옮겨갔다. 발이 고운 모래에 닿을 때마다 찌릿찌릿한 느낌이 들었다. 하지만 이전처럼 통증이 느껴지지는 않았다. 부러진 사지가 온전히 붙었다는 증거였다.

"우끼끼!"

어느샌가 옆에 다가온 성성이가 친근한 듯 누런 이를 드러내
며 미소를 지었다. 노인은 저도 모르게 피식 미소를 지었다.

"걱정해 줘서 고맙구나. 덕분에 이렇게 많이 좋아졌단다."

노인의 말을 알아듣기라도 하듯 성성이는 히죽 미소를 지으
며 연신 고개를 끄덕였다. 덩치는 크지만 어쩨 귀여워 보인다
는 생각을 하며 노인은 천천히 해변을 거닐었다. 커다란 성성이
는 마치 지켜주겠다는 듯 노인의 뒤를 조용히 따랐다.

쏴아! 쏴아!

밀려드는 파도 소리가 기분 좋게 들려왔다. 노인은 은은한
미소를 띤 채 가만히 바다를 쳐다보았다. 파도가 그리 세진 않
았지만 조류의 흐름이 특이해 쉽사리 섬을 빠져나갈 수는 없
을 것 같았다. 계속 섬에 있을 수는 없으니 어떻게든 빠져나갈
방법을 생각해야 했다.

하지만 그보다 먼저 확인해야 할 것이 있었다. 잠시 바닷가
를 거닐던 노인은 천천히 돌아서서 모닥불이 있는 곳으로 걸음
을 옮기기 시작했다.

그때였다.

촤악! 촤아악!

갑자기 들려온 커다란 물소리에 노인은 걸음을 멈추고 고개
를 돌렸다. 무엇을 하고 있던 것인지 털북숭이 사내가 바닷속
에서 물 위로 불쑥 솟아올랐다. 사방으로 물이 튀고 사내의 젖

은 머리칼이 흩날렸다. 그 순간, 노인의 눈이 찢어져라 크게 치켜떠졌다.

"저, 저건……!"

흩날리는 젖은 머리칼 사이로 드러난 털북숭이 사내의 왼쪽 날갯죽지에 새겨진 세 줄기의 뇌전(雷電) 문양. 그것을 본 노인은 너무 놀라 한순간 말을 잃었다.

노인은 이내 뭔가에 홀리기라도 한 듯, 지팡이 대신 사용하던 나뭇가지를 버려둔 채 비틀비틀 털북숭이 사내를 향해 걸음을 옮기기 시작했다.

"우끼?"

조용히 뒤를 따르던 커다란 성성이가 고개를 갸웃거렸다. 하지만 노인의 귀에는 아무런 소리도 들리지 않았다.

어느새 허리까지 잠겨 온몸이 흠뻑 젖었지만 노인은 아랑곳하지 않고 계속해서 털북숭이 사내를 향해 다가갔다. 바닷속에서 이리저리 몸을 씻던 털북숭이 사내는 자신에게 다가오는 노인의 기척에 고개를 돌렸다.

어느새 바짝 다가온 노인은 한 손으로 털북숭이 사내의 어깨를 잡고는 해초 줄기처럼 얽혀 있는 머리칼을 치워 어깻죽지에 새겨진 문양을 다시 확인했다. 갑작스러운 노인의 행동에 털북숭이 사내가 황당해하는 얼굴로 휙 돌아섰다.

"응? 뭐, 뭐야?"

사내와 눈이 마주친 노인의 눈가에 습막이 차올랐다. 노인은 벅차오르는 감정을 이기지 못하고 눈물을 흘리며 고개를 숙였다.

"소, 소공(小公)을 뵙습니다!"

탁, 타닥!

마른나무가 타오르는 소리만이 들릴 뿐, 두 사람은 한참이나 아무런 말이 없었다. 어색한 침묵을 깨뜨린 것은 털북숭이 사내의 나직한 한숨이었다.

"하아… 그래서 내 친부(親父)께서 날 찾으신다는 건가?"

"그렇습니다, 소공."

"그 소공이란 소리 좀 그만둘 순 없어? 영 듣기 껄끄러운데."

"제 주군의 유일한 혈육이십니다. 당연히 그리하는 것이 마땅한 일입니다."

"거참! 그럼 맘대로 해."

털북숭이 사내는 영 마뜩치 않은 얼굴로 투덜거렸다. 그러다 갑자기 노인에게 질문을 툭 던졌다.

"그런데 왜 하필 지금이지……?"

"그것은……."

나직한 한숨과 함께 노인은 그동안의 자초지종을 이야기하기 시작했다.

사건의 시작은 이십여 년 전, 북방 무림의 패자, 천뢰일가(天雷一家)의 가주 양기뢰의 갓 태어난 아들이 감쪽같이 사라진 것이었다. 양기뢰는 수많은 사람을 풀어 사라진 아들의 행방을 쫓았지만 아무런 흔적도 찾을 수 없었다.

그렇게 오랜 세월이 흘러, 강남 무림에 고독검협이라는 별호로 불리는 젊은 신성이 등장했다. 그리고 몇 년 후, 고독검협이 자취를 감추고 나서 한참이 지난 후에야 천뢰가는 그의 어깨에 뇌전 문양의 문신이 새겨져 있다는 소문을 듣게 되었다.

어깨에 새겨진 뇌전 문양.

그것은 천뢰가의 직계 후손임을 알리는 것이었다. 깊은 병상에 있던 양기뢰는 그 소문을 듣고 사실 확인을 위해 자신의 수족과도 같은 노인, 장일소를 보낸 것이다.

"사진량… 이미 오래전에 잊어버린 이름이로군."

노인의 이야기를 들은 털북숭이 사내, 사진량은 아득한 옛날을 추억하듯 나직이 중얼거렸다. 노인 장일소는 무릎을 꿇고 부복한 채 나직이 말했다.

"뫼시겠습니다, 소공. 부디 저와 함께 본가로……."

"거절하지."

장일소의 말이 채 끝나기도 전에 사진량은 단칼에 그의 말을 잘랐다. 장일소는 어깨를 움찔하며 천천히 고개를 들었다.

"어, 어찌하여……."

"그날 이후, 난 모든 것을 버리고 떠난 사람이야. 이제 다시는 그곳으로 돌아가지 않겠다고 이 검에 맹세했다."

사진량은 검을 뽑을 수 없을 정도로 심하게 녹이 슨 검갑을 꺼내 바닥에 푹 꽂으며 천천히 몸을 일으켰다. 그대로 돌아서서 숲 속으로 걸어가는 사진량의 뒷모습을 좇으며 장일소는 신음하듯 나직이 중얼거렸다.

"소, 소공······."

막막했다.

섬을 떠나지 않겠다는 사진량의 뜻은 굳건했다. 어떻게 해야 마음을 되돌릴 수 있을지 장일소는 그저 막막하기만 했다. 하지만 이대로 포기할 수는 없었다. 어떻게 해서든 사진량을 설득해 본가로 돌아가야만 한다.

"끄응."

한참을 고민하던 장일소는 머리에 열기가 올라 저도 모르게 낮게 신음했다. 그 소리에 장일소의 근처에 있던 커다란 성성이가 고개를 돌렸다.

"우끼?"

자신을 걱정하는 것 같은 성성이의 모습에 장일소는 절로 미소를 지었다.

"난 괜찮으니 걱정 말거라, 허허."

"우끼끼!"

장일소의 미소에 성성이는 기분이 좋아진 듯 누런 이를 드러내며 히죽 미소를 지었다. 어째 성성이가 아니라 순박한 청년과 마주한 것 같은 기분이 들었다. 그러다 퍼뜩 뇌리를 스치는 생각에 장일소는 저도 모르게 신음하듯 소리쳤다.

"어, 어쩌면······."

사진량을 설득하는 게 가능할지도 몰랐다.

'반드시 소공을 데리고 돌아가겠습니다, 주군.'

천뢰일가를 떠나기 전 마지막으로 본 양기뢰의 모습을 떠올리며 장일소는 다시 한 번 마음을 굳게 다졌다.

해질 무렵이 되자 사진량은 붉은색 영과 몇 개와 잘 손질된 토끼 고기를 가지고 해변으로 나왔다. 장일소가 미리 피워둔 모닥불이 고기를 굽기 딱 좋은 정도로 잘 타오르고 있었다.

적당한 크기의 나뭇가지를 반으로 꺾어 모닥불에 밀어 넣고 있던 장일소가 다가오는 사진량을 발견하고는 벌떡 일어나 포권을 취하며 고개를 숙였다.

"이제 오십니까, 소공."

사진량은 말없이 모닥불로 다가와 붉은색 영과를 바닥에 깔아놓은 커다란 나뭇잎 위에 던져 놓고는 그 자리에 풀썩 주저앉았다. 그러곤 긴 나뭇가지 하나를 들고 토끼 고기를 꿰어 모닥불 가에 꽂아놓았다.

"할 말이 있나?"

조심스레 자신의 눈치를 살피는 장일소의 모습에 사진량은 고기가 타지 않게 뒤집으며 말했다. 말을 걸 적당한 기회를 찾던 장일소는 한순간 어깨를 움찔하더니 이내 조심스레 입을 열기 시작했다.

"소공께서 이렇게 속세를 떠나신 것은 혹, 마라천과의 혈투 때문입니까?"

아무 관심 없다는 듯 무표정한 얼굴로 고기를 굽던 사진량이 순간 멈칫했다. 제대로 짚었다는 생각에 장일소는 곧바로 말을 이었다.

"이미… 끝난 일이다."

"아니. 끝나지 않았습니다, 소공. 마라천은 그저 그들의 작은 일부일 뿐이었습니다."

고개를 떨군 채 격앙된 감성을 억누르던 사진량은 장일소의 말에 저도 모르게 고개를 번쩍 들었다.

"그들……?"

"그렇습니다, 소공. 본가가 수백 년 동안 북방에 자리한 이유도 다 그들 때문이었습니다. 중원을 마(魔)로 물들이려는 야욕을 가진 자들, 흑야(黑夜). 마라천은 그들의 야욕을 위한 첨병이었지요."

말을 마친 장일소는 조심스레 사진량의 눈치를 살폈다. 사진량은 저도 모르게 녹슨 검갑을 꽉 움켜쥐고 있었다. 이내 신음하듯 사진량이 입을 열었다.

"흑야……."

＊　　　　＊　　　　＊

"우끼끼!"

"우끼!"

커다란 성성이를 비롯해, 십여 마리의 성성이가 아쉬운 듯 눈물을 글썽였다. 사진량은 손을 들어 커다란 성성이의 어깨를 툭 건드렸다. 커다란 성성이는 무릎을 굽혀 사진량과 눈을 마주했다.

"내가 없는 동안 녀석들을 잘 부탁한다, 설아(雪兒)."

"우끼끼!"

커다란 성성이, 설아는 크게 고개를 끄덕였다. 사진량은 피식 미소를 지으며 천천히 돌아섰다. 사진량의 모습은 장일소가 처음 보았을 때와 많이 달라져 있었다.

아무렇게나 자란 수염을 깎고, 머리를 깔끔하게 다듬자 선이 굵은 미청년처럼 보였다. 낡아 빠진 옷을 벗고 오랫동안 보관한 새 옷을 입자, 대갓집 도련님 같은 기품이 느껴질 정도였다.

"안 갈 건가?"

아예 다른 사람으로 변한 사진량을 멍하니 쳐다보던 장일소는 움찔 놀라며 물었다.

"어, 어떻게 섬을 빠져나가실 겁니까, 소공?"

금방이라도 폭풍우가 몰아칠 것처럼 하늘이 심상치 않아 보였다. 게다가 파도도 꽤나 높았다. 뿐만 아니라 섬 주위의 복잡한 해류와 수많은 암초도 있었다.

마음대로 들어올 수도, 나갈 수도 없는 천혜(天惠)의 감옥과도 같은 곳이었다. 하지만 사진량은 대수롭지 않다는 듯, 설아에게 다가가 조용히 귓속말을 했다.

"우끼끼!"

설아가 양팔을 들어 올리며 소리치자 성성이들이 일제히 숲속으로 달려들었다. 이내 숲 속에서 둔탁한 충격음과 무언가 쓰러지는 소리가 연이어 터져 나왔다.

쾅! 쿠쿠쿵!

잠시 후, 성성이들은 이 장(二丈: 약 6m) 정도 길이의 굵은 통나무를 어깨에 둘러메고 해변에 나타났다. 맨손으로 두드려 부러뜨린 것인지 단면이 거칠게 깨져 있었다.

퉁!

성성이들은 모래 바닥에 통나무를 내던지더니, 각자 뾰족한 돌을 어디선가 찾아와 통나무의 가운데를 파내기 시작했다. 이내 두 사람이 들어가 앉을 수 있을 정도로 구멍을 판 성성이들은 들고 있던 돌을 내던지며 서로 박수를 쳤다.

짝! 짜작!

"우끼끼!"

"우끼!"

채 반각도 지나지 않아 통나무배가 급조되는 모습을 장일소는 휘둥그레진 눈으로 멍하니 쳐다보았다. 사진량은 성성이들이 만든 통나무배에 올라타며 장일소에게 소리쳤다.

"안 탈 건가?"

"가, 갑니다, 소공."

장일소는 허겁지겁 다가가 사진량의 뒤에 올라탔다. 하지만 도대체 이런 급조한 통나무배로 어떻게 섬을 빠져나갈 것인지 걱정이 되었다.

"떨어지지 않게 꽉 잡아야 할 거야. 그럼 부탁한다, 설아."

무슨 소린지 이해가 되지 않아 장일소는 고개를 갸웃했다. 그 사이 성큼성큼 다가온 설아가 두 사람이 탄 통나무배를 천천히 들어 올렸다.

"우끼끼!"

허공을 향해 소리 높여 울부짖던 설아는 통나무배를 양손으로 들고 어깨에 둘러멘 채 그대로 바닷가를 향해 달리기 시작했다.

쿵! 쿵쿵!

설아가 걸음을 내디딜 때마다 몸이 크게 휘청거려 장일소는 정신을 차릴 수가 없었다. 전력을 다해 바다로 내달리던 설아는 바닷물이 무릎에 닿자 온 힘을 다해 통나무배를 내던졌다.

"우끼이익!"

그 순간 사진량과 장일소가 탄 통나무배는 시위를 떠난 화살처럼 섬전 같은 속도로 먼 바다를 향해 내쏘아졌다. 타고난 신력(身力)과 내공이 더해진 성성이 설아의 힘은 상상할 수 없을 정도로 강했다.

파콰콰콰콰!

날카로운 파공성과 함께 통나무배는 순식간에 수십 장을 날아가 버렸다. 설아와 성성이들은 마치 작별 인사를 하듯 펄쩍펄쩍 뛰며 멀어져 가는 통나무배를 향해 소리 질렀다.

"우끼!"

"우끼끼끼!"

미처 대비하지 못한 사이에 벌어진 일에 장일소는 정신을 차릴 수 없었다. 급조한 통나무배를 그대로 바다를 향해 집어던질 줄이야. 상상도 할 수 없는 일이었다.

얼굴을 강하게 후려치는 바람에 눈도 제대로 뜰 수 없을 지경이었다. 하지만 그것도 잠시, 커다란 포물선을 그리며 한참이나 허공을 날던 통나무배는 정점을 찍고 그대로 하강 곡선을 그리기 시작했다.

쐐애액!

속도가 붙자 날카로운 파공성과 함께 두 사람이 탄 통나무배는 이내 깊은 망망대해를 향해 곤두박질치기 시작했다.

"으, 으아아! 소, 소공!"

장일소는 통나무배가 낙하하는 방향에 있는 커다란 암초를 보고 저도 모르게 비명을 내질렀다. 하지만 사진량은 눈 하나 깜짝하지 않았다. 통나무배의 뱃머리가 막 암초에 부딪치려는 순간, 장일소는 질끈 두 눈을 감았다.

콰쾅!

그 순간 커다란 파열음과 함께 갑자기 통나무배가 허공으로 튀어 올랐다. 조심스레 눈을 뜬 장일소의 눈에 어느새 반쯤 몸을 일으킨 사진량의 모습이 보였다. 사진량은 허리춤에 있던 녹슨 검을 검갑째로 들고 있었다.

우, 우우웅!

검갑에 맺힌 강맹한 기운이 뚜렷한 검명(劍鳴)을 토해내고 있었다.

"거, 검강(劍罡)?"

장일소가 놀라는 사이, 통나무배가 다시 바닥으로 곤두박질

쳤다. 천천히 호흡을 뱉어내던 사진량은 통나무배가 바다에 닿으려는 순간, 들고 있던 검을 바다로 내려쳤다.

파콰!

한순간 바다가 갈라지고 암초가 드러났다. 사진량이 다시 검첨(劍尖)으로 암초를 내려치자 암초가 박살 나는 것과 동시에 그 반발력으로 통나무배가 허공으로 튀어 올랐다.

파쾅!

상상조차 할 수 없는 방법으로 어지러이 얽힌 해류와 암초 해역을 벗어나고 있는 것이다. 바닷물과 부서진 암초 조각이 입으로 날아드는 것도 눈치채지 못할 정도로 장일소는 쩍 벌어진 입을 다물 줄 몰랐다.

"떨어지지 않게 꽉 잡고 있는 게 좋을 거야."

넋이 나갈 정도로 놀란 장일소의 귓가에 사진량의 나직한 음성이 흘러들었다.

第二章

한 잔 술을 따르다

쏴아아! 쏴아!

어부 청년은 허연 물보라가 밀려오는 바닷가를 멍하니 쳐다보았다. 얼마 전, 한 노인에게 금자 열 냥에 자신의 유일한 재산인 배를 팔아치운 후, 어부 청년은 매일같이 바닷가에 나왔다.

배를 판 덕분에 병든 노모를 편히 모실 수는 있었지만, 돈 때문에 아버지뻘인 노인을 사지로 밀어 넣은 게 아닌가 싶은 죄책감 때문이었다.

"하아아… 차라리 배를 팔지 말 걸 그랬남?"

어부 청년은 한숨을 푹 내쉬며 나직이 중얼거렸다. 말은 그렇게 했지만 시간을 되돌린다 해도 배를 팔지 않을 거라 자신할 수 없었다.

한참을 그렇게 멍하니 약한 파도가 밀려오는 바다를 쳐다보던 어부 청년은 천천히 돌아섰다. 많이 좋아지긴 했지만 아직 누워계신 어머니께 약을 지어드려야 할 시간이었다. 어부 청년이 터벅터벅 집으로 걸음을 옮기기 시작한 지 얼마 지나지 않았을 때였다.

촤아악! 촤악!

무언가 빠른 속도로 물살을 가르며 다가오는 소리가 들려왔다. 점점 가까워지는 소리에 어부 청년은 저도 모르게 고개를 휙 돌렸다. 그 순간 어부 청년의 눈이 찢어져라 크게 치켜떠졌다.

"으헉! 저, 저건!"

어부 청년은 화들짝 놀란 얼굴로 버럭 소리쳤다. 굵은 통나무로 만든 배 같은 것이 물살을 가르며 자신이 있는 해변으로 다가오고 있었다. 믿을 수 없는 속도로 순식간에 다가오는 통나무배의 모습에 어부 청년은 저도 모르게 뒷걸음질 쳤다.

촤촤촤촥!

거의 바닷물을 반으로 갈라 버릴 기세로 쏜살같이 날아든 통나무배는 속도를 줄이지 않고 그대로 해변에 틀어박혔다.

콰쾅!

커다란 폭음과 함께 사방으로 모래가 튀었다. 어부 청년은 다급히 몸을 던져 바닥에 납작 엎드렸다. 허공으로 튄 모래와 자갈이 어부 청년의 등을 덮쳤다.

"윽!"

튕겨 나온 자갈이 어깻죽지를 강타했다. 어부 청년은 저도 모르게 신음을 토해내며 머리를 보호하기 위해 최대한 몸을 둥글게 말았다.

후두둑! 후둑!

한여름 소낙비처럼 쏟아져 내리던 모래와 자갈이 이내 잦아들었다. 어부 청년은 반쯤 모래에 파묻힌 몸을 천천히 일으켰다.

"주, 죽을 뻔했구먼."

어부 청년은 몸에 묻은 모래를 털어내며 천천히 고개를 돌렸다. 해변에는 급조한 것으로 보이는 조잡한 통나무배가 반쯤 처박혀 있었다. 어부 청년이 몸을 급히 내던지지 않았다면 통나무배가 자신을 덮쳤을지도 모를 정도로 가까이에 있었다. 등줄기를 타고 식은땀이 주룩 흘렀다.

어부 청년은 이마의 땀을 닦아내며 주위를 둘러보았다. 분명 사람이 타고 있었던 것을 얼핏 보았던 게 생각났다.

파라락! 터억!

그 순간 마치 나비가 날아 앉듯 허공에서 준미한 인상의 청년이 어부 청년의 몇 걸음 앞에 착지했다. 청년은 자신의 바지자락을 잡고 매달려 있는 노인을 향해 중얼거렸다.

"이거 좀 놓지?"

"소, 소공, 도, 도착한 겁니까?"

노인은 더듬더듬 입을 열며 주위를 둘러보았다. 그러다 노인과 어부 청년의 눈이 마주쳤다. 어부 청년의 눈이 휘둥그레졌다.

"헉! 어, 어르신은……!"

"아니, 자넨······!"

정성들여 만든 도미찜의 먹음직스러운 향기가 코끝을 자극해 왔다. 오랜만의 제대로 된 음식에 장일소는 허기가 밀려왔지만 먼저 젓가락을 들지 않았다.

"먼저 드시지요, 소공."

장일소는 무표정한 얼굴로 맞은편에 앉아 있는 사진량에게 식사를 권했다. 사진량은 어쩐지 조금 불편해하는 기색이었다.

그동안 설아를 비롯한 성성이 외에는 오랫동안 다른 사람과 마주한 적이 없어서 그런 것 같았다. 사진량이 젓가락을 들고 도미 살을 조금 발라 먹은 후에야, 장일소가 젓가락을 들었다.

"헤헤! 많이 드십쇼, 어르신. 간만에 엄니가 실력 발휘를 좀 하셨구먼유."

어부 청년이 돼지고기 소채볶음을 들고 방 안으로 들어오며 순박한 미소를 지었다. 허름한 방 안과는 어울리지 않게 상다리가 휘어질 정도로 진수성찬이 차려졌다.

바닷가에서 우연히 장일소와 재회한 어부 청년은 은혜를 갚겠다며 두 사람을 자신의 집으로 데려온 것이었다. 자신은 값을 치러 배를 산 것 뿐이라고 사양한 장일소였지만, 어부 청년의 강권을 차마 뿌리치지 못했다.

"죄송합니다, 소공. 시급히 본가로 돌아가야 하는 때에 이렇게······."

"아니, 너무 서두르는 것도 좋지 않아."

장일소가 면목 없다는 듯 고개를 숙이자, 사진량은 가만히 고개를 내저었다. 섬을 나올 때부터 사진량은 걸음을 서두를 생각이 조금도 없었다. 조급함은 모든 일을 그르치는 지름길이라는 것을 누구보다 잘 알고 있는 사진량이었으니.

문득 머릿속에 떠오른 예전의 기억을 떨치며 사진량은 조용히 식사를 이어갔다. 사진량의 무표정한 얼굴에 나타난 약간의 변화를 눈치챈 장일소는 고개를 갸웃했다. 하지만 차마 무슨 일이냐고 묻지는 못했다. 사진량의 눈빛에서 범접할 수 없는 처연함이 느껴진 탓이었다.

다음 날.

어부 청년 고태의 도움으로 장거리 여행 준비를 하느라 오전을 모두 보낸 장일소는 신시(申時: 오후 3~5시) 초가 되어서야 출발 준비를 마쳤다. 꼭 필요한 물품만 준비했는데도 짐이 상당히 많았다.

장일소가 커다란 등짐을 메려 하자 사진량이 손으로 그를 제지했다.

"아직 다 낫지도 않았으면서 짐꾼 노릇까지 할 셈인가?"

"하, 하지만, 소공!"

사진량은 별일 아니라는 듯 가볍게 등짐을 둘러메고는 천천히 돌아섰다. 그때였다. 어부 청년 고태가 갑자기 사진량의 앞을 막아서며 넙죽 엎드려 소리쳤다.

"저, 저도 함께 데려가 주시우."

사진량의 눈썹이 살짝 꿈틀했다. 고태의 예상치 못한 행동에 당황한 장일소가 황급히 다가갔다.

"아, 아니, 자네 갑자기 왜 이러나?"

"어르신 덕분에 우리 엄니의 병도 거의 다 나았고, 먹고살 걱정도 없어졌수. 이렇게 큰 은혜를 어찌 하룻밤만으로 갚을 수 있단 말이우."

"하, 하지만 자넨 노모를 모셔야 하지 않나?"

"엄니께서 먼저 말씀하신 거유. 은혜는 무슨 일이 있어도 꼭 갚아야 한다구 말이우."

"어허, 그래도……."

"이래 봬도 타고난 힘 하나는 괜찮수. 짐꾼으로 쓸 만하실 거유."

장일소가 거절해도 고태는 무조건 따라갈 거라는 듯, 고집스러운 눈빛을 뿜어냈다. 장일소는 난감해하는 얼굴로 흘깃 사진량을 쳐다보았다. 사진량은 아무런 말 없이 자신의 앞에 엎드려 있는 고태를 내려다보았다.

툭!

이내 사진량은 말없이 메고 있던 등짐을 고태의 앞에 내려놓고는 천천히 걸음을 옮기기 시작했다. 등짐을 내려놓는 소리에 고개를 든 고태는 이내 벌떡 일어나 등짐을 짊어지고는 당연하다는 듯 그 뒤를 따르기 시작했다.

그 모습을 물끄러미 쳐다보던 장일소는 저도 모르게 나직이 중얼거렸다.

"누구도 가까이 하지 않고 무림을 독보(獨步)하셨다고 들었는데……. 허허, 좋은 변화인 셈인가……?"

*　　　*　　　*

"힘들지는 않나?"

"괜찮구먼유. 이 정도는 너끈해유."

이마에 땀을 뻘뻘 흘리면서도 고태는 걸음 속도를 늦추지 않았다. 고태가 살고 있던 어촌을 떠난 이래로 일행은 줄곧 사람들이 잘 다니지 않는 외진 길이나 험한 산길로 이동하고 있었다.

사람의 눈에 띄고 싶지 않다는 사진량의 의향을 반영한 결과였다. 부러진 뼈가 완전히 붙지는 않았지만 내공 덕분에 장일소는 별 어려움 없이 사진량의 뒤를 따를 수 있었다.

다행히도 무공 하나 익히지 못한 고태도 뒤떨어지지 않고 부지런히 두 사람의 뒤를 따랐다. 보통 사람이라면 벌써 한참 전에 지쳐 나가떨어졌을 정도로 험한 길이었지만, 타고한 힘과 어부 일을 하며 길러온 체력 덕분에 가능한 일이었다.

빙그레 순박한 미소를 짓는 고태의 모습에 장일소는 안심한 얼굴로 고개를 돌렸다. 땀을 흘리고는 있었지만 고태의 호흡은 아직까지도 전혀 흐트러지지 않았다. 앞으로 한참은 더 쉬지 않고 이동할 수 있을 것 같았다.

문득 장일소의 눈에 일행의 맨 앞에서 걸음을 옮기고 있는 사진량의 모습이 보였다. 사진량은 자신의 녹슨 검갑을 좌우로 내려치며 이동하기 쉽게 길을 만들고 있었다. 그것이 자신과 고태를 배려하는 것임을 장일소는 금세 알아챌 수 있었다.

'허허, 역시 듣던 것과는 달리 변하신 거 같군. 무심한 듯하면서도 이리 일행을 챙기다니.'

장일소는 사진량의 세심한 마음 씀씀이에 저도 모르게 잔잔한 미소를 지었다. 사진량의 진실한 일면을 조금이나마 엿본 것 같은 기분이 들었다.

어느새 날이 저물었다.

깊은 산속에서 여장을 푼 일행은 노숙을 준비했다. 가장 부지런히 움직인 것은 고태였다. 커다란 등짐을 메고, 거의 쉬지 않고 한나절을 걸었음에도 고태는 지치지 않았다. 주위에서 마른 나뭇가지를 모아 불을 지피고 등짐에서 건량과 육포, 작은 솥을 꺼내 죽을 끓이기 시작했다.

부글부글!

육포를 잘게 잘라 건량과 섞은 죽이 끓기 시작하자 먹음직한 구수한 냄새가 코끝을 자극했다. 고태는 그릇을 꺼내 죽을 크게 퍼 담아 사진량에게 먼저 내밀었다.

"먼저 드세유, 나으리."

나이는 젊지만 사진량이 가장 높은 신분일 거라는 것쯤은 눈치로 알고 있는 고태였다. 말없이 그릇을 받아든 사진량은 그것을 장일소에게 건넸다.

"아, 아닙니다, 소공. 먼저 드십시오."

"안 받으면 그냥 버릴 거다."

"감사합니다, 소공."

손을 흔들며 거절하려던 장일소는 사진량의 조용한 말에 죽 그릇을 조심스레 받아들었다. 눈치를 보던 고태는 잽싸게 죽을 한 그릇 가득 퍼 담아 사진량에게 내밀었다. 사진량이 그릇을 받아들자, 히죽 미소를 지으며 고태는 자신 몫을 담았다.

"먹지."

고태가 자신이 먹을 죽을 담는 것을 확인한 사진량이 나직이 중얼거렸다. 그제야 세 사람은 늦은 저녁 식사를 시작했다.

체력을 많이 쓴 탓에 허기가 진 고태는 죽 그릇을 허겁지겁 비웠다. 그에 반면 장일소는 맛을 음미하듯 천천히 죽을 먹고 있었다. 사진량은 그 모습을 가만히 바라보았다. 두 사람을 향한 사진량의 눈에는 짙은 회한과 그리움이 담겨 있었다.

"왜 그러십니까, 소공? 입맛이 없으십니까?"

한 손에 그릇을 든 채 가만히 자신들을 쳐다보고 있는 사진량의 시선을 느낀 장일소가 조심스레 물었다. 사진량은 대답 대신 고개를 내저으며 죽 그릇을 입에 가져갔다.

그때였다.

스사삭! 사삭! 부스럭!

멀리서 조심스레 일행에게 접근하는 십여 명의 인기척이 사진량의 귓가에 들렸다. 수십 장 정도의 거리였지만 마치 바로 옆에서 다가오는 것처럼 뚜렷한 기척이었다. 희미한 살기가 느껴지는 것으로 보아 산적인 것 같았다. 하지만 아직까지는 사진량밖에 누구도 눈치채지 못하고 있었다.

사진량은 아무렇지도 않은 듯 무표정한 얼굴로 죽 그릇을 천천히 비웠다. 인기척이 삼 장 거리까지 다가왔을 때였다. 그제야 기척을 느낀 것인지 장일소가 벌떡 일어나며 소리쳤다.

"감히 어느 안전이라고 지저분한 살기를 흩뿌리느냐!"

그 순간, 거친 사내의 외침이 터져 나왔다.

"젠장! 들켰다. 덮쳐!"

그와 동시에 십여 명의 험상궂은 인상의 사내가 수풀 사이를 뚫고 일행을 향해 달려들었다. 저마다 서슬 퍼런 빛을 발하는 날붙이를 들고 있었다. 오랫동안 손발을 맞춰온 것인지 사내들이 달려드는 모양새가 어설프게나마 진세를 이루고 있었다.

장일소는 주먹을 움켜쥐며 내공을 끌어 올렸다. 정신없이 죽을 먹고 있던 고태도 그릇을 내던지고는 벌떡 일어나 사내들을 향해 달려들었다.

"으아아아!"

날붙이를 든 산적들에게 맨손으로 달려들면서도 고태는 두려워하는 기색이 전혀 없었다. 산적들에게 달려드는 장일소와 고태와는 달리 사진량은 천천히 몸을 일으키며 고개를 돌렸다. 그 순간, 산적들의 맨 앞에서 달려드는 한 덩치 큰 사내가 월도(月刀)를 휘두르는 모습이 눈에 들어왔다.

다른 산적과는 달리 어느 정도 체계적인 무공을 배운 것 같은 움직임이었다.

'저 도법은 설마……!'

산적 사내를 향한 사진량의 눈썹이 꿈틀했다. 이내 사진량
은 누구도 눈치채지 못하게 움직이기 시작했다.

"컥!"
"끄악!"
"우케엑!"

눈앞에 한 줄기 바람이 스쳐 지나는 듯하더니, 엄청난 통증
을 느낀 산적들은 비명을 지르며 사방에 나가떨어졌다. 장일소
와 고태가 산적들과 맞부딪치기 직전에 벌어진 일이었다. 갑작
스러운 상황에 놀란 장일소와 고태의 앞에 사진량이 홀연히 나
타났다.

"으억! 뭐, 뭐여!"

동료들이 순식간에 제압당하자 놀란 덩치 큰 산적이 신음하
듯 소리쳤다. 자신의 눈앞에 나타난 사진량의 강렬한 존재감에
절로 몸이 떨렸다. 산적 사내는 월도를 든 채로 그 자리에 돌처
럼 굳어버렸다. 사진량은 산적 사내를 향해 녹슨 검갑을 내밀
며 천천히 입을 열었다.

"그 도법… 어디서 배웠지?"

끝난 것이 아니다.

사진량의 마음을 움직였던 장일소의 그 말이 실감이 나기
시작했다. 사진량은 무표정한 얼굴로 자신의 발아래에 피투성
이가 되어 쓰러진 산적 사내를 가만히 내려다보았다. 산적 사

내는 이미 싸늘히 식은 주검이 된 지 오래였다.

산적 사내가 사용한 도법.

그 성취는 조악하고 어설프기 짝이 없었지만 분명 사진량, 자신이 무너뜨린 마라천의 마공(魔功)이었다. 그것도 보통의 것이 아닌, 마라천의 절정고수들의 마공이었다. 그들의 무공이 전해지고 있다는 것은 마라천의 잔재가 완전히 지워지지 않았다는 뜻이었다.

"항주(杭州)의 천의문(天意門)⋯⋯."

사진량의 조금 전 산적 사내에게서 들은 것을 나직이 되뇌었다. 녹슨 검갑을 움켜쥔 손에 저도 모르게 힘이 들어갔다.

"소공! 어디 계십니까?"

"나으리!"

멀리서 자신을 찾는 장일소와 고태의 음성이 들려왔다.

천천히 돌아선 사진량은 두 사람의 목소리가 들린 방향으로 몸을 날렸다. 순식간에 저 멀리 사라져 가는 사진량의 등 뒤로 이제는 생명의 기운이 전혀 느껴지지 않는 폐허가 된 산채(山寨)가 있었다. 어디선가 불어오는 바람이 산채에 가득한 피비린내를 휩쓸어 갔다.

휘이잉—

"소공! 어디 계십니까?"

장일소는 초조한 얼굴로 주위를 두리번거렸다. 사진량이 산적 사내 하나를 데리고 갑자기 사라져 버린 지 벌써 한 식경이 넘었다. 급히 뒤쫓으려 했지만 순식간에 시야에서 사라져 버린 후라 쫓을 수가 없었다.

도대체 무슨 일인지 알 수가 없는 노릇이라 장일소는 그저 불안하기만 했다. 고태도 급히 짐을 챙겨 장일소의 뒤를 쫓으며 사진량을 찾았다.

"나으리! 어디 계신거유? 나으리!"

장일소는 아랫입술을 살짝 깨물며 왼쪽으로 고개를 돌렸다.

"소, 소공!"

장일소는 휘둥그레진 눈으로 저도 모르게 소리쳤다. 마치 처음부터 그곳에 있던 것처럼 사진량이 몇 장 떨어진 곳의 바위 위에 서 있었다. 장일손은 혹여나 다시 사진량이 사라질까 후다닥 가까이 다가갔다.

문득 사진량의 몸에서 희미한 혈향(血香)이 느껴졌다. 장일소는 목소리를 낮춰 조심스레 물었다.

"소공, 아까 그자는 설마……?"

사진량은 대답 대신 고개를 끄덕였다. 고작 삼류 산적일 뿐인 자를 사진량이 직접 손을 쓴 것이 이상했다. 이유를 알고 싶었지만 사진량의 눈빛은 아무것도 묻지 말라고 하는 것 같았다. 장일소는 질문을 던지려던 입을 급히 다물었다.

"헤헤, 다들 여기 계셨구먼유. 식사도 제대로 못 하셨을 텐데 이것부터 좀 드셔유."

워낙에 허겁지겁 짐을 꾸리고 쫓아온 터라 이마 가득 땀을 흘리며 다가온 고태가 히죽, 순박한 미소를 지으며 품에 안고 있던 죽 그릇을 조심스레 사진량에게 내밀었다.

적당한 때에 등장한 고태 덕분에 굳어 있던 사진량의 표정이 조금은 부드러워졌다. 사진량은 손을 뻗어 죽 그릇을 받아 들었다.

"고맙군."

"헤헤, 뭘유. 어르신도 드셔야쥬."

고태는 한 손으로 뒷머리를 긁적이며 죽이 반쯤 들어 있는 그릇을 장일소에게 내밀었다. 떨떠름한 얼굴로 그릇을 받아든 장일소가 물었다.

"자넨?"

"전 아까 단숨에 후루룩 삼켜 버렸쥬. 충분히 먹었으니 두 분께서 드시우."

고태의 능청스러운 태도에 장일소는 저도 모르게 피식 미소를 지었다.

"지금 어디로 가시는 겁니까, 소공? 아무래도 목적지가 따로 있는 듯하온데……."

묵묵히 사진량의 뒤를 쫓던 장일소가 물었다. 처음에는 사진량이 천뢰일가가 있는 감숙(甘肅)으로 가고 있는 줄 알고 있던 장일소였다. 원래는 장일소가 길잡이를 해야 했지만, 사람을 피해 험한 길로만 향하는 사진량의 뒤를 따를 수밖에 없었다.

그런데 이상했다.

강서(江西)를 지나는 것이 감숙으로 가는 빠른 길임에도 사진량은 절강(浙江)으로 향하고 있었다. 감숙으로 가기에는 크게 돌아가는 길이었다.

처음에는 곧장 감숙으로 향하던 걸 갑자기 방향을 바꾼 것이었다. 그러고 보니 사진량이 행로를 바꾼 것은 얼마 전 그들을 습격한 산적을 상대한 직후부터였다는 것이 장일소의 머릿속을 스쳤다.

'역시나 그날 무슨 일이 있었던 게로군.'

장일소는 속으로 나직이 중얼거렸다. 묻고 싶었지만 차마 장일소는 그것을 입 밖으로 꺼내지 않았다. 그날 보인 사진량의 눈빛 때문이었다.

"일단은 항주. 하지만 그전에 들를 곳이 있다."

갑자기 들려온 사진량의 대답에 장일소는 저도 모르게 어깨를 움찔했다. 사진량의 낮은 음성에는 반론은 허(許)하지 않겠다는 의지가 깃들어 있었다. 장일소는 아무런 말도 하지 못하고 그저 가만히 고개를 끄덕일 뿐이었다.

*   *   *

무이산(武夷山).

복건성 북부 승안현에 위치한 명산으로 송대(宋代)의 학자, 주자(朱子)가 무릉도원(武陵桃源)이라 칭할 정도로 풍광이 아름다운 산이었다. 험준한 서른여섯 개의 봉우리와 이리저리 굽이쳐 흐르는 구곡계는 무이산의 이름을 세간에 널리 떨친 절경이었다.

하지만 무림인들 사이에서 무이산의 이름은 다른 이유로 널리 알려져 있었다.

고독검협과 마라천의 천주와 부천주의 경천동지할 대결.

산을 오른 사람 중 유일하게 살아서 걸어 나온 것은 고독검협뿐이었다는 그 대결의 격전지가 바로 무이산의 대왕봉(大王峰)이었다.

그동안 사람들의 눈을 피해 험한 길로만 이동하던 일행은 관도를 통해 승안현의 초입에 들어서고 있었다. 사진량이 가려는 곳이 무이산 대왕봉임을 이미 알게 된 장일소였지만, 차마 한마디도 건넬 수 없었다. 승안현에 들어서면서부터 급격하게 처연해진 사진량의 눈빛 때문이었다.

늦은 점심 식사를 위해 객점(客店)에 들어온 장일소였지만 영 식욕이 나지 않았다. 식사를 하는 둥, 마는 둥 하던 장일소는 벌떡 일어났다.

"여, 여기서 조금만 기다려 주십시오, 소공. 숙소를 잡아보겠습니다."

사진량의 대답을 기다리지도 않고 장일소는 그대로 후다닥 객점을 나섰다. 무이산을 구경 온 사람이 워낙에 많아 장일소는 반 시진이 지난 후에야 객점에서 상당히 거리가 있는 곳의 허름한 방 하나를 구할 수 있었다.

생각보다 시간이 너무 걸려 허겁지겁 객점으로 돌아온 장일소의 눈에 혼자서 소면을 먹고 있는 고태의 모습이 보였다.

사진량이 보이지 않자 장일소는 휘둥그레진 눈으로 고태에게 다가가 물었다.

"소, 소공께서는 어디 계신가?"

고태는 입가에 소면 조각을 묻힌 채로 히죽 미소를 지으며 대수롭지 않게 말했다.

"아까 들를 곳이 있다고 하시면서 나가셨구먼유. 두어 시진이면 돌아오니까 여기서 기다리고 있으라고 하셨어유."

"뭐라?!"

헤벌쭉 웃으며 다시 소면을 먹기 시작하는 고태를 한 대 쥐어박고 싶은 충동을 느낀 장일소였다.

사진량은 싸구려 화주(火酒) 한 병과 나무 잔 세 개를 사서 품속에 갈무리한 채 천천히 걸음을 옮겼다. 무이산 초입에는 향화객(香火客)들은 물론, 유람을 나온 사람으로 가득했다. 사진량은 사람들과 섞이지 않고, 뒤로 물러나며 한적한 곳으로 걸음을 옮겨갔다.

툭!

고개를 숙인 채 여러 가지 감정이 뒤섞인 복잡한 표정으로 길을 걷던 사진량은 누군가와 어깨를 부딪쳤다.

"뭐야?"

사진량과 어깨를 부딪친 상대의 거친 음성이 들려왔다. 고개를 들자 고급스러운 비단옷을 입고 있는 날카로운 인상의 청년이 눈에 들어왔다.

"미안하오."

사진량은 가볍게 고개를 까딱인 후, 다시 걸음을 옮기려고 했다. 하지만 어느새 청년의 일행이 앞을 가로막아 섰다. 허리춤에 검을 차고 거들먹거리는 모양새가 무공을 어설프게 익힌 애송이 무리였다.

"사람을 쳐놓고 말로만 미안하다면 다냐?"

"어이구, 꼴에 무인이랍시고 검까지 차고 있네?"

사진량의 앞을 막아선 사내 하나가 다가오며 허리춤의 녹슨 검갑으로 손을 뻗으려 했다. 사진량은 반보 물러나며 사내의 손을 피했다.

"어쭈?"

헛손질을 한 사내가 왈칵 인상을 쓰며 다시 사진량의 검을 향해 손을 뻗었다. 하지만 이번에도 사진량은 슬쩍 물러나며 사내의 손을 피했다.

"조용히 가던 길이나 가시오."

사진량은 조용히 말을 하며 다시 걸음을 옮기려 했다. 하지만 사진량과 어깨를 부딪친 사내의 고갯짓에 다섯 사내가 일제히 검을 뽑아 들었다.

챙! 채챙!

날카로운 금속성이 터져 나오자 주위의 사람들이 움찔하며 다들 뒤로 물러났다. 혹시나 무인들의 다툼에 휘말릴까 두려워한 탓이었다.

"조용히 못 가겠다면 어쩔 거냐? 크크! 그 녹슨 칼을 뽑을 수나 있을까?"

이죽거리는 사내를 향해 사진량은 천천히 고개를 돌렸다. 어깨를 부딪쳤던 사내였다. 사진량은 무심한 얼굴로 사내를 쳐다보며 조용히 입을 열었다.

"너처럼 철없는 망나니에게 뽑을 정도로 내 검은 가볍지 않다. 물러나라."

묵직한 무게감이 담긴 말이었다. 한순간 사진량의 분위기에 압도당한 사내는 왈칵 인상을 찌푸리며 소리쳤다.

"마, 망나니라고! 칼침을 맞고도 그렇게 지껄일 수 있는지 어디 한 번 두고 보자! 야, 모두 덮쳐!"

그 순간 사진량을 포위한 다섯 사내가 일제히 달려들었다. 사진량은 자신을 향해 날아드는 다섯 자루의 검을 보며 나직이 한숨을 내쉬었다. 이내 사진량은 살짝 무릎을 꿇더니 그대로 바닥을 박차고 쏜살같이 뛰쳐나갔다.

파앙—!

묵직한 파공성과 함께 사진량의 신형이 사내들이 눈치채지 못한 사이에 순식간에 사라져 버렸다. 사진량의 움직임에 생겨난 강한 돌풍에 검을 휘두르던 사내들은 그대로 벌렁 뒤로 쓰러져 버렸다.

"우앗!"

"억!"

놀란 사내들이 짧은 신음을 터뜨리며 급히 벌떡 일어났지만 이미 사진량의 모습은 어디에도 보이지 않았다.

"뭐, 뭐야, 이 자식! 어디로 사리진 거야?"

가장 먼저 일어난 어깨를 부딪친 사내가 왈칵 인상을 찌푸리며 방금 전까지 사진량이 있던 자리로 다가갔다. 그 아래에는 깊은 발자국 하나만이 덩그러니 남아 있었다.

사진량은 길이 없는 산속을 추호의 망설임도 없이 걷고 있었다. 커다란 나무와 길게 자란 수풀이 번번이 앞을 막았지만 사진량에게는 아무런 방해도 되지 않았다. 사진량은 보통 사람이라면 채 몇 걸음 옮기지도 못할 정도로 험한 수풀을 마치 산책이나 나온 것처럼 태연하게 걷고 있었다.

저벅! 저벅!

얼핏 보기에는 느릿느릿 걷는 것처럼 보였지만 사진량은 어느새 대왕봉 인근에 올라 있었다. 걸음을 멈춘 사진량은 그 자리에서 천천히 주위를 둘러보았다.

조용했다.

사람의 발길이 닿지 않은 곳이라 나무도 수풀도 아무렇게나 마구 자라나 있었다. 간혹 다람쥐나 새가 움직이는 소리만이 조용히 들릴 뿐이었다.

"저쪽인가……?"

사진량은 불쑥 튀어나와 보이는 대왕봉의 절벽 사이를 가만히 쳐다보았다. 날카롭게 깎여 나간 절벽의 일부가 풍화되어 평평해진 부분이 있었다. 하지만 사람의 발길이 닿을 수 없는 위치였다. 그곳을 가만히 쳐다보던 사진량은 조금의 망설임도 없이 허공을 박차고 날아올랐다.

파파파팍!

순식간에 수십 장은 치솟아 날아오른 사진량은 나뭇가지를 밟고 허공을 달리듯 절벽을 향해 몸을 날렸다. 순식간에 수백 장의 거리가 좁혀지고 절벽의 끄트머리에 닿은 사진량은 가까운 곳의 거대한 노송(老松)의 꼭대기에 올라 천근추(千斤墜)의 수법으로 두 다리에 내공을 주입했다.

쩌어어—

성인 남성 서넛이 간신히 안을 수 있을 정도로 둘레가 큰 노송이 화살을 내쏘기 직전의 활처럼 크게 휘었다. 꼭대기가 거의 바닥에 닿을 정도로 나무가 휘자, 사진량은 순간 천근추의 수법을 거둬들였다.

피잉—

짓누르는 무게가 사라지자 나무는 순식간에 원래의 모습으로 돌아오며 사진량을 그대로 절벽을 향해 튕겨냈다. 날카로운 파공성과 함께 사진량이 섬전처럼 내쏘아졌다. 엄청난 공기의 압력이 밀려왔지만 사진량은 눈 하나 깜짝하지 않았다.

슈아아악!

천근추의 수법으로 적당한 각도로 튕겨 나간 사진량은 짙은 운무를 뚫고 절벽을 날아올랐다. 절벽의 중간쯤에 닿았을 때에야 속도가 줄어들었다. 사진량은 허공에서 한 바퀴 크게 공중제비를 돌더니 절벽을 감싸고 있는 덩굴을 향해 손을 뻗었다.

콱! 후두둑!

사진량이 덩굴을 꽉 붙잡자 뿌리가 얕은 덩굴이 후두둑 떨어져 나갔다. 하지만 그 짧은 순간에 사진량은 덩굴의 반동을 이용해 더욱 높이 절벽을 향해 몸을 던졌다. 십여 장을 더 올라간 사진량은 툭 튀어나온 돌을 손으로 잡고 빙글 공중제비를 돌아 절벽 사이에 난 좁은 공간으로 뛰어들었다.

터억!

성인 남성이 간신히 서 있을 수 있을 정도로 좁은 절벽 사이의 공간에는 오래된 두 개의 봉분(封墳)이 있었다. 주인이 누구인지 알려주는 비석(碑石) 하나 없는 초라한 무덤이었다.

사진량은 그 자리에 서서 가만히 봉분을 내려다보았다. 아득한 그리움과 회한, 그리고 쓸쓸함이 가득한 눈빛이었다. 한참이나 말없이 봉분을 내려다보던 사진량이 천천히 입을 열었다.

"다시는… 이곳에 오지 않으려 했습니다. 당신들을 벤 것으로 모든 일이 끝난 줄 알았지요. 하지만… 끝이 아니었습니다."

사진량은 그 자리에 털썩 주저앉아 품속에서 화주 한 병과 나무 잔 세 개를 꺼냈다. 나무 잔을 봉분 앞에 일렬로 내려놓은 사진량은 천천히 화주를 따랐다.

쪼르륵!

이내 세 개의 잔에 화주가 넘칠 듯 가득 채워졌다. 사진량은 양쪽 가에 놓인 잔을 들어 한 잔씩 봉분에 부었다. 지형 탓인지 이끼만 약간 끼어 있는 봉분은 순식간에 화주를 빨아들였다.

"어떻습니까? 오랜만의 화주는? 마실 만하십니까?"

대답이 들려올 리 없는 공허한 물음이었다. 가만히 젖은 봉분을 바라보던 사진량은 이내 몸을 일으켰다. 천천히 돌아서며 사진량은 나직이 중얼거렸다.

"내 잔은 모든 일이 끝난 후, 돌아오는 길에 비우겠습니다."

第三章

첫걸음을 내딛다

항주 천의문.

마라천이 무너지고 난 후, 혼란을 수습하며 이름을 널리 떨친 문파 중 하나로 본래는 작은 표국(鏢局)이었지만, 당시 국주였던 마철심은 갑자기 무림문파로의 변혁을 꾀했다. 항주에서도 어느 정도 안정적으로 자리를 잡은 표국이라 무림문파로 전향도 그리 어렵지는 않았다.

실력이 뛰어난 표사들을 문도로 받아들이고, 마라천 때문에 빚어진 혼란을 바로잡아 천의문은 개파(開派)한 지 삼 년 만에 항주의 패자로 군림하게 되었다.

표국 시절의 다양한 경험은 항주의 흑도문파를 빠르게 흡수할 수 있는 기초가 되었고, 마철심의 뚝심은 정사를 막론하고 그를 인정하게 만드는 힘이 되었다.

그렇게 천의문은 정사지간의 문파로서 절강 무림의 크나큰 일축을 이루게 되었다.

"화산비검회(華山比劍會)라⋯⋯."

천의문의 문주 마철심은 탁자에 놓인 서신을 바라보며 나직이 중얼거렸다. 서신은 한 시진 전에 도착한 것으로 화산에서 보낸 화산비검회의 초대장이었다. 천의문이 정사지간의 문파이기는 하지만 항주의 패자로 불리는 터라 화산비검회에 참가할 자격은 충분했다. 본래 화산비검회가 개최된 것은 정사 간의 유혈 다툼을 줄이고, 서로 교류하기 위함이었으니.

화산비검회에 초대를 받는다는 것은 그만큼 천의문이 무림에서 인정받고 있다는 뜻이었다. 여느 때였다면 반색을 하며 당장에라도 떠날 채비를 했을 것이다.

하지만 지금은 달랐다.

탁자에는 화산비검회의 초대장 말고도 다른 한 장의 서신이 놓여 있었다. 아직 내용을 읽어보지는 않았지만 마철심은 차마 서신을 펼쳐보지 못하고 있었다. 서신의 겉면에 찍혀 있는 작은 표식 때문이었다. 구름에 가려진 검은 달을 형상화한 표식은 마철심의 아버지가 표국을 세우고 자리를 잡아가던 삼십여 년 전, 어깨 너머로 보았던 표식이었다.

그것은 마철심에게 있어 파멸과도 마찬가지였다. 하지만 거부할 수 없는 것이었다. 마철심은 깊은 한숨을 내쉬며 천천히 손을 뻗어 서신을 집어 들었다. 곱게 접힌 서신을 펼치는 마철심의 손은 바르르 떨리고 있었다.

툭!

이내 내용을 확인한 마철심의 손에서 힘이 빠져나가 서신이 바닥에 툭 떨어졌다. 마철심은 저도 모르게 아랫입술을 꽉 깨물었다. 마라천이 와해되고 난 후, 언젠가는 올지도 모른다고 생각했던 서신이었다. 하지만 이렇게 직접 받아보게 되니 마음이 착잡했다.

"후우……."

마철심은 저도 모르게 길게 한숨을 내쉬었다. 어쩔 수 없는 일이었다. 자신에게는 선택의 여지가 없었다. 하고 싶지 않았지만 반드시 해야만 하는 일이었다. 마철심은 다시 한 번 한숨을 푹 내쉬며 바닥에 떨어진 서신을 집어 들었다.

화륵!

마철심은 집어 든 서신을 탁자 위에 놓여 있는 등롱에 가져다 불을 붙였다. 종이에 기름이라도 먹인 듯 서신은 순식간에 불타 검은 재가 되어 바닥에 떨어졌다.

천천히 몸을 일으킨 마철심은 화산비검회의 초대장을 들고는 다시 자리에 앉으며 소리쳤다.

"밖에 아무도 없는가!"

＊　　　　＊　　　　＊

사진량은 한마디 말도 없이 항주를 향해 부지런히 걸음을 옮기고 있었다. 간간히 한두 마디를 던질 뿐, 어떨 때에는 하루 온종일 한마디도 하지 않을 때가 많았다. 묵묵히 뒤를 따르는 장일소는 어떻게 해야 할지 도통 감이 오지 않았다.

'허어, 도대체 무슨 생각이신 건지……'

장일소는 저도 모르게 한숨을 푹 내쉬었다. 하루라도 빨리 천뢰일가로 돌아가야 할 이 시점에 항주라니.

아무리 항주에서의 일이 일찍 마무리된다고 해도 적어도 달 포 이상은 시간을 지체하게 될 것이다. 병상에 있는 가주 양기 뢰의 목숨이 언제 다할지 모르는 일이라 장일소는 초조하기만 했다.

하지만 그렇다고 사진량에게 무어라 말할 수는 없었다. 왠지 모르게 사진량이 하려는 일이 앞으로 천뢰일가로 돌아간 후에 도움이 될지도 모른다는 생각이 든 탓이었다.

장일소는 다시 한 번 나직이 한숨을 내쉬며 흘낏 앞서가는 사진량을 쳐다보았다. 사진량은 한 치의 흔들림도 없는 눈빛을 하고 있었다.

'믿겠습니다, 소공.'

사진량의 굳건한 모습에 장일소의 초조함이 절로 가시는 것 같았다. 한참을 그렇게 묵묵히 걸음을 옮기는 사이, 어느샌가 날이 저물었다. 주위가 어둑어둑해지자 걸음을 멈춘 일행은 이 내 노숙할 준비를 했다.

경신법을 발휘해 걸음을 옮기는 두 사람의 뒤를 쫓느라 지친 고태가 거친 숨을 몰아쉬며 다가와 급히 불을 피우고 저녁 식사 준비를 했다.

"헤헤, 다들 식사하셔유."

무공을 전혀 익히지 않았지만, 거의 매일을 날이 밝을 동안에는 전력을 다해 내달린 사람이라고는 믿기지 않을 정도로 체력이 대단한 고태였다. 하지만 시간이 갈수록 조금씩 진력이 소모되는 것은 어쩔 수 없었다. 날이 갈수록 피로가 더해가는 고태의 모습을 물끄러미 보던 장일소가 천천히 입을 열었다.

"자네… 내게 무공을 배워보지 않겠나?"

"예? 무공… 말유?"

"우선은 기초적인 내공심법과 경신법을 가르쳐 주겠네. 당장에 큰 성취는 없겠지만, 체력이 보강될 걸세."

장일소의 말에 고태는 그 자리에서 넙죽 엎드리며 소리쳤다.

"가, 감사히 가르침 받겠구먼유!"

장일소는 미소를 지으며 묵묵히 식사를 하는 사진량에게 허락을 구했다.

"괜찮겠지요, 소공?"

"방해만 되지 않는다면."

사진량이 살짝 고개를 끄덕이자 장일소는 모닥불 앞에 엎드려 있는 고태에게 다가갔다. 고태의 어깨를 살짝 두드리며 장일소는 천천히 입을 열었다.

"어서 일어나 식사부터 하게. 내 무공은 그 후에 가르쳐 주도록 하지."

"알겠구먼유, 어르신!"

벌떡 일어난 고태는 급히 죽을 퍼 담아 히죽거리며 빠른 속도로 먹어치우기 시작했다.

그날부터 장일소는 날이 저문 후, 한 시진 정도 고태에게 무공을 가르치기 시작했다.

무원공(無願功)과 풍운신법(風雲身法).

장일소가 고태에게 가르친 무공이었다. 무원공은 무인들 사이에서는 기초 중의 기초라 불리는 내공심법이었다. 삼류 무인들이나 익히는 흔한 심법이라고 알려져 있었지만, 장일소는 나름의 해석을 더해 무원공을 여느 상승심법 못지않게 개조했다.

풍운신법 또한 마찬가지.

삼류 경신법에 불과하지만 장일소의 해석 덕에 쉽고 빠르게 익힐 수 있는 장점이 있었다.

나름의 해석으로 익히기 쉽게 재창조된 무공이기는 했지만, 처음으로 무공을 배우는 고태에게 큰 기대를 하지 않은 장일소였다. 하지만.

"허어! 첫날부터 기감(氣感)을 느끼다니."

예상 밖의 무재(武才)에 낮은 탄성을 터뜨린 장일소였다.

단전에서 시작된 찌르르한 느낌이 이내 온몸으로 서서히 퍼져 나갔다. 하루 종일 달리느라 뭉친 근육이 사르르 풀렸다. 고태는 기분이 좋아져 저도 모르게 미소를 지었다. 한참의 시간이 지난 후에야 고태는 천천히 감은 눈을 떴다.

달의 위치로 보아 두어 시진은 지난 것 같았다. 운기조식 덕분에 근육이 부드럽게 풀리고 피로가 가셨다. 잠은 많이 자지 못하겠지만 날이 밝은 후, 길을 떠나기에는 충분했다.

"거참! 무공이란 건 신통방통하구먼."

히죽 미소를 지으며 고태는 모닥불에 마른 나뭇가지를 한 줌 던졌다. 거의 꺼져가던 모닥불이 다시 크게 불타오르며 주위로 열기를 퍼뜨렸다. 조금은 쌀쌀한 새벽 공기가 훈훈하게 달아올랐다.

고태는 조심스레 모닥불에 나뭇가지를 몇 개 더 던져 넣고는 그 자리에 누워 담요를 덮었다. 스륵 눈을 감자 이내 잠이 밀려왔다. 고태는 코까지 골면서 순식간에 깊은 잠에 빠져 들었다.

"헉헉!"

고태는 처음에 비해 반쯤 줄어든 등짐을 둘러멘 채, 거친 숨을 몰아쉬고 있었다. 무원공을 익힌 덕분에 체력이 늘긴 했지만 아직까지 풍운신법을 익히지 못해 힘으로만 달리고 있는 탓이었다.

희한하게도 무원공은 시작한 지 채 사흘도 지나지 않아 소기의 성과를 얻은 반면, 풍운신법은 발놀림마저 제대로 익히지 못하고 있었다.

무원공이야 장일소가 한 차례 추궁과혈(推宮過穴)로 진기의 길잡이를 해준 덕분이었지만, 풍운신법은 걸음을 내딛는 사십여 가지의 방법을 모두 외워야 하는 것 때문이었다.

어부로 살면서 제대로 두뇌를 활용해 본 적이 없는 고태인지라, 암기력이 그리 좋지 않았다. 그래도 사십여 가지의 방법 중, 너덧 가지를 외운 덕에 그나마 이전에 비해 같은 시간을 들여도 훨씬 긴 거리를 이동할 수 있었다. 고태의 걸음이 빨라진 덕분에 일행의 이동 속도는 거의 두 배 가까이 빨라졌다.

거의 대부분을 사람의 손길이 닿지 않은 험지로 일행을 이끄는 사진량이었지만 어쩔 수 없이 큰길을 달려야 할 때도 있었다.

"어째 무슨 일이 있는 것 같습니다, 소공."

장일소는 묵묵히 걸음을 옮기고 있던 사진량에게 바짝 다가가며 말을 걸었다. 걸음을 멈춘 사진량이 장일소에게 고개를 돌렸다.

"무슨 소리지?"

"요 며칠 전부터 길에 무인이 많이 보입니다."

"그런데?"

"무인들이 대부분 같은 방향으로 가고 있었습니다. 길이 난 경로를 생각하면 아마도 항주로 가는 것이 아닌가 싶습니다만."

"무인들이 항주로?"

사진량의 물음에 장일소는 고개를 가만히 끄덕였다. 사진량의 얼굴이 살짝 굳었다. 이내 사진량은 나직이 중얼거렸다.

"알아볼 필요가 있겠군."

"알겠습니다, 소공. 이쪽 방향으로 한 시진만 쭉 가면 마을이 있을 겁니다. 그곳에서 정보를 얻어 보겠습니다. 괜찮으시겠습니까?"

장일소는 조심스레 사진량의 의견을 물었다. 사진량이 사람이 많은 곳을 꺼리는 탓이었다. 사진량은 무표정한 얼굴로 고개를 끄덕였다. 사진량의 허락에 장일소는 이내 앞장서서 걸음을 옮기기 시작했다.

"그럼 이쪽으로 가시지요, 소공."

장일소가 안내한 곳은 항주와 수로로 이어져 있는 동려현(桐廬縣)의 인근에 있는 마을이었다. 시가지와는 좀 떨어져 있긴 하지만 수로 덕분에 마을이 꽤나 융성했다. 거리를 오가는 사람도 많고, 시전(市典)도 크고 넓었다.

객잔이 즐비하게 늘어선 거리에서 장일소는 방을 두 개 잡았다. 일 층의 식당에서 대충 식사를 마친 장일소는 천천히 몸을 일으켰다.

"그럼 두어 시진 후에 돌아오겠습니다, 소공. 방에서 편히 쉬십시오. 고태, 자네도 운기나 하고 있게나."

"예, 어르신. 알겠구먼유."

사진량은 대답 대신 살짝 고개를 끄덕였고, 고태는 입안 가득 소면을 문 채 고개를 끄덕이며 대답했다. 고태의 우스꽝스러운 모습에 장일소는 피식 미소를 지으며 객잔 밖으로 나갔다.

장일소가 다시 객잔으로 돌아온 것은 정확히 한 시진 반이 지난 후였다. 깊은 밤이었지만 아직도 시전 방향에는 훤하게 빛이 밝혀져 있었다. 탁자에 앉아 장일소가 돌아오기를 가만히 기다리고 있던 사진량은 발소리가 들리자 천천히 몸을 일으켰다.

똑똑!

장일소가 조심스레 문을 두드리며 입을 열었다.

"소공, 접니다. 혹, 주무십니까?"

늦은 시간이라 장일소의 목소리가 조심스러웠다. 사진량은 대답 대신 천천히 다가가 문을 열었다. 갑자기 문이 열리자 장일소는 저도 모르게 움찔하며 한 걸음 뒤로 물러났다.

반쯤 열린 문틈으로 사진량이 보이자 장일소는 한 걸음 다가가 포권을 하며 고개를 숙였다.

"다녀왔습니다, 소공."

사진량은 안으로 들어오라는 듯, 한 걸음 물러나며 문을 활짝 열었다. 장일소가 조심스레 안으로 들어오자, 사진량은 문을 닫고 차를 준비하기 시작했다.

"제, 제가 하겠습니다, 소공!"

"앉아 있어."

움찔 놀라 다가가려던 장일소를 사진량이 손을 들어 제지했다. 장일소는 난감해하는 얼굴로 자리에 앉았다. 이내 차를 준비한 사진량은 끓는 물을 찻잔에 부으며 물었다.

"알아봤나?"

사진량은 은은한 다향(茶香)이 피어오르는 잔을 장일소에게 내밀었다. 장일소는 가만히 고개를 끄덕였다.

"예, 소공."

"이유는?"

"항주의 유력 문파인 천의문이 화산비검회에 초청을 받았다고 하더군요. 무인들은 거의 천의문으로 가고 있었습니다. 천의문에서 절강의 무림인들과 함께 화산비검회에 참석할 거라고 천명한 것 때문이랍니다."

"화산비검회에 천의문……."

장일소의 말에 사진량의 눈썹이 꿈틀했다. 화산비검회가 아직도 이어지고 있다는 것도 놀랐지만, 그런 자리에 천의문이 초청을 받았다는 사실이 더욱 놀라웠다.

마라천의 무공, 마도의 일맥을 잇고 있는 천의문이 화산비검회에 초청되다니. 그만큼 천의문이 자신들의 진정한 모습을 감추고 있다는 뜻이나 마찬가지였다.

사진량의 입가가 저절로 살짝 말려 올라갔다. 사진량은 저도 모르게 나직이 중얼거렸다.

"과연. 그렇다는 건가……?"

희미한 미소를 짓고 있는 사진량이었지만 어쩐지 섬뜩한 기분이 느껴지는 장일소였다.

*　　　　*　　　　*

항주의 패자 천의문은 전에 없이 수많은 외인(外人)으로 가득 차 있었다. 화산비검회에 참석하기 위해 하루가 멀다 하고 찾아오는 무인들 때문이었다.

한꺼번에 이백 명의 빈객(賓客)이 머물 수 있는 객당(客堂)은 순식간에 꽉 차버려 인근의 객잔까지 동원하고 있는 실정이었다.

천의문 객당주 조규는 난감한 얼굴로 방명록을 쓰고 있는 무인을 쳐다보았다.

등에 쌍검을 메고 있는 험상궂은 인상의 무인은 구룡산(九龍山) 인근에서 한가락 한다고 알려진 회룡쌍검(回龍雙劍) 모석산이었다. 무공 수위는 일류급이었지만 그 손속이 잔인하고, 성정도 포악해 화산비검회와는 어울리지 않는 인물이었다.

"왜 그런 똥 씹은 표정이지? 나 같은 사람은 화산비검회에 갈 수 없다는 뜻이냐?"

모석산이 으르렁거리며 조규를 노려보았다. 조규는 저도 모르게 움찔하며 고개를 내저었다.

"아, 아니외다. 화산비검회에 함께 참석할 인원은 문주님께서 직접 정하실 것이오."

"그런데 표정이 왜 그따위냐고!"

모석산은 금방이라도 등에 멘 칼을 뽑을 것 같은 표정으로 버럭 소리쳤다. 천의문의 문도이기는 하지만 무공 한 줌 익히지 않은 조규는 어깨를 부르르 떨며 고개를 숙였다.

"기, 기분 나쁘셨다면 사과하리다."

"사과? 지금 말 한마디로 그냥 넘어가겠다고? 내가 누군지 알고 그러는 거냐? 나 모석산이라고, 회룡쌍검 모석산! 앙!"

갑자기 다가온 모석산이 조규의 멱살을 쥐고 들어 올렸다.

강한 힘으로 강제로 일으켜 세워진 조규는 목이 졸려 켁켁대며 버둥거렸다. 워낙에 목이 조여진 탓에 목소리가 제대로 나오지 않았다.

"커, 커헉!"

숨이 막혀 조규는 이내 눈을 허옇게 뒤집고 거품을 물기 시작했다. 조규의 의식이 완전히 끊어지기 직전, 누군가의 손이 모석산의 손목을 꽉 잡았다.

"그쯤 하시지."

그와 동시에 들려오는 누군가의 낮은 음성에 모석산은 저도 모르게 움찔하며 고개를 돌렸다. 이십 대 중반 정도로 보이는 한 청년이 무표정한 얼굴로 모석산을 쳐다보고 있었다. 모석산의 얼굴이 일그러졌다. 자신의 손목을 잡고 있는 청년의 힘이 너무 강해 저릿한 통증이 느껴졌다.

"지금… 감히 나 모석산에게 시비를 거는 거냐?"

모석산은 으득 이를 깨물며 날카로운 눈빛으로 청년을 노려보았다. 청년은 여전히 무표정한 얼굴로 모석산의 손목을 잡은 손에 힘을 줬다.

"기다리는 사람이 많으니 적당히 하고 물러나라."

"윽!"

모석산은 손목뼈가 부러질 것 같은 통증에 저도 모르게 짧은 신음을 터뜨렸다. 멱살을 잡은 손에 힘이 빠져 조규가 그대로 풀썩 그 자리에 주저앉았다.

"크, 크허억!"

조규는 막힌 숨통이 트이자 거친 숨을 몰아쉬며 간신히 끊어지려는 의식을 되찾았다. 주섬주섬 몸을 일으키는 조규의 눈에 대치하고 있는 모석산과 청년의 모습이 보였다. 모석산은 청년에게 손목을 잡힌 채 낭패한 얼굴이었다. 몸을 일으키는 조규의 모습을 흘끗 본 청년이 모석산의 손목을 놓았다.

"가, 감히 날……! 용서하지 않겠다!"

모석산은 아직도 통증이 느껴지는 손목을 살짝 흔들더니 이내 등에 멘 쌍검을 뽑아 들었다.

채챙!

날카로운 금속성이 터져 나왔다. 주위의 무인들이 웅성거렸지만 모석산은 추호의 망설임도 없이 청년을 향해 쌍검을 내리그었다.

"시끄럽군."

자신을 향해 날아드는 날카로운 쌍검을 보고도 청년은 눈 하나 깜짝하지 않았다. 그저 허리춤에 멘 녹슨 검갑을 가볍게 떨쳐 냈을 뿐이었다.

뻐어억!

모석산의 쌍검이 청년에게 닿기도 전에 뼈가 부러진 듯 둔탁한 타격음이 터져 나왔다. 그와 함께 모석산은 신음조차 지르지 못하고 왈칵 피를 토하며 삼 장 밖으로 튕겨 나가 담장에 틀어박혔다.

콰쾅!

낮은 폭음과 함께 먼지가 휘날렸다. 이내 가라앉은 먼지 사이로 혀를 길쭉이 빼물고 눈을 허옇게 까뒤집은 채 혼절한 모석산의 모습이 드러났다. 조규는 아직까지 통증이 느껴지는 목을 매만지며 휘둥그레진 눈으로 모석산과 청년을 번갈아가며 쳐다보았다.

나름 한 칼 한다고 알려진 모석산을 단 일격에 쓰러뜨린 청년의 정체가 궁금했다. 물끄러미 청년을 바라보던 조규는 주위가 소란해지자 이내 퍼뜩 정신을 차리고 급히 상황을 수습했다.

혼절한 모석산이 실려 나가는 것을 본 후에야 조규는 나직이 한숨을 내쉬며 청년을 쳐다보았다.

"고, 고맙소이다, 소협. 덕분에 살았구려."

조규는 포권을 취하며 감사의 인사를 전했다. 청년은 별일 아니라는 듯 고개를 내저었다. 여전히 무표정한 것이 말수가 적은 성격인 듯싶었다. 자리에 앉은 조규가 조심스레 물었다.

"화산비검회 때문에 본 문을 찾은 것이오?"

청년은 대답 대신 고개를 끄덕였다. 조규는 반색을 하며 말을 이었다.

"특별히 객당에 방을 하나 준비하겠소. 좀 전의 일을 내 문주께 아뢰면 기뻐하실 게요. 여기 성명과 문파를 쓰시구려."

조규에게 붓을 받아든 청년은 잠시 고민하더니 이내 방명록에 글을 휘갈겨 썼다.

고검문(孤劍門) 사진도

청년이 방명록에 쓴 것을 본 조규가 고개를 갸웃거렸다.

"고검문? 처음 들어보는 문파이오만."

"시골의 작은 문파요. 강호를 경험해 볼 겸 이렇게 나왔소."

청년은 무표정한 얼굴로 그렇게 말했다.

조규는 여전히 고개를 갸웃거렸다. 강호초출인 무인치고는 왠지 모르게 깊은 경험이 느껴지는 눈빛 때문이었다. 하지만 이내 조규는 알겠다는 듯 고개를 끄덕이며 하인을 불렀다.

"이보게, 마철! 여기 이 소협을 객당으로 안내해 드리게. 아직 빈 방이 하나 남아 있을 걸세."

"예이, 당주님. 알아 뫼시겠습니다!"

후다닥 달려 나온 하인이 넙죽거리며 청년을 안쪽으로 안내하기 시작했다. 청년은 하인의 뒤를 따라 걸음을 옮기며 속으로 나직이 중얼거렸다.

'이제부터 시작이로군⋯⋯.'

녹슨 검을 허리에 맨 청년, 그는 바로 사진량이었다.

第四章

무너진 주춧돌

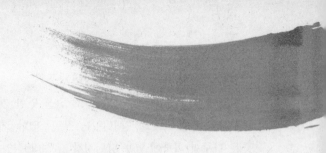

　천의문에서 거리가 좀 떨어진 곳의 한적한 객잔에 여장을
푼 장일소는 창밖을 내다보며 나직이 중얼거렸다.

　"허어… 도대체 소공께서는 무슨 생각이신지 알다가도 모르
겠군. 갑자기 천의문이라니……."

　사진량을 찾기 위해 중원을 떠돌던 중, 천의문에 대해 조사
해 본 적이 있는 장일소였다. 마라천이 사라진 후부터 두각을
보이기 시작한 천의문이었지만 별다른 특이점을 찾을 수는 없
었다. 본래 표국이었던 탓에 문파의 성향이 정사지간이라는 것
을 빼고는.

　그런데 사진량의 행동으로 보아 천의문에 무언가 비밀이 있
는 것 같았다. 장일소는 나직이 한숨을 내쉬며 중얼거렸다.

"아무래도 자세히 한번 알아봐야겠군."

강호에 떠도는 뜬소문 중에서도 믿을 만한 게 많다는 것을 그동안의 경험으로 잘 알고 있는 장일소였다. 제일 먼저 가볼 곳은 항주의 외곽에 있는 낭인시장(浪人市場)이었다.

강호의 뜬소문이란 뜬소문은 모두 모여 있다고 해도 과언이 아닐 정도의 장소가 바로 낭인시장이었다. 대부분은 뜬소문으로 끝나지만, 간혹 정보 수집으로 유명한 개방(丐幇)이나 하오문(下汚門)도 파악하지 못한 정보를 얻을 때도 있었다.

항주의 낭인시장은 꽤나 규모가 큰 터라 원하는 정보를 얻을 수 있을지도 몰랐다. 그런 생각에 천천히 몸을 일으킨 장일소는 밖으로 걸음을 옮기며 고태를 쳐다보았다. 고태는 정좌를 한 채 눈을 감고 운기조식을 취하고 있었다.

괜스레 방해하지 않기 위해 장일소는 발소리를 죽여가며 천천히 방을 나섰다. 아래층으로 향한 계단을 내려가자 점소이가 다가왔다.

"헤헤. 손님, 식사하러 내려오신 겁니까?"

"아닐세. 내 잠시 밖에 볼일이 있어서 나갔다가 오겠네."

"예이, 그럼 다녀오십셔."

점소이의 싹싹한 인사를 받으며 객잔 밖으로 나가던 장일소는 문득 걸음을 멈추고 고개를 돌렸다. 자신을 향한 장일소의 시선에 점소이가 고개를 갸웃했다.

"왜 그러십까, 손님?"

"혹시 내가 늦게 올지 모르니 미리 말해두겠네. 이따 저녁때도 내가 오지 않거들랑 내 일행에게 먼저 저녁을 먹으라고 전해주겠나? 계산은 내가 와서 치르겠네."

"알겠습니다요."

점소이의 대답을 들은 장일소는 다시 돌아서서 걸음을 옮기기 시작했다. 객잔 밖으로 나온 장일소는 나직이 숨을 들이쉬더니 내공을 끌어 올려 사람들 사이를 내달리기 시작했다.

타타탓!

*   *   *

마철심은 어두운 방에서 등롱 하나 켜지 않고 가만히 자리에 앉아 있었다. 천의문이 화산비검회에 초대받은 것을 절강 무림에 공표한 후, 연일 밀려드는 무인들의 숫자는 자신의 예상을 뛰어넘는 숫자였다. 어중이떠중이도 많았지만 나름 이름을 알린 무인들도 상당수였다.

탁자 위에 놓여 있는 방명록만 다섯 권이 넘어갔다. 그중에서 최대한 추려서 삼십 인을 골라내야 했다. 마철심은 나직이 한숨을 내쉬며 방명록 옆에 놓여 있는 화섭자(火攝子)로 손을 뻗었다. 그 순간, 등 뒤에서 미약한 인기척이 느껴졌다.

저도 모르게 어깨를 움찔한 마철심은 허리를 뒤틀며 급히 검을 뽑아 들었다.

스릉!

날카로운 금속성이 작은 방 안을 어지럽혔다. 하지만 마철심

은 뽑아 든 검을 휘두를 수 없었다. 어느새 마혈(麻穴)을 제압
당한 탓이었다. 허리를 뒤틀고 검을 든 채로 돌처럼 굳어버린
마철심의 귓가에 소름이 돋을 정도로 섬뜩한 음성이 들려왔다.

"성질이 급하시군. 상대가 누군지 확인도 하지 않고 검을 뽑
아 들다니."

어둠 속에서 호리호리한 인영이 모습을 드러냈다. 온몸을 흑
의(黑衣)로 감싸고 얼굴에 복면까지 한 터라 누구인지 알아볼
수 없었다.

"누, 누구냐……?"

마철심은 신음하듯 나직이 물었다. 자신이 눈치채지 못한 사
이에 마혈을 제압한 상대였다. 마음만 먹었다면 아마 목을 베
어버렸을지도 모른다는 생각에 마철심의 이마에 식은땀이 맺
혔다.

"빛이 닿지 않은 깊은 어둠, 그곳에서 왔지."

"……!"

흑의 복면인의 말에 마철심의 눈이 찢어져라 크게 치켜떠졌
다. 서신을 보낸 것도 모자라 사람까지 직접 보낼 줄이야. 간신
히 놀람을 가라앉힌 마철심이 떨리는 음성으로 입을 열었다.

"대, 대체 무슨 일이오? 그곳에서 지시한 일은 제대로 처리하
고 있소만……."

"앞으로도 계속 그렇게만 하면 될 거야. 괜한 수작 부렸다간
어찌 될지 그쪽이 더 잘 알겠지? 언제나 내가 근처에서 지켜보
고 있을 테니……."

혹의 복면인은 말꼬리를 흐리며 다시 어둠 속으로 스륵 녹아들었다. 순식간에 시야에서 완전히 사라져 버린 혹의 복면인의 모습에 마철심은 눈을 크게 떴다. 그 순간 갑자기 마혈이 풀려 굳은 몸이 움직여졌다.

들고 있던 검을 검갑에 회수한 마철심은 길게 안도의 한숨을 내쉬었다. 목덜미가 서늘했다. 저도 모르게 손을 들어 목을 매만지며 마철심은 그 자리에 풀썩 주저앉았다.

그러다 무슨 생각이 들었는지 퍼뜩 화섭자를 들고 등롱에 불을 붙였다. 그러곤 방명록을 하나 집어 들고는 빠른 속도로 거기에 쓰인 이름을 확인하기 시작했다.

파팍!

책장을 넘기는 소리가 크게 들려왔다. 한참을 그렇게 방명록을 살펴보던 마철심의 눈이 마지막 다섯 번째 방명록의 거의 끝에서 멈췄다.

고검문 사진도

왠지 모르게 익숙한 느낌이 드는 이름이었다. 한참이나 가만히 그 이름을 쳐다보던 마철심은 이내 한숨을 내쉬며 고개를 휘휘 내저었다.

"아무래도 내가 너무 과민한 모양이야."

객당의 작은 방 안에서 사진량은 가만히 창밖을 바라보고 있었다. 어느새 주위는 어둑어둑해져 있었다. 등롱도 켜지 않아 창가로 새어드는 달빛만이 방 안을 밝히고 있었다.

"뭐지?"

문득 사진량의 눈에 높다란 전각의 지붕에서 빠르게 움직이는 흑의 인영이 보였다. 눈썹을 살짝 꿈틀한 사진량은 곧장 창밖으로 몸을 날렸다. 흑의 인영에게서 느껴지는 희미한 마기(魔氣) 때문이었다.

천의문의 본당(本堂)에서 나온 흑의 인영은 소리가 나지 않게 은밀히 어디론가 향하고 있었다. 사진량은 흑의 인영과 삼 장 정도의 거리를 유지한 채 조용히 그 뒤를 따랐다.

이내 천의문을 빠져나간 흑의 인영은 지붕을 타고 빠른 속도로 이동했다. 뒤를 쫓던 사진량은 어느샌가 흑의 인영이 자신을 유인하고 있다는 것을 깨달았다. 하지만 그렇다고 다시 발걸음을 돌릴 사진량이 아니었다. 저도 모르게 입꼬리를 살짝 말아 올린 채 사진량은 나직이 중얼거렸다.

"눈치 하난 빠른 자로군."

팟! 파팟!

소리가 거의 나지 않게 지붕 위를 내달리던 흑의 인영은 자신의 뒤를 쫓는 미약한 기척을 느꼈다. 거의 느껴지지 않을 정도의 기척이었지만, 사라지지 않고 계속해서 자신의 뒤를 쫓고 있었다.

'누구지?'

의문이 들었지만 흑의 인영은 돌아보지 않았다. 그대로 내공을 끌어 올리며 더욱 빨리 몸을 이동했을 뿐이었다. 흑의 인영이 속도를 높이자 상대도 따라서 속도를 높였다.

일정한 거리를 두고 더 멀어지지도, 가까워지지도 않고 있었다. 한참을 그렇게 이동하던 흑의 인영은 품속에서 작은 피리를 꺼냈다. 피리를 입에 문 채 강하게 숨을 내쉬었지만 별다른 소리는 나오지 않았다. 소리가 나지 않는 피리를 길게 한 번, 짧게 두 번 분 흑의 인영은 피리를 품속에 넣고 이동 방향을 살짝 바꿨다.

여전히 상대는 일정한 거리를 유지하며 뒤를 쫓아오고 있었다. 흑의 인영은 입꼬리를 살짝 말아 올리며 중얼거렸다.

"크크, 그렇게 계속 쫓아와라."

한참을 이동하던 흑의 인영은 시가지를 벗어난 외곽의 한적한 공터가 보이자 그대로 지붕을 박차고 날아올라 공터 한가운데에 착지했다. 그러곤 자신이 날아온 방향으로 천천히 고개를 돌렸다.

파라락!

뒤이어 옷자락이 펄럭이는 소리와 함께 누군가가 흑의 인영 앞에 착지했다. 이십 대 중반 정도로 보이는 사내였다. 흑의 인영이 손을 들어 복면을 끌어내리며 싸늘히 미소를 지었다.

"크크, 저 죽을 자리인지도 모르고 뛰어드는 불나방 같으니."

흑의 인영 맞은편에 선 사내의 입꼬리가 살짝 말려 올라갔다.

"글쎄, 누가 불나방인지는 두고 봐야 알 일이지."

상대의 태연한 대꾸에 흑의 인영의 얼굴이 살짝 구겨졌다. 흑의 인영은 한 걸음 뒤로 물러나며 버럭 소리쳤다.

"놈을 덮쳐라!"

흑의 인영의 외침이 터져 나온 것과 동시에 어둠 속에서 같은 차림을 한 십여 명의 흑의 인영이 기다렸다는 듯 살기를 흘뿌리며 뛰쳐나왔다. 동시에 수십 개의 비수가 예리한 빛을 뿜어내며 사내를 향해 날아들었다.

팍! 파파팍!

자신을 향해 날아드는 비수를 쳐다보며 사진량은 나직이 중얼거렸다.

"잘됐군. 대답할 입이 많아졌으니."

*　　　　*　　　　*

장일소는 굳은 낯빛으로 걸음을 서둘렀다. 항주의 낭인시장에서 천의문에 대해 도는 은밀한 소문 몇 가지를 입수한 장일소는 속으로 나직이 중얼거렸다.

'허어! 천의문이 마라천과 관계가 있을지도 모른다니. 그 때문에 소공께서……'

십수 년간 낭인시장에서 잔뼈가 굵은 나이 든 낭인 하나가 말해준 것이었다. 말을 하는 낭인도 반신반의(半信半疑)하며 조심스레 얘기했지만, 장일소는 그 말이 사실일 거라는 직감이 들었다. 그동안의 이해할 수 없는 사진량의 행동이 그것으로 어느 정도 설명이 가능했다.

마라천의 잔재를 완전히 지우는 것.

아마도 사진량은 그것을 생각하고 있을 터였다.

문득 장일소는 스스로를 질책했다. 혼자서 천의문에 가겠다는 사진량을 말리지 않은 것이 실수였다. 장일소는 굳은 얼굴로 속으로 나직이 중얼거렸다.

'소공! 부디 서두르지 마십시오. 이제는 혼자의 몸이 아니십니다. 보중하셔야 합니다.'

차라리 강하게 우겨서라도 천뢰일가로 먼저 가는 것이 나았을지도 모른다. 그런 생각이 들었지만 이미 늦은 후회였다.

캉! 카캉! 우득!

복잡한 생각을 정리하지 못하며 걸음을 옮기던 장일소의 귓가에 낮은 금속성과 묵직한 파열음이 희미하게 들려왔다. 저도 모르게 걸음을 멈춘 장일소는 가만히 귀를 기울였다.

빠각! 파캉!

연이어 들려오는 파열음과 금속성은 그리 멀지 않은 거리에서 무림인 간의 다툼이 있다는 것을 알려주었다. 곧장 천의문으로 달려가 사진량을 만나려 했던 장일소는 저도 모르게 소리가 들려온 방향으로 걸음을 옮기기 시작했다. 왠지 모르게 발길이 저절로 움직여졌다.

와드득!

섬뜩한 파골음과 피가 터져 나왔다. 부러진 다리가 기괴한

각도로 휘어 지독한 고통을 선사했다. 순식간에 흑의 복면인의 절반이 사지가 부러진 채 바닥을 나뒹굴었다. 복면을 내려 맨 얼굴을 드러낸 흑의인의 눈이 믿어지지 않는다는 듯 찢어져라 크게 치켜떠졌다.

"어, 어떻게… 멸살진(滅殺陳)을……."

자신이 직접 고르고 고른 정예 열다섯이었다. 그들이 펼치는 멸살진은 원한다면 구파일방(九派一幇)의 장문인이라도 목숨을 취할 수 있을 정도의 수준이었다.

그런데 상대는 조금의 힘도 들이지 않고 가볍게 멸살진을 파훼(破毁)하고 있었다. 그것도 검을 뽑지도 않고 녹슨 검갑째로 휘두르면서.

경악(驚愕)!

마치 무신(武神)이 눈앞에 강림한 듯, 너무도 압도적인 사내의 모습에 흑의인은 경악했다. 순간 흘깃 자신을 쳐다본 사내와 눈이 마주쳤다. 순간 흑의인은 뱀을 앞에 둔 개구리처럼 온몸이 굳어버렸다.

사진량은 무표정한 얼굴로 녹슨 검갑을 휘둘렀다. 이미 절반이 넘는 흑의 복면인이 사지가 부러져 피를 흘리며 바닥에 널브러져 있었다. 사진량은 적극적인 공격보다는 상대의 공격을 흘려 넘기고 틈이 생기면 반격을 하며 흑의 복면인들의 무공을 자세히 살폈다.

흑의 복면인들의 무공은 익숙한 듯하면서도 느낌이 조금 달랐다. 마도에 근원을 든 무공이라는 점은 같았지만, 그 활용 방법이 다른 것 같았다. 마라천은 흑야라는 마도의 세력의 분파라는 장일소의 말이 거짓이 아니었다.

'당신들은 그저 하수인에 불과했던 거였군요.'

이제는 만날 수 없는 두 사람의 얼굴을 떠올리며 사진량은 속으로 중얼거렸다. 이내 나직이 한숨을 내쉰 사진량의 눈빛이 갑자기 변했다. 먹잇감을 앞에 둔 맹호(猛虎)처럼 안광을 뿜어내며 자신을 유인한 얼굴을 드러낸 흑의인을 흘낏 쳐다보았다. 그러곤 곧장 남은 흑의 복면인을 향해 달려들었다.

"으헛!"

갑작스레 급변한 사진량의 기세에 흑의 복면인들은 저도 모르게 신음을 토해내며 다급히 뒤로 물러났다. 하지만 어느샌가 물러나는 흑의 복면인의 등 뒤에 나타난 사진량은 조금의 망설임도 없이 검갑을 내려쳤다.

콰득!

뼈가 부러지는 소리와 함께 흑의 복면인 둘이 한꺼번에 튕겨나가 쓰러졌다. 다른 복면인들이 당황하는 사이 사진량은 곧장 그들에게 쇄도해 들어갔다. 움찔한 복면인 하나가 검을 들어막으려 했지만 아무 소용 없었다.

파창! 우드득!

날카로운 파열음과 함께 사진량의 검갑에 부딪친 검이 유리처럼 깨져 나갔다. 상대의 검을 부숴 버린 녹슨 검갑은 그대로 허리를 후려쳤다. 뼈가 부서지는 소리와 함께 복면인이 허공으로 튕겨 나갔다. 사진량은 곧장 고개를 돌려 다음 상대를 찾았다.

픽! 콰드득! 파캉!

연이어 터져 나오는 묵직한 타격음에 이내 흑의 복면인은 맨 얼굴을 드러낸 흑의인 하나만 빼고 모조리 쓰러졌다. 사진량의 기세가 바뀐 직후, 순식간에 벌어진 일이었다.

사진량은 녹슨 검갑에 묻은 피를 허공에 털어내고는 돌처럼 굳어 있는 흑의인에게 고개를 돌렸다. 흑의인이 어깨를 움찔하는 것이 보였다. 사진량은 입꼬리를 살짝 말아 올리며 천천히 흑의인에게 다가갔다.

"이제 조용히 이야기할 차례인가?"

저벅, 저벅!

조용한 발걸음 소리가 마치 사신(死神)이 다가오는 것처럼 느껴졌다. 흑의인은 그 자리에서 꼼짝도 하지 못하고 그저 다가오는 사진량을 바르르 떨리는 눈으로 쳐다보았다.

자신이 고르고 고른 정예가 펼친 멸살진을 단숨에 파훼한 자였다. 저항해 봤자 아무런 소용도 없을 것이다. 흑의인의 이마에 어느새 식은땀이 송글송글 맺혔다. 땀 한 방울이 볼을 타고 또록 흘러내렸다. 절강 무림에 이런 강자가 있을 거라고는 꿈에도 생각하지 못한 흑의인이었다.

꿀꺽!

흑의인은 저도 모르게 침을 삼켰다. 달아나려 해봤자 금방 잡히고 말 것이다. 그렇다면 남은 것은 하나밖에 없었다. 이내 흑의인은 결정을 내린 듯 굳은 얼굴로 천천히 입을 벌렸다.

이대로 꽉 깨물기만 하면 어금니에 숨겨둔 독약이 순식간에 온몸으로 퍼져 자신은 죽음에 이르게 될 것이다. 하지만 망설임은 없었다. 흑의인은 눈을 질끈 감고는 그대로 입을 다물려 했다.

순간!

와그작!

"컥!"

갑자기 흑의인의 입으로 굵고 단단한 무언가가 깊숙이 파고 들어 왔다. 앞니가 완전히 박살이 나 사방으로 튀고, 입속으로 파고든 물건이 목구멍에 닿았다.

저도 모르게 신음을 터뜨리며 눈을 뜬 흑의인은 자신의 입에 틀어박힌 것이 바로 사내의 녹슨 검갑이라는 것을 알게 되었다.

사내, 사진량은 무표정한 얼굴로 손에 든 검병을 살짝 뒤틀었다. 우득, 하는 소리와 함께 독약이 숨겨져 있는 흑의인의 어금니가 뿌리째 뽑혀 밖으로 튕겨 나왔다. 사진량은 손을 뻗어 그것을 잡아들고는 나직이 중얼거렸다.

"절명지독(絶命之毒). 오랜만에 보는 것 같군."

사진량의 입에서 나온 독약의 이름에 흑의인의 눈이 찢어져라 크게 치켜떠졌다. 이곳 중원에서 자신들이 사용하는 독을 알아본 자는 처음이었다. 그 순간, 흑의인의 머릿속에 한 인물의 이름이 빠르게 스쳤다. 평소 정보 수집 및 배후 공작을 위주로 활동하던 흑의인이라 가능한 추측이었다.

흑의인이 놀라는 것을 눈치챈 사진량은 피식 미소를 지으며 검갑을 천천히 입에서 빼냈다.

"크, 크헉!"

부서진 이빨과 피를 왈칵 토하며 흑의인은 그 자리에 풀썩 주저앉았다. 사진량은 흑의인의 피와 침이 묻은 검갑의 끄트머리를 바닥에 툭 내리며 천천히 입을 열었다.

"그래. 이제야 깊은 얘기를 나눌 준비가 좀 된 것 같군."

"네, 네놈은… 큭! 누, 누구냐?"

앞니가 모조리 부러지는 바람에 흑의인이 말을 하자 바람이 새는 소리가 섞여 나왔다. 사진량은 입꼬리를 살짝 말아 올리며 천천히 입을 열었다.

"내가 누군지는 이미 짐작하고 있는 것 같은데? 안 그런가?"

"서, 설마 고, 고독거……!"

어느 정도 예상은 했지만 흑의인은 자신의 추측이 맞았다는 것에 화들짝 놀라며 신음하듯 낮게 소리쳤다. 사진량이 검갑을 들어 흑의인의 입을 막았다.

"거기까지. 이제부터 질문은 내가 하도록 하지. 잘 생각해서 최대한 솔직히 대답하는 게 좋을 거야."

사진량의 낮은 음성으로 으름장을 놓았다. 그 목소리에 담긴 기세에 압도당한 흑의인은 눈을 크게 뜬 채 저도 모르게 고개를 끄덕였다.

고독검협 사진량.

수년 전에 은거했다 알려졌었지만, 그가 남긴 위명만으로도 충분히 위협적인 인물이라 판단되는 자였다. 하지만 마라천과의 격전 이후, 행방이 묘연한 데다 다시 무림에 출두할 가능성이 낮아 상부에서는 그리 신경 쓰지 않고 있던 자였다.

그런 사진량이 자신의 눈앞에 있다는 사실을 흑의인은 믿을 수가 없었다. 하지만 조용히 뒤이어진 사진량의 질문은 흑의인을 기절초풍하게 만들었다.

"흑야에서 천의문을 통해 무슨 일을 꾸미고 있는 거지?"

*　　　　　*　　　　　*

'끝난 건가?'

어느샌가 둔탁한 타격음과 금속성이 잦아들었다. 장일소는 고개를 갸웃하면서도 걸음을 멈추지 않았다. 마지막으로 들려온 소리로 보아 십여 장 정도 떨어진 곳인 것 같았다.

구름이 달빛을 가려 주위는 어두컴컴하기만 했다. 하지만 장일소는 내공으로 눈을 밝혀 조금의 어려움도 없이 걸음을 옮겨 갔다. 이내 코끝으로 피비린내가 느껴졌다. 장일소는 걸음 속도를 늦춰 조심스럽게 다가갔다.

넓은 공터에 흑의 복면인들이 여럿 피를 흘리며 널브러져 있었다. 공터의 한가운데에는 등을 보이고 있는 한 사내와 그 앞에 주저앉아 있는 흑의인이 보였다.

등을 보인 사내는 녹슨 것처럼 보이는 붉은색의 검갑을 허공으로 들어 올렸다. 금방이라도 흑의인을 내려칠 것 같았다.

뒷모습만으로도 누구인지 금방 알아본 장일소가 저도 모르게 버럭 소리쳤다.

"소, 소공!"

붉은 검갑을 들고 있던 사내가 천천히 고개를 돌렸다. 장일소는 주위에 쓰러져 있는 흑의 복면인을 지나쳐 사내, 사진량에게 다가갔다.

"무슨 일이지?"

나직이 중얼거리는 사진량의 말에 장일소는 저도 모르게 어깨를 흠칫 떨었다. 일전에 산적을 만났을 때 순간적으로 보았던 싸늘한 눈빛이 장일소에게로 향했다.

"지, 지금 그자를 죽이시려는 겁니까?"

장일소는 긴장으로 저도 모르게 침을 삼키며 조심스레 물었다. 사진량은 다시 흑의인에게로 고개를 돌리며 대답했다.

"흑야에서 보낸 자다. 천의문을 통해 모종이 일을 꾸미고 있지. 이대로 살려둬 봤자 조금도 득이 되지 않는 자다."

사진량의 말에 장일소의 눈이 휘둥그레졌다.

"흐, 흑야에서! 그게 사실입니까, 소공?"

대답은 사진량이 아니라 주저앉아 있는 흑의인에게서 들려왔다. 흑의인은 무슨 일이 있었던 것인지 공포에 질린 얼굴로 몸을 바르르 떨며 고개를 끄덕였다.

"마, 맞습니다. 흐, 흑야의 지단에서 나왔습니다."

앞니가 다 부러져 바람 쉭쉭 새어 나오는 음성으로 흑의인은 입술을 달싹였다. 그 모습에 장일소는 더욱 놀랐다.

흑야의 마인들은 아무리 지위가 낮은 자라고 해도 쉽게 입을 열지 않는 특별한 훈련을 받았다. 구체적인 방법은 알지 못하지만 웬만한 고문에는 입도 달싹거리게 할 수 없을 정도라고 천뢰일가에 알려져 있었다.

그런데 흑의인은 제 입으로 흑야에서 나온 자라고 말하고 있었다. 도대체 사진량이 무슨 술법을 부린 것인지 알 수 없었다.

하지만 지금 그런 것이 중요하진 않았다. 장일소는 이내 놀람을 지우고는 빠른 속도로 말을 이었다.

"소공! 지금 이자를 죽이는 것은 쉬운 일이지만, 나중을 생각한다면 살려두셔야 합니다."

"무슨 소리지?"

"천의문을 상대하기 위함입니다. 이자는 그때를 위해 살려둬야 할 것입니다. 죽이는 것은 그 후에 해도 충분할 것입니다."

지금까지 보인 사진량의 행동과 이곳에서 벌어진 일들로 그간의 사정을 대충 알아낸 장일소였다. 사진량의 목적이 천의문을 무너뜨리기 위함이라는 것을 확신한 장일소는 한 가지 계획을 이내 떠올릴 수 있었다.

장일소의 다급한 말에 사진량의 눈썹이 꿈틀했다. 사진량은 손가락을 가볍게 튕겨 흑의인의 혈도를 제압한 후, 천천히 장일소에게로 돌아섰다. 그러곤 천천히 입을 열었다.

"천의문을 상대하기 위함이라……. 좀 더 자세히 말해보겠나?"

사진량이 흥미를 보이자 장일소는 속으로 나직이 한숨을 내쉬며 천천히 말을 이었다.

"그러니까 우선……."

항주 외곽에 있는 창일표국(漲溢鏢局)이 누군가의 손에 의해 하룻밤 사이에 불타 버렸다. 표사(鏢師)와 쟁자수(爭子手) 등을 포함해 모두 사십팔 명에 이르는 표국의 사람은 단 하나도 거센 불길에 살아남지 못했다.

하지만 창일표국의 비극은 사람들의 관심을 끌지 못했다. 성대한 연회를 열어 화산비검회에 함께 갈 무인들을 선정하겠다고 발표한 천의문 때문이었다.

대부분의 사람이 천의문에 이목을 집중했고, 창일표국의 비극은 애초부터 없었던 일처럼 잊혀 버렸다. 그렇게 흑야의 지단 중 하나가 무림에서 완전히 사라졌다.

*　　　*　　　*

이른 아침부터 천의문도들은 바쁘게 이리저리 오가고 있었다. 점심 즈음부터 치러질 성대한 연회를 준비하기 위함이었다. 시전의 식재료란 식재료는 모두 천의문으로 팔려갔고, 주류나 차도 대량으로 납품되었다. 시전의 상인들은 때 아닌 호재에 창고에 비축해 둔 물품까지 모조리 꺼내 판매했다. 천의문의 개파 이래로 가장 긴 하루가 그렇게 시작되었다.

"연회 준비는 잘 되어 가는가?"

뒷짐을 진 채 연회 준비를 하는 문도들을 지켜보던 마철심은 총관에게 다가가 물었다. 문도들에게 연이어 수십 가지의 지시를 내리며 소리치던 총관 도균호가 조금은 짜증이 섞인 얼굴로 고개를 돌렸다.

"가뜩이나 바빠 죽겠구만, 누가 귀찮게… 어엇! 문주님, 오셨습니까? 죄, 죄송합니다, 문주님"

신경질적으로 소리치던 도균호는 다가오는 마철심의 모습에 움찔하더니 급히 포권을 취하며 고개를 숙였다. 마철심은 괜찮다는 듯 손을 내저으며 웃음을 터뜨렸다.

"허헛! 바쁘면 그럴 수도 있지. 그런데 준비는 잘되고 있는 거겠지?"

"물론입니다. 점심때까지는 충분히 준비가 끝날 겁니다. 음식도 족히 천여 명은 배불리 먹을 수 있을 만큼 넉넉하게 준비하고 있습니다. 그리고 따로 명하신 것도……."

"쉿! 듣는 귀가 많으니 목소리를 낮추게."

의미심장한 표정과 함께 말꼬리를 흐리는 도균호의 모습에 마철심은 굳은 얼굴로 다급히 낮게 소리쳤다. 천의문도들은 상관없었지만 성대한 연회 준비를 위해 고용한 외부인들도 많은 터라 입조심을 해야 했다.

"괜찮습니다, 문주님. 여긴 본 문의 문도들밖에 없습니다."

"그래도 최대한 조심해야 하네. 한마디라도 새어 나가 일을 그르치게 되면 우린 끝장일세."

며칠 전 흑의 복면인과 독대한 후로 왠지 모를 불안함이 가시지 않은 마철심이었다. 마철심은 혹시라도 누가 듣지 않게 소리를 낮춰 도균호의 귓가에 속삭였다. 도균호는 가만히 고개를 끄덕였다.

"잘 알고 있습니다. 충분히 주의하고 있으니 너무 걱정 마십시오."

"자네만 믿겠네."

천의문이 표국이던 시절부터 십수 년 간 총관 자리를 지켜온 도균호의 호언장담에 마철심은 조금은 안심할 수 있었다. 불안함을 덜어낸 마철심은 고개를 끄덕이며 천천히 자신의 집무실로 걸음을 옮기기 시작했다.

집무실로 돌아온 마철심은 차를 준비해 자리에 앉았다. 뜨거움 물을 붓고 찻잎이 잘 우러나기를 기다리며 마철심은 나직이 중얼거렸다.

"잘되어야 할 텐데……."

도균호 덕분에 어느 정도 걱정을 덜 수는 있었지만 불안함이 완전히 사라지지는 않은 마철심이었다.

미시(未時: 13시~15시 사이) 초가 되자 천의문은 닫힌 문을 활짝 열고 수많은 사람이 쏟아져 나와 연회를 준비하기 시작했다.

순식간에 천의문의 앞마당에 백여 개가 넘는 커다란 상이 펼쳐졌고, 그 위에는 막 요리한 듯 먹음직한 김이 피어오르는 갖은 산해진미(山海珍味)가 차려졌다. 음식 냄새를 수십 장 밖에서도 맡을 수 있을 정도로 엄청난 양이었다.

가슴에 천(天) 자를 새긴 청색 무복을 입은 천의문의 수문위사(守門衛士) 두 사람이 엄청난 크기의 징을 들고 밖으로 뛰쳐나왔다. 커다란 징채를 들고 뒤따라 나오던 수문위사가 바닥을 박차고 날아올라 징을 들고 있는 두 수문위사의 머리 위로 공중제비를 돌아 그 앞에 착지했다.

파파팍! 터억!

바닥에 착지한 수문위사는 왼발을 축으로 몸을 반 회전시키며 두 손으로 든 징채를 들고, 그대로 온 힘을 다해 커다란 징을 후려쳤다.

콰차창―!

고막이 떨어져 나갈 정도로 엄청난 소리가 터져 나와 사방으로 흩어졌다. 미리 귀를 꽉 막아두었지만 바로 옆에 있던 탓에 세 수문위사는 저도 모르게 움찔하며 인상을 찌푸렸다. 하지만 징채를 든 수문위사는 다시 한 번 몸을 회전시키며 연이어 두 번 두드렸다.

콰창! 차차창!

그 순간 천의문의 본당에서 마철심이 화려한 공중제비를 돌며 연회장의 상석에 내려앉았다. 그와 동시에 마철심은 내공을 끌어 올리며 큰 소리로 외쳤다.

"이제 연회를 시작하겠소! 손님들께서는 마음껏 나와 술과 음식을 즐겨주시오!"

마철심의 외침을 기다렸다는 듯 갑작스레 사방에서 수많은 사람이 밀려와 저마다 연회장에 자리를 잡고 앉았다. 얼핏 보기에도 연회에 참석한 무인들의 숫자는 칠백은 넘어 보였다. 숫자가 워낙에 많아 소요가 일 법도 했지만 안내를 맡은 문도들의 원활한 진행으로 그럴 걱정이 없었다.

저마다 병장기를 허리에 멘 채 자리한 무인들에게서는 강맹한 기세가 뿜어져 나왔다. 그 모습을 자리에 앉아 상석에서 내려다보며 마철심은 살짝 미소를 지었다.

이내 대부분의 무인이 자리를 잡고 앉았다. 마철심은 자신의 잔에 열네 가지 약초로 만든 김파주(金波酒)를 따라 잔을 손에 들었다.

"이렇게 부족한 본 파의 연회에 참석해 주신 모든 군웅(群雄)들께 감사드리며 먼저 한 잔을 올리겠소!"

단숨에 술잔을 비운 마철심은 다시 잔을 채워 두 손으로 들어 올리며 소리쳤다.

"이번 잔은 여러분 모두와 함께 나누고 싶소! 모두 잔을 들어주시오!"

마철심이 소리치자 연회장의 무인들은 저마다 술을 채운 잔을 머리 위로 들어 올렸다. 마철심은 그 모습을 미소를 띤 채 내려다보았다. 연회장의 모든 무인이 잔을 들어 올리자 마철심은 벌떡 일어나 소리쳤다.

"모두 함께 잔을 비웁시다!"

연회가 시작되는 것을 멀리서 지켜보던 사진량은 천천히 복면을 끌어 올려 얼굴을 가리며 나직이 중얼거렸다.

"지금이로군."

천천히 몸을 일으킨 사진량은 곧장 연회장을 향해 몸을 날렸다. 마철심이 막 두 번째 술잔을 마시려는 순간 지붕을 박차고 십여 장이나 날아오른 사진량은 곧장 천근추의 수법으로 두 다리에 내공을 밀어 넣었다. 사진량은 곧장 바닥을 향해 매서운 속도로 떨어져 내리기 시작했다.

파파!

마철심을 따라 연회장의 군웅들이 술잔을 입으로 가져가려는 순간, 사진량은 떨어지는 속도에 더해 다리에 내공을 실어 그대로 바닥을 강하게 찍었다.

콰르르릉!

마치 지진이라도 난 듯 사진량을 중심으로 바닥이 갈라지며 크게 진동했다. 갑작스러운 진동에 군웅들은 들고 있던 술잔을 비우지 못하고 바닥에 떨어뜨려 버렸다.

챙! 채챙!

연이어 터져 나오는 술잔이 깨지는 소리에 사진량은 입꼬리를 살짝 말아 올리며 천천히 몸을 일으켜 세웠다.

깨진 술잔에서 흘러내린 주향(酒香)이 가득했다. 너무도 갑작스럽게 벌어진 일에 군웅들은 당황한 빛을 감추지 못하고 웅성거렸다. 이내 노기를 띤 마철심의 외침이 터져 나왔다.

"누가 감히 이 좋은 자리를 어지럽히는 거냐!"

내공이 담긴 외침에 웅성거리던 군웅들은 저도 모르게 움찔하며 입을 다물었다. 연회장의 군웅들 중 마철심보다 무공이 강한 자는 아무도 없었다. 허공에서 떨어져 내린 흑의 복면인, 사진량은 천천히 고개를 돌려 상석의 마철심을 쳐다보았다.

"좋은 자리라……. 정말로 그렇게 생각하나?"

조용히 날아드는 사진량의 음성에 마철심은 어깨를 흠칫 떨었다. 분명 며칠 전 자신을 은밀히 찾아왔던 흑의 복면인과 같은 차림새를 한 자였다. 하지만 그 눈빛이나 기세는 전혀 다른 사람이었다.

그때의 흑의 복면인은 마치 어둠 속에서 사냥감을 노리는 뱀이나 박쥐같은 서늘한 느낌이었다면, 지금 나타난 사진량은 마치 맹호처럼 군림하는 기세를 뿜어내고 있었다. 저도 모르게 움츠러드는 마철심이었지만 내공을 끌어 올리며 상대의 기세에 저항했다.

"그게 무슨 헛소리냐!"

사진량이 뭔가 알고 있을지도 모른다는 생각이 마철심의 머릿속을 스쳤다. 막연하기만 하던 불안함이 점점 커져갔다. 사진량은 피식 입꼬리를 말아 올리며 입을 열었다.

"그건 그쪽이 더 잘 알고 있지 않나?"

칼날처럼 날아드는 사진량의 나직한 음성이 마철심의 고막을 파고들었다. 마철심은 뿌득 이를 악물며 버럭 소리쳤다.

"뭣들 하는 게냐! 어서 저 오만방자한 놈을 쫓아내지 않고!"

"문주님의 명을 받듭니다!"

커다란 외침과 함께 십 인의 천의문도가 저마다 검을 뽑아 들고 사진량의 주위를 포위했다.

"오오! 저들이 바로 천의십검(天意十劍)인가!"

"소문으로만 듣던 천의십검의 무위를 직접 보게 되다니!"

천의문도와는 조금 다른 적색 무복을 입은 십 인의 천의문도의 모습을 본 군웅들 사이에서 탄성이 터져 나왔다.

천의십검.

문주인 마철심이 직접 길러냈다고 알려진 천의문 최고의 정예 십 인을 가리키는 말이었다. 천의문이 절강의 패자가 되게 한 주축이 바로 천의십검이었다. 사진량을 포위한 천의십검은 미리 약속이나 한 것처럼 물 흐르듯 자연스러운 움직임으로 눈앞을 어지럽혔다.

파파파팍!

천의십검의 움직임에 따라 날카로운 파공성이 사방에서 터져 나왔다. 하지만 사진량은 눈 하나 깜짝하지 않고 상석에 있는 마철심을 가만히 쳐다보았다.

순간!

파파파팍!

눈앞을 어지럽히던 천의십검의 검이 일제히 사진량을 향해 날아들었다. 진퇴의 모든 방위를 점하고 날아드는 열 자루의 검에는 눈에 보일 정도로 짙은 검기가 맺혀 있었다.

도저히 피할 틈이 보이지 않는 십 인의 합공이었다. 사진량은 검을 뽑지도 않고 녹슨 검갑 채로 검첨을 바닥에 내리찍었다. 동시에 바닥에 삼분지 일쯤 박힌 검갑을 기둥 삼아 몸을 허공으로 살짝 띄웠다. 한 손으로 검병을 쥔 채로 몸을 띄운 사진량은 그대로 허리를 살짝 비틀며 날아드는 두 자루의 검격을 피하고, 동시에 내공이 가득 실린 발을 사방으로 뻗어냈다.

캉! 카캉! 카카카캉! 파캉!

사진량의 연환퇴(連環腿)와 검이 부딪쳐 날카로운 금속성이 터져 나왔다. 먼저 부러진 것은 사진량의 맨다리가 아닌 천의십검의 검이었다. 날카로운 파열음과 함께 부서진 검의 파편이 사방으로 튀었다.

"컥!"

"크악!"

부러진 검의 파편은 마치 일부러 노리기라도 한 듯 정확히 천의십검을 향해 날아들었다. 크고 작은 검의 파편을 미처 대비하지 못하고 맞은 천의십검이 피투성이가 된 채 비명을 지르며 나가떨어졌다.

순식간에 천의십검을 쓰러뜨린 사진량은 한 손으로 검병을 쥔 채 물구나무를 선 후, 빙글 공중제비를 돌아 검병 끝에 발끝으로 착지했다. 그러곤 천천히 마철심을 향해 고개를 돌렸다.

좌중에 침묵이 가득했다. 천의십검의 활약을 기대했던 군웅들은 단 일수에 그들 모두를 쓰러뜨린 사진량의 무위에 눈을 크게 뜬 채 할 말을 잃었다. 사진량과 눈을 마주친 마철심만이 경악한 눈으로 어깨를 부르르 떨 뿐이었다.

"대, 대체 네놈은……!"

마철심은 바르르 떨리는 입술을 억지로 열었다. 사진량은 대답 대신 뒤쪽으로 손을 뻗었다가 무언가를 당기는 시늉을 했다.

휘익!

그 순간 저 멀리서 시커먼 물체 두 개가 날아들었다. 사진량과 같은 차림을 하고 있는 두 명의 인영이었다. 그대로 사진량의 바로 앞에까지 날아온 두 인영은 그대로 바닥에 풀썩 주저앉은 자세로 착지했다.

사진량 앞의 두 흑의인을 본 마철심의 눈이 미세하게 바르르 떨렸다. 두 흑의인 중 하나가 자신을 찾아왔던 자임을 알아본 탓이었다. 사진량은 두 흑의인 중 하나의 점혈을 풀며 천천히 입을 열었다.

"자세한 건 이자에게 듣도록 하지."

제압당한 혈도가 풀리자 정신을 차린 흑의인은 번쩍 눈을 뜨더니 누가 시키기라도 한 것처럼 빠른 속도로 말하기 시작했다.

"처, 천의문은 마라천에 근원을 둔 마도(魔道)입니다. 지난 수년 간 그 진정한 모습을 감춰왔지만 화산비검회에 초청된 것을 기회로……."

"그 입 닥치지 못할까!"

앞니가 다 빠져 바람이 새는 소리로 말하는 흑의인의 모습에 더 이상 참지 못하고 마철심이 버럭 소리치며 검을 뽑아 들고 몸을 날렸다.

파팟!

잔뜩 내공을 끌어 올리며 달려든 마철심의 살기 가득한 눈이 나불나불 입을 열고 있는 흑의인에게로 향했다. 천의문은 지난 수십 년간 자신이 쌓아온 전부였다. 마도에 뿌리를 둔 탓에 그들의 명령을 어길 수는 없었지만, 이렇게 백일하에 자신의 정체가 드러나는 것은 원치 않던 일이었다.

마철심은 으득, 이를 악물었다. 사진량과 두 흑의인만 사라지면 어떻게든 수습할 수 있을 것 같았다.

"죽어라!"

마철심은 그대로 검기가 가득 맺힌 검을 아직도 나불대고 있는 흑의인을 향해 내리 그었다.

파콰콰!

허공을 찢어발기는 날카로운 파공성이 터져 나왔다. 마철심은 흑의인을 베어버리자마자 곧장 사진량에게 달려들 셈이었다. 하지만.

턱!

마철심의 검이 흑의인의 머리를 반으로 쪼개려는 찰나의 순간, 누군가의 손이 마철심의 손목을 꽉 움켜쥐었다. 강맹한 기세로 내리찍던 마철심의 검이 덜컥 멈췄다.

"큭!"

손목을 쥔 강한 힘에 마철심은 저도 모르게 짧은 신음을 터뜨렸다. 동시에 사진량의 나직한 음성이 마철심의 귓가로 조용히 흘러들었다.

"아직 얘기가 끝나지 않았다."

꼼짝도 할 수 없었다. 그저 손목을 잡은 것뿐인데도 마혈을 제압당하기라도 한 것처럼 조금도 움직일 수가 없었다. 검을 쥔 마철협의 손이 미세하게 파르르 떨렸다. 내공을 끌어 올려 보았지만 단전에서 아무런 반응이 없었다. 그저 잠잠하기만 할 뿐이었다.

경악한 얼굴로 마철심은 자신의 손목을 잡고 있는 사진량을 쳐다보았다. 눈만 빼고는 복면으로 가리고 있었지만 왠지 모르게 어디선가 본 듯한 느낌이 드는 얼굴이었다.

'이자… 어디선가……?'

마철협이 기억을 더듬고 있는 사이에도 흑의인은 쉬지 않고 말을 하고 있었다. 흑의인의 말에 군웅들의 표정이 차츰 굳어 갔다.

"저자가 한 말이 사실이오, 천의문주?"

"이게 어떻게 된 일이오? 사실을 말하시오, 천의문주!"

사진량의 기세에 짓눌려 꼼짝도 하지 못하는 마철심의 귓가에 군웅들의 질책이 터져 나왔다. 처음에는 간헐적으로 드문드문 나오던 외침이 어느샌가 수많은 군웅이 저마다 같은 질문을 내던지고 있었다.

귓가로 날아드는 군웅들의 외침에 마철심의 얼굴이 마치 시체처럼 시퍼렇게 변했다. 아무런 말도 할 수 없었다. 그런 마철심의 모습에 군웅들이 더욱 흥분하기 시작했다. 군웅들은 금방이라도 폭발할 것처럼 마철심에게 대답을 강요했다.

그때였다.

"모두 진정하시오! 누군지도 모를 저런 자의 말을 믿고 이렇게 부화뇌동(附和雷同)하는 거요!"

주방에서 음식 준비를 관리하고 있던 총관 도균호가 달려 나와 버럭 소리쳤다. 하지만 군웅의 흥분은 가라앉지 않았다. 도균호의 외침이 오히려 불에 기름을 부은 것처럼 역효과가 났다.

"그러면 저 말이 헛소리라는 걸 증명할 수 있다는 거요?"

"대답하지 않아도 천의문주의 저 태도가 모든 걸 말해주고 있는 것 아니오!"

"천의문이 마도의 주구(走狗)였다니! 절강 무림의 수치요!"

사방에서 터져 나오는 외침에 도균호는 도무지 정신을 차릴 수가 없었다. 어떤 변명을 해도 흥분한 군웅들을 진정시킬 수는 없을 것 같았다. 도균호의 낯빛도 이내 마철심처럼 시퍼렇게 질려갔다.

억지로라도 변명을 하려던 도균호는 순간, 음유하게 날아드는 암경에 몸이 굳었다. 도균호는 경악한 얼굴로 억지로 사진량에게 고개를 돌렸다. 사진량은 흘낏 도균호를 쳐다보더니 이내 군웅들을 향해 시선을 돌렸다.

"이자가 한 말은 모두 사실이다."

사진량은 마철심의 손목을 놓으며 한 걸음 앞으로 나섰다. 마철심은 실 끊긴 연처럼 힘없이 그 자리에 털썩 주저앉았다. 사진량의 음성은 조용했지만 수많은 외침을 뚫고 군웅들에게 전해졌다. 아직까지 반신반의하고 있는 일부 군웅들이 소리쳤다.

"증명할 수 있소?"

"그게 사실이라면 왜 얼굴을 떳떳이 드러내지 않는 거요!"

흥분한 군웅들 사이로 날아든 질문에 사진량은 입꼬리를

살짝 말아 올리며 천천히 양손을 허공으로 뻗었다. 사진량이 무언가를 움켜쥐는 시늉을 하자, 가까운 잔칫상 위에 놓여 있는 술병 하나와 고기 산적 한 접시가 허공에 붕 떠오르더니 사진량의 손으로 빨려 들어갔다.

"겨, 격공섭물(隔空攝物)!!"

사진량의 무위에 놀란 군웅들의 외침이 터져 나왔다. 사진량은 아랑곳하지 않고, 왼손에 든 고기 산적을 바닥에 떨어뜨렸다.

채챙!

접시가 깨지고 고기 산적이 흙투성이가 되었다. 사진량은 오른손의 술병을 기울였다. 이내 술이 쏟아져 나와 고기 산적을 적시기 시작했다.

피쉬쉬—!

고기 산적이 술에 닿자 갑자기 싯누런 김이 피어오르기 시작했다. 그리고 잠시 후, 정체를 알 수 없는 작은 굼벵이 같은 것이 꿈틀거리며 고기 산적을 뚫고 밖으로 기어 나왔다.

"저, 저건……!"

"대체 저게 뭐지?"

전혀 예상치 못한 상황에 군웅들의 눈이 휘둥그레졌다. 고기 산적을 뚫고 나온 시커먼 굼벵이는 몇 차례 꿈틀거리다가 이내 움직임을 멈췄다. 가만히 그것을 보던 사진량은 천천히 고개를 들고 입을 열었다.

"혈독고(血毒蠱)라는 놈이다. 피를 먹이 삼아 혈관을 이동해 심장에 정착하는 놈이지."

"혀, 혈독고라면!"

"설마 마라천의 그……!"

사진량의 말에 여기저기서 경악한 음성이 터져 나왔다.

혈독고.

마라천의 혈사 당시에 무림에 알려진 고독(蠱毒)으로 주기적으로 해약을 먹지 않으면 심장이 쥐어뜯기는 통증을 주고, 내공을 산산이 흩어 버리는 효능이 있었다. 주로 강한 무인들을 포섭하기 위해 사용하던 것으로 마라천의 소멸과 함께 무림에서 완전히 사라졌다고 알려진 고독이었다.

당시 혈독고 때문에 어쩔 수 없이 마라천에 굴복한 무인들이 상당수라 절강 무림인들에게는 악몽과도 같은 것이었다. 그런 것이 지금 눈앞에 나타났으니 군웅들의 놀람은 당연했다.

"그, 그것이 혈독고라는 증거는 있소?"

누군가의 외침에 사진량은 피식 미소를 지으며 대꾸했다.

"의심되면 몸으로 직접 확인하시던가."

사진량의 말에 군웅들은 저도 모르게 어깨를 움찔했다. 아무런 변명도 하지 못하고 새파랗게 질린 마철심과 도균호의 모습에 군웅들은 사진량의 말이 모두 사실이라는 것을 이내 알게 되었다.

마라천과 혈독고에 대한 공포가 잠시 군웅들을 침묵하게 만들었다. 하지만 이내 천의문에 대한 분노가 공포를 뒤덮었다. 흥분한 군웅들이 분개한 음성을 토해내며 저마다 벌떡 일어나 소리쳤다.

"천의문이 마도의 주구였다니!"

"마도 따위가 감히 절강무림을 농락하다니! 있을 수 없는 일이요!"

분연히 일어난 군웅들은 천의문을 당장에라도 무너뜨릴 기세였다. 하지만.

"모두 조용히 하라."

사진량의 낮은 외침이 마치 천둥처럼 울리며 좌중을 크게 뒤흔들었다. 흥분한 군웅들은 저도 모르게 입을 다물었다. 순식간에 침묵이 찾아왔다. 사진량은 자신을 바라보는 군웅들을 향해 나직이 입을 열었다.

"천의문과 관련 없는 이들은 지금 당장 이 자리를 떠나라."

모든 이를 하대하는 사진량의 말투였지만 아무도 이의를 제기하는 사람은 없었다. 전혀 숨김없이 드러낸 사진량의 강렬한 존재감에 군웅들은 저도 모르게 위축되었다. 하지만 차마 움직이지 못하고 머뭇거리는 군중들에게 다시 사진량의 음성이 날아들었다.

"천의문과 연이 닿지 않은 자, 모두 떠나라!"

절대자의 위압감이 느껴지는 음성에 그제야 군웅들은 주섬주섬 움직이기 시작했다. 연회에 참석한 수백 명의 군웅이 썰물처럼 빠져나가기 시작했다.

순식간에 떠들썩하던 연회장이 텅 비어버렸다. 사진량은 자신의 앞에 주저앉아 있는 마철심을 내려다보며 천천히 입을 열었다.

"이제 어떻게 할 텐가, 천의문주?"

사진량의 질문이 마철심의 뇌리를 강하게 후려쳤다. 마철심은 저도 모르게 고개를 들어 사진량을 쳐다보았다. 자신을 향한 사진량의 눈빛에는 조금의 자비도 담겨 있지 않았다.

이대로 죽을 것인가, 아니면 발버둥이라도 칠 텐가.

사진량은 그렇게 묻고 있었다. 마철심은 힘없이 몸을 일으켰다. 그러곤 텅 빈 연회장을 가만히 쳐다보았다.

수십 년간 쌓아온 것이 이 한순간에 모두 무너져 버렸다. 남은 것이라고는 마도 세력으로서의 천의문뿐이었다.

"하, 하하하! 크하하하하!"

밀려오는 허탈감에 마철심은 미친 듯 웃음을 터뜨렸다. 한참을 그렇게 광소하던 마철심은 바닥에 떨어진 자신의 검을 주워 들었다. 천천히 연회장의 상석으로 올라간 마철심은 창백한 얼굴로 자신을 보는 도균호에게 나직이 중얼거렸다.

"다 끝이로군. 이제 선택의 여지는 없는 것 같네, 총관."

어느새 몸의 마비가 풀린 도균호는 마철심의 생각을 알겠다는 듯 고개를 끄덕였다. 이내 도균호는 허공을 향해 소리쳤다.

"천의문도는 들으라! 연회는 끝났으니 문을 닫고 모든 일을 마무리하라."

도균호의 외침에 사방에서 천의문도들이 뛰쳐나왔다. 순식간에 연회장은 깨끗이 정리되었고, 활짝 열린 문은 무거운 소리를 내며 닫혔다. 연회장으로 쓰인 넓은 연무장에는 복면을 한 사진량과 흑의인 둘만이 남았다. 상석에 서서 사진량을 가만히 쳐다보던 마철심은 천천히 내공을 끌어 올리며 소리쳤다.

"놈을 쳐라! 절대 이 자리에서 살아서 나가게 해선 안 된다!"

"존명!"

커다란 외침과 함께 사백여 명에 이르는 천의문도가 사방에서 뛰쳐나왔다. 개개의 무공은 약하지만 수백이 일제히 달려드는 그 기세는 마치 해일이 밀려오는 것처럼 강렬했다.

사진량은 눈 하나 깜짝하지 않고 나직이 중얼거리며 검병을 가볍게 움켜쥐었다.

"역시 나로군."

다시 중원으로 나선 후, 사진량의 녹슨 부러진 검이 처음으로 모습을 드러낸 순간이었다.

스카칵! 파각!

"크아악!"

"커헉!"

날카로운 파공성이 터져 나올 때마다 천의문도가 피를 토하며 쓰러졌다. 사진량은 그 자리에서 거의 움직이지 않고 자신에게 달려드는 천의문도를 베어 넘겼다. 강기를 두른 사진량의 녹슨 검에는 조금의 자비심도 없었다. 한번 허공을 가를 때마다 적어도 대여섯을 한꺼번에 쓰러뜨렸다.

순식간에 절명해 가는 문도들의 모습을 마철심은 눈을 부릅뜨고 지켜보고 있었다. 바닥을 홍건히 적신 문도들의 피가 자신의 눈물이 되었다. 채 한 식경도 지나기 전에 사백이 넘는 문도들은 사진량의 손에 고혼(孤魂)이 되었다. 참다못해 달려 나간 도균호도 일수에 목이 잘려 쓰러져 버렸다.

이제 남은 것은 마철심 하나뿐이었다. 마철심은 검을 늘어뜨린 채 천천히 상석을 내려왔다. 단신으로 사백이 넘는 숫자를 쓰러뜨린 사진량은 호흡 하나 흐트러지지 않은 얼굴로 마철심을 쳐다보았다. 어느새 연무장에 내려온 마철심이 걸음을 멈췄다.

"마지막 부탁이 있다."

"뭐지?"

"얼굴을 보여주지 않겠나? 내 전부를 무너뜨린 자가 누군지 몰라서야 억울해서 저승에도 못 갈 것 같군."

마철심의 말에 사진량은 피식 미소를 지으며 천천히 얼굴을 가린 복면을 내려 보였다. 사진량의 맨 얼굴이 드러나자 마철심의 얼굴이 경악으로 물들었다. 잊으려야 잊을 수 없는 얼굴이 눈앞에 나타난 탓이었다.

"고, 고독검허……!"

마철심의 말은 끝까지 이어지지 못했다. 눈치채지 못한 사이 사진량의 녹슨 검이 마철심의 목을 베고 지나간 탓이었다. 두 눈을 찢어져라 크게 치켜뜬 채, 마철심은 그대로 허물어지듯 쓰러졌다. 사진량은 쓰러지는 마철심을 보지도 않고 그대로 돌아서며 납검했다.

철컥!

그러곤 천천히 내공을 끌어 올리며 발을 높이 들었다. 내공이 가득 실린 사진량의 발이 그대로 바닥을 강하게 내리찍었다.

쿠르릉! 콰쾅!

그 순간 바닥이 크게 진동하며 천의문의 모든 건물이 무너져 내리기 시작했다. 오랜 세월 건물을 지탱해 온 주춧돌마저 충격을 버티지 못하고 완전히 내려앉아 버렸다. 사백이 넘는 천의문도의 시신은 그렇게 무너지는 건물의 잔해로 뒤덮여 버렸다.

그 속에서 사진량은 조금의 흔들림도 없이 천천히 걸어 나오며 나직이 중얼거렸다.

'보고 계십니까? 이것은 당신들의 마지막이자, 또 다른 시작이 될 것입니다. 그곳에서 끝까지 지켜봐 주십시오.'

第五章

화산으로 향하다

천의문의 멸문.

그것은 절강뿐만이 아니라 강남 무림 전체를 뒤흔들었다. 가장 놀라운 것은 절강 무림의 패자로 인정받고 있던 천의문이 마도의, 그것도 강남 무림의 악몽이라 치부하던 마라천의 잔당이었다는 사실이었다.

강남 무림을 괴멸 직전까지 몰고 간 마라천의 혈사를 기억하는 무림인들은 그와 함께 수년 전 자취를 감춘 고독검협 사진량을 떠올렸다. 사진량이 아니었다면 강남 무림은 마도천하가 되었을지도 모르는 일이었다.

잊고 있던 고독검협을 떠올린 무림인들은 천의문이 멸문한 날에 나타난 흑의인의 정체에 대해 궁금해하기 시작했다.

혹자는 그가 마도의 발호를 막기 위해 구파일방에서 은밀히 키워낸 절정고수라고 하기도 하고, 또 다른 이들은 전 중원의 정보를 쥐고 있는 황실에서 파견한 자라고 하기도 했다.

어쨌든 수많은 사람이 혹의인의 정체에 대해 분분히 의견을 내놓았지만 그 어느 것도 사실로 밝혀진 것은 없었다.

중요한 것은 강남 무림에 마도의 잔재가 아직까지 남아 있다는 사실이었다. 강남의 각 문파들은 정사를 막론하고 서로의 세력 다툼을 줄이고, 마도를 발본색원(拔本塞源)해야 한다고 저마다의 의견을 내놓았다.

그렇게 천의문의 멸문은 강남 무림의 세력 판도를 급격하게 변화시켜 나갔다.

천의문의 멸문에 관한 소식은 전서구(傳書鳩)를 통해 중원 전역으로 빠르게 퍼져 나갔다. 구파일방 중에 가장 먼저 소식을 전해 받은 것은 이번 화산비검회의 진행을 맡은 섬서의 화산파(華山派)였다.

본래 화산비검회는 이 년에 한 번씩 화산의 정상에서 숱한 무인들이 모여 서로의 무(武)를 나누는 대회였다. 장소는 화산이었지만 구파일방이 공동으로 개최하는 것으로, 그 진행은 개방을 제외한 구파에서 돌아가면서 한 번씩 맡았다. 이번 비검회는 화산파가 진행을 맡을 차례였다.

화산파에 전해진 천의문에 대한 소식에 가장 놀란 것은 비검회에 초청할 문파를 선정하는 장로회였다.

"허어……! 천의문이 마도의 주구였다니!"

"상상조차 할 수 없던 일이었습니다. 그동안 천의문은 사파에 가깝기는 하나 아무런 문제도 없던 문파이지 않았습니까?"

"하지만 이미 마도의 주구로 백일하에 밝혀지지 않았소이까? 그런 이야기는 문제를 수습하는 데 조금도 도움이 되지 않소!"

화산파의 노도사들은 어두워진 낯빛으로 저마다 이런저런 말을 쏟아냈다. 아무리 몰랐다지만 화산비검회에 마도의 주구를 정식으로 초청했다는 것은 수년 간 쌓아온 비검회의 명예에 먹칠을 한 것이나 다름없었다.

"차라리 비검회를 조금 늦추더라도 초청할 문파에 대해 철저히 조사하는 것이 좋을 것 같습니다."

"그게 무슨 소리요! 벌써 초청장을 보내놓은 마당에 비검회를 늦추자니."

"그럼 다른 방법이 있소이까? 어쩔 수 없소이다. 화산파의 위신(威信)에 조금 흠이 가더라도 더 큰 일을 막으려면 그 수밖에 없지 않겠소?"

"허어! 이거야, 원!"

한참 고성이 오가던 노도사들의 회의는 화산비검회를 조금 연기하는 쪽으로 가닥이 잡혀가고 있었다. 그 모습을 가만히 지켜보던 대장로가 천천히 입을 열었다.

"비검회의 연기는 있을 수 없는 일이오."

"아니, 대사형! 그럼 무슨 방법이라도 있단 말씀이십니까?"

"고견(高見)을 말씀해 보시지요."

몇몇 장로들이 질문을 던졌다. 대장로는 나직이 한숨을 내쉬며 천천히 입을 열었다.

"전 무림에 비검회의 개최 일시가 공고되었으니 지금 와서 그것을 무를 수는 없소. 대신 본 파에서 초청장을 보낸 문파의 뒷조사를 개방에 부탁하겠소. 더불어 하오문에도 은밀히 연통을 넣어 같은 일을 의뢰해야겠지. 그것으로 어느 정도 마도의 주구를 걸러낼 수 있을 거요."

"그것으로 충분하겠습니까, 대사형?"

"어쩔 수 없지. 그리고 수많은 무림의 군웅이 참석할 비검회요. 아무리 마도가 숨어든다 해도 충분히 막아 낼 수 있을 것이오."

대장로의 그 말로 긴급 장로회는 그대로 마무리되었다. 아무것도 해결되지 않은 시간 낭비일 뿐인 회의였다.

강남 무림, 아니, 무림 전체를 크게 뒤흔든 당사자인 사진량은 천의문을 멸문시킨 직후, 곧바로 항주를 떠났다. 미리 떠날 준비를 하고 기다리고 있던 장일소와 고태는 지체 없이 사진량의 뒤를 따랐다.

"일은 잘 마무리되셨습니까, 소공?"

걸음을 옮기며 장일소가 조심스레 물었다. 사진량은 흘깃 장일소를 쳐다본 후 나직이 대답했다.

"이제 막 시작된 일이다."

그 의미를 알겠다는 듯 장일소는 가만히 고개를 끄덕였다.

커다란 등짐을 멘 채 두 사람의 뒤를 따르는 고태만이 무슨 소리인지 모르겠다는 듯 고개를 갸웃거렸다.

"이제 어디로 가실 생각이십니까, 소공?"

생각 같아서는 곧장 감숙으로 가고 싶은 장일소였지만, 사진량의 뜻이 먼저였다. 병상에 있는 양기뢰의 모습이 머릿속에 아른거렸지만 장일소는 억지로 그것을 지우고 사진량의 대답을 기다렸다. 사진량은 한 치의 망설임도 없이 대답했다.

"화산."

"비검회에 참석하실 생각이십니까?"

"아니. 굳이 나를 드러낼 생각은 없다."

"그렇다면 어찌하여……?"

"흑야가 절강에만 손을 뻗치고 있다고 생각하는 것은 아니겠지?"

사진량의 말에 장일소는 그제야 알겠다는 듯 고개를 끄덕였다.

"그렇다면 소공께서는……!"

사진량은 입꼬리를 살짝 말아 올리며 나직이 중얼거렸다.

"내 검은 지키는[守] 검이 아니라 죽이는[殺] 검이다. 한 자리에서 적을 막아 내는 것은 내 성미에도 맞지 않아서 말야."

사진량과 눈이 마주친 장일소는 저도 모르게 어깨를 움찔 떨었다. 어쩐지 뒷덜미가 서늘한 기분이 드는 장일소였다.

*　　　　*　　　　*

안휘성(安徽省) 합비(合肥)의 남궁세가(南宮世家)는 무림에 널리 이름을 알린 무가(武家)이다. 정도 무림의 주축인 구파일방에 비견할 수 있다고 평가를 받는 오대무가 중에서도 으뜸이라 칭송받는 곳이 바로 남궁세가였다.

오랜 세월 동안 합비에 자리를 잡은 남궁세가는 황실에서도 무시할 수 없는 세력을 유지하고 있었다. 그 누구도 안휘성의 패자로 남궁세가를 인정하지 않는 무림인은 없었다.

의기천추(義氣千秋).

내원의 입구 현판에 쓰인 용사비등(龍蛇飛騰)한 필치의 네 글자가 바로 남궁세가를 상징과도 같았다.

가슴에 커다란 '의(義)' 자를 수놓은 무복을 입은 남궁세가의 내원 수문위사(守門衛士) 강유는 길게 하품을 하며 주위를 둘러보았다.

"으하암, 심심하구만. 교대는 언제 오려나?"

"어이구, 이 친구야! 정신 똑바로 차리라고. 혹시 누가 침입할지도 모르는 일이잖나!"

"에이, 아무리 간이 부은 놈이라도 어떻게 감히 대남궁세가의 내원에 침입을 합니까? 말이 되는 소릴 하셔야지."

"그래도 모를 일이잖나? 그리고 웃어른께서 자네 태도를 보시면 크게 경을 치실 걸세."

"알겠습니다요. 정신 똑바로 차립죠!"

강유는 자신보다 연배가 높은 수문위사의 말에 눈을 부비며

잠을 쫓아내려 했다. 문득 저 멀리서 누군가 비틀거리며 다가오는 것이 보였다.

"어라? 누가 이쪽으로 오는데요, 형님?"

"응? 누가?"

강유의 말에 나이 많은 수문위사가 손을 들어 이마에 얹은 채로 실눈을 뜨고 강유가 가리킨 방향을 쳐다보았다. 술에 취한 듯 비틀거리며 다가오는 사내의 모습이 보였다.

"에이! 난 또 누구라고. 그 유명한 망나니, 사혁 도련님 아니냐. 신경 쓸 거 없어."

"아하, 방계의 그 사혁 도련님 말입니까?"

강유는 수년 전, 남궁세가에 들어올 때부터 들어왔던 방계의 망나니 도련님에 대한 소문을 머릿속에 떠올렸다.

남궁사혁.

남궁세가의 방계 혈족으로 어린 시절에는 무재(武才)와 오성(悟性)이 뛰어나 방계의 기대를 한 몸에 받던 인물이었다. 하지만 그 뛰어남이 오히려 남궁사혁의 발목을 잡았다.

남궁사혁이 열넷이 되던 해.

장래 남궁세가의 주축으로 키울 뛰어난 젊은 무인을 선발하기 위한 신룡쟁투(神龍爭鬪)에서 외원의 대표로 참가한 남궁사혁은 첫 상대로 만난 소가주 남궁진을 단 일 초식으로 제압해 버렸다. 그것도 세가의 모든 무인이 기본적으로 수련하는 천풍검법(天風劍法)으로.

그로 인해 내원은 발칵 뒤집혔다.

갓난아이 때부터 뭇 어른의 기대를 한 몸에 받고 가문의 절기를 수련하는 한편, 수많은 영약을 복용해 온 남궁진이었다. 그런 남궁진을 고작해야 기본공인 천풍검법의 일 초식으로 제압해 버린 남궁사혁은 그야말로 계륵(鷄肋)이었다.

다름 아니라 남궁사혁이 방계이기 때문이었다. 직계 혈족이었다면 오히려 쌍수를 들고 환영했을지도 모르는 일이었다. 하지만 방계라는 이유로 남궁사혁은 가문의 웃어른들에 의해 철저히 그 존재 자체가 지워졌다. 일부에서는 내공을 폐해야 한다는 의견까지 나올 정도였다.

그 해의 신룡쟁투는 가주에 의해 철저한 함구령(緘□令)이 내려졌다. 그 일로 남궁사혁은 물론, 방계의 내원 진출은 철저히 금지되었다. 명백한 차별이었지만 외원에서는 대놓고 불만을 표출할 수 없었다.

남궁사혁은 자신 때문에 모든 일을 그르쳤다는 생각에 깊이 좌절했다. 밀려오는 자책감을 이기지 못하고 남궁사혁은 술독에 빠져 폐인처럼 지내게 되었다.

처음 몇 년은 남궁사혁에 대한 경계심으로 감시의 눈길을 늦추지 않던 내원이었다. 하지만 무공 수련은커녕 눈을 뜨면 술만 찾는 남궁사혁의 모습에 내원의 감시는 차츰 사라지게 되었다.

방계의 개망나니 도련님.

어느샌가 남궁사혁은 내원의 직계가 아닌 일반 가인들에게까지 그런 별명으로 불리며 멸시를 받는 신세가 되었다.

하지만 아무도 알지 못했다.

수년 전에 마주한 그리 길지 않은 인연의 줄기가 남궁사혁을 완전히 변모시켰다는 것을. 날카로운 발톱을 감춘 잠룡(潛龍)이 자신들의 발아래에서 은밀히 헤엄치고 있다는 것을.

　　　　*　　　　　　*　　　　　　*

"듣자 하니 강남 무림이 마도의 발본색원을 위해 한 자리에 모일 것을 결의했다더군요."

장일소가 모닥불에 마른 나뭇가지를 던져 넣으며 입을 열었다. 말없이 타오르는 불길을 쳐다보던 사진량이 살짝 고개를 끄덕이며 대꾸했다.

"시기는?"

"화산비검회가 끝나고 한 달 후, 사천(四川)의 성도(成都)에서 회합을 가진다고 합니다."

"그렇군."

사진량은 짧은 대답과 함께 그대로 입을 다물었다. 더 이상 이야기할 필요는 없다는 뜻이었다. 사진량의 뜻을 금세 알아챈 장일소가 화제를 바꿨다.

"그나저나 지금까지 아무 일도 없는 것이 이상하군요."

"무슨 뜻이지?"

"소공께서 절강에서 음모를 꾸미던 흑야의 지단을 완전히 지워 버리시지 않았습니까? 강호가 그 일로 떠들썩한데 흑야에서는 별다른 반응이 없으니 이상한 일이지요. 제가 알고 있는 흑야라면 충분히 진상을 파악하고 저희를 추격해 올 거라 생각했었습니다만……."

사진량은 살짝 입꼬리를 말아 올리며 입을 열었다.

"그런 작은 것에 연연하는 자들이었다면 마라천이 무너졌을 때 이미 마각(馬脚)을 드러냈을 거다. 안 그런가?"

사진량의 말을 금방 이해한 장일소가 고개를 끄덕였다. 수십, 아니, 수백 년 간 마도천하를 이루기 위해 무림에서 암약해 온 흑야였다. 결정적인 순간이 오기 전까지 그들이 실체를 드러내는 일은 없을 것이다.

"제 생각이 짧았군요. 그 말씀이 옳습니다, 소공."

장일소는 젊은 나이답지 않은 깊은 관록이 느껴지는 사진량의 말에 짐짓 감탄했다. 문득 사진량의 과거가 궁금해졌다. 세간에 알려진 것은 사진량이 열다섯에 강호 출두한 이후의 일들밖에 없었다. 그 이전에 대해서는 숱한 풍문만이 떠돌 뿐 확실한 것은 하나도 없었다.

"뭐지?"

물끄러미 자신을 쳐다보는 장일소의 눈빛에 사진량이 입을 열었다. 입이 근질거렸지만 장일소는 목구멍까지 치밀어 오른 질문을 억지로 삼켰다.

"아, 아무것도 아닙니다. 그러고 보니 이제 사흘 후면 합비를 지나겠군요."

"합비라……."

무언가를 떠올리는 것 같은 사진량의 기색에 장일소가 질문을 던졌다.

"혹 남궁가와 인연이 있으십니까, 소공?"

"글쎄……."

말꼬리를 흐리는 사진량의 머릿속에 능청스러운 미소를 짓는 누군가의 얼굴이 스쳤다. 사진량은 피식 미소를 지으며 그대로 천천히 드러누웠다.

"크하하하! 죽고 싶지 않으면 가진 거 다 내놓고 사라져라!"

왼쪽 눈에 길게 찢어진 흉터가 있는 험상궂은 인상의 털북숭이 사내가 커다란 월도를 들고 소리쳤다. 사내의 옆에는 비슷한 차림새를 한 덩치 큰 사내 일곱이 각자 병장기를 들고 으르렁거렸다.

"두 분은 그냥 계셔유. 제가 처리하겠구먼유!"

그동안 무공이 꽤나 일취월장(日就月將)한 고태가 버럭 소리치며 산적들에게 달려들었다. 산적 두목으로 보이는 털북숭이 사내가 코웃음 치며 소리쳤다.

"칼도 없이 맨손으로 달려들다니! 가소로운 놈! 얘들아, 쳐라!"

"예이, 두목!"

두목을 포함한 산적 여덟은 흉흉한 기세를 뿌리며 고태를 향해 달려들었다. 하지만.

퍼억!

"우켁!"

빠각!

"켁!"

제대로 된 무공이라고는 한 번도 익히지 못한 산적들은 고태의 상대가 되지 못했다. 그새 보법에도 어느 정도 익숙해진 덕에 산적의 공격을 가볍게 피하며 내지르는 고태의 주먹에는 미약하지만 경력이 담겨 있었다.

고태가 주먹을 내지를 때마다 산적들은 비명을 지르며 나가떨어졌다. 내공심법과 경신법밖에 배우지 못한 터라 아직 막싸움에 가까운 고태의 주먹질이었지만, 그 위력은 상당했다.

"후어어……! 이제 끝났구먼유, 헤헤."

마지막까지 버티던 산적 두목을 주먹질 두 방에 쓰러뜨린 고태는 순박한 미소를 지으며 뒷머리를 긁적였다. 고태가 산적 여덟을 쓰러뜨리는 것을 멍하니 보고 있던 장일소는 그의 소매에 묻은 핏자국을 발견하고는 물었다.

"어디 다친 덴 없나?"

"멀쩡하구먼유."

고태의 대답에 장일소는 피식 미소를 지었다. 워낙에 호되게 맞아 끙끙거리며 바닥을 꿈틀거리는 산적들을 흘깃 쳐다본 장일소는 조심스레 사진량의 바라보았다.

무표정한 얼굴을 한 사진량은 별 관심 없다는 듯 다시 걸음을 옮기기 시작했다. 저도 모르게 나직이 한숨을 내쉬며 장일소는 그 뒤를 따랐다.

"가, 같이 가유, 어르신! 나으리!"

순식간에 멀어지는 두 사람의 뒤를 허겁지겁 쫓으며 고태가 소리쳤다.

안휘성은 동서로 길게 장강(長江)이 가로지르고 있어 화산으로 가기 위해서는 장강을 건너야 했다. 해가 뉘엿뉘엿 질 무렵에 장강 변의 무호현(蕪湖縣)에 닿은 일행은 우선 객잔에 방을 빌려 여장을 풀었다.

"내일 아침 일찍 배를 알아보겠습니다, 소공. 혹 합비를 지나실 생각이라면 아예 배를 빌려서 수로를 타고 가는 것이 좋을 것 같습니다만……."

저녁 식사를 마칠 무렵, 장일소가 차를 마시며 조용히 입을 열었다. 막 차를 한 모금 들이켜던 사진량이 천천히 잔을 내려놓았다.

"그런가……."

"물길을 거슬러 올라가긴 하겠지만 걷는 것보다는 훨씬 빠를 겁니다. 화산비검회의 일정을 맞추려면 조금이라도 서둘러야 하지 않겠습니까?"

장일소의 말에 사진량은 고개를 끄덕였다.

"그렇군. 그럼 그렇게 하도록 하지."

다음 날 아침.

새벽녘부터 나루터로 향한 장일소는 장강교룡 시절의 경험을 토대로 작지만 튼튼한 배를 아예 사버렸다. 빌렸다가 되돌려 줄 수 있을지 알 수 없었던 탓이었다.

꽤나 비싼 값을 치르긴 했지만 배는 아주 만족스러웠다. 날이 밝기 전에 시전에 들러 필요한 물품을 구매한 장일소는 객잔으로 돌아갔다. 사진량과 고태는 막 아침 식사를 주문하고 있었다.

"다녀왔습니다, 소공. 식사를 마치면 바로 출발할 수 있을 겁니다."

사진량은 대답 대신 고개를 끄덕였다. 간단한 아침 식사를 마친 일행은 곧장 나루터로 향했다. 배를 보고 가장 좋아한 것은 반평생을 어부로 살아온 고태였다.

"배는 저한테 맡겨주셔유. 편안하게 모실 수 있구먼유."

특유의 순박한 미소를 지으며 고태는 누군가의 손자국이 가득한 커다란 노를 잡았다.

쏴아아—

사진량은 선실에 가부좌를 틀고 앉아 작은 창밖으로 넘실대는 장강의 물결을 가만히 쳐다보았다. 문득 섬에 남겨 두고 온 설아를 비롯한 성성이들이 떠올랐다. 자신이 섬에 들어가기도 전부터 그곳에서 자리를 잡은 녀석들이라 별 탈 없이 지낼 터였다.

이내 성성이들의 생각을 떨친 사진량은 점점 기억을 거슬러 올라가기 시작했다. 그러다 어린 시절, 지금은 만날 수 없는 형과의 대화가 떠올랐다.

"울지 마, 인마! 우릴 버리고 간 사람이 뭐가 그렇게 좋다고 질질 짜냐?"

"그, 그래도 아부지가……"

"그만하라고 했지! 한 대 콱, 쥐어 패버릴까 부다!"

"형아도 떠날 거야?"

"안 가, 인마. 내가 널 두고 어딜 가냐?"

"진짜지?"

"그래!"

그렇게 말했던 형은 무공을 익히기 시작하면서 완전히 다른 사람처럼 변해 버렸다. 자신을 버리고 떠나 버린 형의 마지막 눈빛을 사진량은 아직까지도 뚜렷하게 기억하고 있었다.

그리고 수년이 지난 후, 다시 만난 형은 자신을 버릴 때와 같은 눈빛을 하고 있었다. 하지만 어렸을 때와는 달리 사진량은 그를 향해 검을 들었다.

출렁!

밀려오는 강한 물살에 한 차례 배가 크게 출렁였다. 그제야 사진량은 과거의 상념에서 벗어날 수 있었다. 사진량은 고개를 절레절레 흔들며 피식 미소를 지었다.

"지난 일이다, 지난 일."

그런데 밖이 소란스러웠다. 사진량은 천천히 몸을 일으켜 선실 밖으로 나갔다. 눈앞에 자신이 탄 배의 몇 배는 넘어 보이는 커다란 배가 앞을 막고 있었다. 커다란 배의 뱃전에는 터질 듯한 근육을 자랑하는 매서운 눈빛을 한 사내가 한 손에 대부(大

斧)를 들고 서 있었다.

"크하하핫! 아무리 작은 배라도 그냥 넘어갈 수는 없지! 통행세로 두 당 은자 석 냥을 내놓으실까?!"

장일소는 살짝 눈살을 찌푸린 채 대부를 든 근육질 사내는 쳐다보았다. 덩치로만 보면 삼십 대 초반 정도로 보였지만, 이목구비가 앳되어 보였다. 사내의 얼굴이 왠지 모르게 낯이 있다는 생각을 하며 장일소는 기억을 더듬었다.

'어디서 본 얼굴인데……'

장일소는 사내의 얼굴을 뚫어져라 쳐다보았다. 갑자기 퍼뜩 누군가의 얼굴이 생각났다. 장일소가 반색을 하며 소리치려는 찰나, 어느새 선실을 나온 사진량이 바닥을 박차고 날아올랐다.

"소, 소공!"

장일소는 저도 모르게 버럭 소리쳤다. 곧장 하늘 높이 날아오른 사진량은 녹슨 검갑을 들어 올리더니 그대로 커다란 수적들의 배를 향해 크게 내리 그었다.

파파팍!

날카로운 파공성이 터져 나왔다. 대부를 든 근육질 사내는 저도 모르게 사진량의 움직임을 좇아 고개를 들었다.

"저게 뭐 하는……! 으헉! 모, 모두 피해!"

배를 향해 날아드는 무지막지한 기운을 느낀 근육질 사내가 버럭 소리쳤다. 하지만 다른 수적들이 무어라 반응하기도 전에 날카로운 파열음이 먼저 터져 나왔다.

빠자작! 콰직!

군선에 육박할 정도로 튼튼하고 큰 수적의 배가 반으로 갈라지기 시작했다.

"우아악!"

"으힉! 뭐, 뭐야!"

선두(船頭)부터 시작해 선미(船尾)까지 길게 배가 쪼개지자 수적들은 저마다 당황한 음성을 토해냈다. 반으로 쪼개진 배가 침몰하기 전에 수적들은 장강으로 뛰어들었다. 침몰하는 배에 휩쓸렸다가는 수장당하기 일쑤였으니.

"마, 망할!"

대부를 든 사내는 낭패라는 얼굴로 천천히 허공에서 내려오고 있는 사진량의 모습을 쳐다보았다. 이내 질끈 이를 악문 사내는 다른 수적들처럼 장강으로 뛰어들었다.

첨벙! 첨벙! 첨벙!

수적들은 황급히 자맥질을 하며 침몰하는 배에서 멀어지려 애썼다. 반으로 갈라진 수적들을 배는 파편을 사방으로 튀기며 그대로 장강의 깊은 물속으로 사라져 버렸다.

콰르륵! 콰득!

"우, 우아아악!"

미처 멀리 벗어나지 못한 수적 몇몇이 그에 휩쓸려 비명을 지르며 물속으로 빨려 들어갔다. 그 바람에 물결이 크게 출렁였다. 노련한 어부였던 고태는 낮은 기합을 내지르며 노를 이리저리 휘저어 출렁이는 물결에 저항했다.

"어이차!"

작은 배는 한 차례 크게 출렁이더니 이내 균형을 잡았다. 그 사이 사진량은 사뿐히 배 위에 내려앉았다. 한 손에 대부를 든 채 가라앉지 않으려고 헤엄치던 근육질 사내가 버럭 소리쳤다.

"쌍! 얘들아! 다들 덮쳐라!"

외침과 동시에 근육질 사내가 커다란 물보라를 일으키며 빠른 속도로 사진량의 배를 향해 다가갔다. 사방에 흩어져 있던 수적들도 이내 근육질 사내의 뒤를 따랐다.

수적들의 맹렬한 기세에 고태는 저도 모르게 어깨를 움찔하며 노를 꽉 움켜쥐었다. 여차하면 수적들에게 노를 휘두를 생각이었다. 그에 반면 장일소는 대부를 든 근육질 사내를 쳐다보며 미소를 짓고 있었다.

촤촤촥!

어느새 사진량의 배 가까이 다가온 근육질 사내는 그대로 물을 평지처럼 박차고 허공으로 뛰어올랐다. 내공이 아니라 순수한 근력만으로 뛰어오른 것이었다.

"감히 내 배를 수장시키다니!!"

근육질 사내는 버럭 소리치며 대부 자루를 두 손으로 꽉 움켜쥐었다. 그대로 뱃머리를 향해 대부를 내려찍으려는 순간, 장일소가 한 걸음 앞으로 나서며 낮게 소리쳤다.

"멈춰라, 화아, 이 녀석아! 내가 누군지 정녕 못 알아보겠느냐?"

막 온 힘을 다해 도끼를 내려찍으려던 근육질 사내는 순간 저도 모르게 멈칫했다. 자신을 화아라고 부르는 사람은 이 세상에서 단둘뿐이었다.

"우, 우앗!"

첨벙!

갑자기 놀라 멈칫한 탓에 몸의 균형을 잃은 근육질 사내는 짧은 비명과 함께 물에 빠졌다. 이내 물보라와 함께 튀어나온 근육질 사내는 뱃머리를 붙잡고 배 안으로 뛰어들었다. 영락없이 물에 빠진 생쥐 꼬락서니를 한 사내는 장일소를 물끄러미 쳐다보았다.

"날 아시… 어엇! 배, 백부님!"

질문을 던지려던 근육질 사내는 이내 장일소를 알아보고는 포권을 취하며 고개를 푹 숙였다.

"하하, 오랜만이로구나, 화아야. 그런데… 아직도 이렇게 삼류 수적질이나 하고 있는 게냐? 네 아비가 알면……."

"으익! 그, 그냥 용돈벌이나 하는 겁니다, 백부님. 아버지께는 비밀로 좀……."

장일소의 말에 화아라 불린 근육질 사내는 화들짝 놀라며 난감해하는 얼굴로 나직이 중얼거렸다. 그 모습에 사진량이 조용히 물었다.

"아는 자인가?"

"장강을 주유하던 시절에 알게 된 의제(義弟)의 하나뿐인 아들놈입니다, 소공. 어린 치기에 배를 이끌고 나온 것 같습니다."

"어린 치기?"

"저래 봬도 올해 열다섯밖에 안 된 놈입니다, 허허. 수적이긴

하지만 흉악한 악당은 아닙니다. 가릴 건 가릴 줄 아는 녀석이
지요."

장일소의 말에 사진량은 근육질 사내, 화아를 힐끗 쳐다보
았다. 체구가 크고 근육이 과하게 발달되어 있긴 하지만 우물
쭈물하며 난감해하는 모양이 확실히 어려 보였다. 장일소는 사
진량에게 살짝 고개를 숙이며 말했다.

"이 근처에 의제의 수채가 있을 것입니다. 그에게서 쾌속선
하나를 빌리려 합니다만. 이렇게 노를 저어 가는 것보다 그러
는 편이 훨씬 시간을 줄일 수 있을 겁니다. 그리해도 되겠습니
까, 소공?"

장일소의 말이 일리가 있었다. 장강의 물길을 거슬러 올라가
는 길이니 고태 혼자서 노를 저어 가면 육로보다 빠르다고 해
도 상당한 시일이 걸릴 터였다. 사진량은 가만히 고개를 끄덕
인 후에 천천히 선실로 돌아갔다.

"소채주! 뭐가 어떻게 된 거요?"

사진량의 배로 달려들던 수적들은 갑작스러운 상황 변화에
고개를 갸웃거리며 물었다. 화아가 고개를 휙 돌리며 물속에
둥둥 떠 있는 수적들에게 소리쳤다.

"우이씨! 보면 모르냐? 다 망했잖아!"

장일소가 피식 미소를 지으며 천천히 입을 열었다.

"이 철없는 녀석아, 앞으로 절대 이런 어설픈 수적질을 하지
말거라. 내 네 애비에게는 비밀로 해주마."

"저, 정말입니까, 백부님?"

"대신! 다음에도 또 이런 짓을 벌인다는 이야기가 내 귀에 들리면 가만히 있지 않을게다."

"무, 물론이죠. 다신 안 그러겠습니다, 헤헤."

어울리지 않게 헤실거리는 화아의 모습에 장일소는 미소를 지으며 말을 이었다.

"그냥 지나갔으면 모를까 일이 이렇게 되었으니 네 애비를 좀 만나봐야겠구나. 부탁할 것이 있으니."

"아, 아버지를요?"

"그래, 수채로 안내하거라."

"네에, 백부님."

화아는 고개를 푹 숙인 채 힘없이 대답했다. 덩치에 어울리지 않는 그 모습에 장일소는 저도 모르게 피식 미소를 지었다.

"오랜만에 뵙습니다, 형님!"

와룡채(臥龍寨)의 채주 관형추는 험상궂은 인상과 커다란 덩치에 어울리지 않는 함박 미소를 지으며 다가와 장일소를 와락 끌어안았다. 장일소도 반가워하며 관형추와 마주 앉았다.

"허허, 자넨 예나 지금이나 변함이 없군그래."

"변함없긴 형님도 마찬가집니다, 하하하!"

관형추는 장일소의 말에 대꾸하며 너털웃음을 터뜨렸다. 문득 관형추의 눈에 쭈뼛거리는 아들 관지화의 모습이 보였다.

"아, 아버지, 연회를 준비할까요?"

흘끔흘끔 장일소의 눈치를 보는 것이 어째 사고를 친 것 같은 느낌이 들었다. 하지만 관형추는 짐짓 모른 척하며 고개를 끄덕였다.

"그럼, 당연하지! 큰형님께서 이렇게 오랜만에 오셨는데 창고를 다 털어서라도 연회를 열어야지! 화아, 네 녀석은 빨리 연회 준비를 해라."

"네엡!"

관지화는 기다렸다는 듯 쪼르르 어디론가 달려가 버렸다. 그 모습에 피식 미소를 지으며 관형추는 안고 있던 장일소를 풀어주며 물었다.

"그런데… 형님 뒤에 있는 분들은……"

"내 일행일세. 사정이 있으니 자세한 건 묻지 마시게나."

관형추는 장일소의 뒤에 있는 사진량과 고태를 슬쩍 쳐다보았다. 조금 놀란 얼굴로 주위를 흘끔거리는 고태는 영락없는 시골 촌놈이었다. 그에 반면 사진량은 도무지 알 수 없었다. 무표정한 얼굴에 깊은 눈빛에 아무런 감정도 읽을 수 없었다.

'대단한 자로군.'

알 수 있는 것은 은은히 느껴지는 강한 존재감뿐이었다. 관형추는 속으로 중얼거리며 은밀히 사진량을 향해 암경을 쏘아보냈다. 하지만.

"헉!"

곧장 되돌아오는 엄청난 암경에 저도 모르게 짧은 신음을 토해내며 비틀거렸다. 갑작스레 관형추가 비틀거리자 장일소가 손을 뻗어 부축했다.

"응? 갑자기 왜 그러나?"

"아, 아무것도 아니오, 형님."

관형추는 괜찮다면 손사래를 쳤지만 낯빛이 허옇게 질려 있었다. 사진량이 몇 배로 되받아친 암경을 몸으로 모조리 받아낸 탓이었다. 파르르 떨리는 눈으로 사진량을 흘끔 쳐다보는 관형추의 모습에 장일소는 금세 상황을 파악했다. 난처하다는 얼굴로 장일소가 입을 열었다.

"소공, 이, 이게……."

"그가 먼저 시작한 일이다."

사진량은 무심한 얼굴로 말했다. 약간의 내상을 입은 것인지 관형추의 입가에서 한 줄기 검은 피가 주륵 흘러내렸다. 관형추는 흘러내린 피를 손을 들어 훔쳐내고는 사진량에게 다가가 포권을 취하며 고개를 숙였다.

"무례를 용서하시오. 내 귀인인줄 알아보지 못하고 한 일이니……."

"괜찮다."

사진량은 여전히 무표정한 얼굴로 한마디를 툭 던졌다. 금세 내상을 수습한 관형추는 너털웃음을 터뜨렸다.

"하하핫! 보기보다 시원하신 분이구려. 대체 어디서 이런 대인을 만나신 게요, 형님?"

혹시나 무슨 일이 생길까 조마조마한 얼굴을 하고 있던 장일소는 관형추의 물음에 퍼뜩 정신을 차렸다.

"나, 나중에 얘기해 주겠네."

화르륵!

넓은 공터를 환히 밝힐 정도로 커다란 모닥불이 거세게 불타올랐다. 와룡채의 수적 팔십 인은 모두 한 자리에 모여 와자지껄 떠들며 연회를 즐겼다.

"와하하! 마셔! 마시라고!"

"오늘 밤은 마시다 죽는 거!"

모닥불 주위로 둘러앉은 수적들은 지위 고하를 막론하고 스스럼없이 한 자리에 섞여 있었다.

"소채주! 오늘은 묘기 한 번 안 보여줄 거요?"

"에이, 씨! 귀찮게 무슨……!"

누군가의 말에 관지화는 귀찮다는 듯 소리치면서도 벌떡 일어나 불가로 가까이 다가갔다. 관지화가 허리춤의 대부를 뽑아 들자 사방에서 야유가 터져 나왔다.

"에이! 또 그 짓이유?"

"다른 건 없수? 이제 그건 지겹단 말요, 소채주."

"시꺼! 시킬 땐 언제고!"

바락 소리치며 관지화는 대부를 들고 천천히 춤추듯 무예를 선보이기 시작했다.

훙! 후웅!

대부가 허공을 가르는 소리가 들려왔다. 커다란 불길이 그에 따라 흔들렸다. 그 모습을 가만히 지켜보던 장일소가 술잔을 비우며 입을 열었다.

"이렇게 성대하게 맞아주니 고맙네, 추제. 면목 없지만 내 부탁이 하나 있다네."

"뭐든지 말씀하십쇼, 형님."

술병째로 벌컥 들이켜며 관형추가 말했다. 장일소는 고개를 끄덕이며 천천히 말했다.

"중요한 일이 있어 그러니 쾌속선 한 척만 내어줄 수 있겠나?"

"난 또 뭐라고. 그 정도야 당연히 내드려야지요. 내일 당장 힘 좋은 놈들 몇 놈 붙여서 내드리겠습니다."

"고맙네, 그려. 그나저나… 자네, 요즘도 저급한 수적질이나 하고 다니는 건 아니지?"

장일소는 모닥불 가까이에서 화려한 부법을 선보이고 있는 관지화를 흘끔 쳐다보며 물었다. 그 소릴 들은 것인지 관지화가 멈칫하며 대부를 놓쳤다. 그 바람에 대부의 날이 커다란 불길을 뿜어내는 모닥불의 한쪽을 찍었다. 크고 작은 불똥이 관지화에게 튀었다.

"으앗! 뜨거!"

미처 피하지 못한 관지화의 비명이 터져 나왔다. 뒤이어 수적들의 비웃음 섞인 야유가 쏟아졌다. 장일소의 물음에 관형추의 얼굴이 살짝 굳었다.

"형님께서 떠나신 후, 단 한 번도 삼류 수적질을 한 적이 없습니다. 제 목을 걸고 다짐할 수 있습니다."

"아니면 되었네."

"혹시… 저 망나니 놈이 아무한테나 삥 뜯고 다니는 것 아닙니까, 형님?"

관형추는 몸에 튄 불씨를 털어내느라 호들갑을 떠는 관지화를 가리키며 물었다. 관지화는 움찔하며 흘끔 관형추와 장일소의 눈치를 살폈다. 장일소는 피식 미소를 지으며 고개를 내저었다.

"그런 거 아닐세. 혹시나 해서 물어본 거니 기분이 나빴다면 사과하겠네."

장일소의 말에 관지화는 나직이 안도의 한숨을 내쉬었다.

"으엇! 소채주! 엉덩이에 불붙었수!"

순간 수적 하나가 버럭 소리쳤다. 다 털어내지 못한 불씨가 관지화의 엉덩이에 옮겨붙어 버린 것이었다. 하필이면 호피로 만든 옷을 입고 있던 터라 불은 순식간에 크게 타올랐다.

"으아아! 앗, 뜨거어어—!"

낄낄거리는 수적들의 웃음소리 사이로 관지화의 날카로운 비명이 야공을 크게 뒤흔들었다.

관형추는 장일소의 손을 잡으며 말했다.

"도움이 필요하면 언제든 연락하시우, 형님. 내 만사를 제쳐두고 달려갈 터이니."

"말이라도 고맙네. 하지만 도움은 이걸로 충분하다네. 그럼 나중에 또 보세나."

장일소는 관형추의 어깨를 툭툭 두드리며 작별 인사를 건넨 후, 쾌속선에 올랐다. 쾌속선에는 사진량과 고태 외에도 관형추가 특별히 선발한 수적 다섯이 있었다. 쾌속선을 운용하는 최소한의 숫자였다.

"다녀오겠습니다, 채주!"

각자 노를 잡은 수적들의 외침과 동시에 쾌속선은 부드럽게 장강의 물결을 타고 빠른 속도로 뻗어 나갔다. 순식간에 멀어져 가는 쾌속선을 쳐다보며 관형추가 소리쳤다.

"꼭 다음에 또 들르셔야 합니다, 형님! 기다리겠습니다!"

"알겠네. 다음에 보세나!"

장일소의 대답을 들은 관형추는 쾌속선이 보이지 않을 때까지 계속 그 자리에 서서 손을 흔들고 있었다.

그로부터 반 시진 후.

"화아, 이 망나니 놈은 도대체 어딜 간 거야아아―!"

노기에 가득 찬 관형추의 커다란 외침이 와룡채를 크게 뒤흔들었다.

*   *   *

노련한 수적들이 움직이는 쾌속선의 속도는 예상보다 훨씬 빨랐다. 장강의 지류를 타고 합비를 향해 거슬러 올라가는 쾌속선은 채 닷새도 지나기 전에 소호(巢湖)를 지났다. 장일소는 부지런히 노를 젓는 수적들을 쳐다보며 사진량에게 말을 걸었다.

"이 정도 속도면 사흘 내에 합비에 도착할 수 있을 것 같습니다, 소공."

"그런가? 생각보다 이르군그래."

"쾌속선 덕분이지요. 그런데 합비에서는 얼마나 머무실 생각입니까?"

"하루면 충분하다."

"그렇군요. 그럼 쾌속선은 합비에서 돌려보내고, 육로로 화산까지 가는 것이 좋을 듯합니다. 수로가 복잡해 배를 끌고 가다 길을 잃을 수도 있으니까요."

"그러지."

사진량이 고개를 끄덕이자 장일소는 다시 노를 젓고 있는 수적들에게 고개를 돌렸다. 그러다 문득 다른 수적들 사이에서 잔뜩 고개를 숙이고 있는 한 수적이 눈에 들어왔다.

"어엇! 화, 화아야! 네가 여기 어떻게……!"

놀란 장일소가 저도 모르게 신음하듯 소리쳤다. 지난 며칠 동안 알아보지 못한 것이 이상할 지경이었다. 모른 척 고개를 푹 숙이고 있던 관지화는 뒷머리를 긁적이며 헤죽 미소를 지어 보였다.

"헤헤, 백부님, 이제야 알아보셨네요."

"네 녀석… 추제의 허락은 받은 게냐?"

"에이, 설마요. 아버지가 아시면 다리몽둥이를 부러뜨리려고 하셨을 걸요?"

관지화의 말에 장일소는 두통이 이는 것 같았다. 저도 모르게 이마를 매만지며 장일소는 나직이 한숨을 내쉬었다.

"그럼 앞으로 어쩌려고 그런 게냐?"

"그야 당연히 백부님을 따라가야죠. 이대로 돌아가면 저 진짜로 아버지한테 맞아 죽을지도 몰라요."

머리가 더 지끈거리는 것 같았다. 장일소는 이마를 감싼 손으로 관자놀이를 누르며 한숨을 푹 내쉬었다.

"후우, 이 골치 아픈 녀석아. 네가 그런다고 함께 갈 수 있을 거 같으냐? 합비에 도착하면 바로 돌아가야 할게다!"

"으윽! 저 맞아 죽는 꼴 보시려고 그러는 거예요, 백부님?"

"그거야 네놈이 알아서 할 일이지. 누가 이렇게 맘대로 따라오라고 했었더냐?"

"그러지 말고 백부님……."

장일소는 더 이상 할 말이 없다는 듯 휙 돌아섰다. 관지화는 당황한 얼굴로 장일소를 쳐다보았다. 이내 한숨을 푹 내쉬고는 관지화는 힘없이 노를 잡았다. 그러다 무슨 생각을 했는지 입꼬리를 살짝 말아 올리더니 힘차게 노를 젓기 시작했다.

소호를 지난 지 사흘째가 되는 날, 쾌속선은 합비 외곽의 작은 나루터에 닿았다. 더 이상은 수로가 좁아 배가 물길을 거슬러 오르기 힘든 탓에 사진량을 비롯한 일행은 배에서 내렸다.

"추제에게는 고마웠다고 전해주거라. 내 나중에 시간 내서 꼭 다시 들르겠다고 말이다."

"넵, 백부님. 그렇게 전해드리겠습니다."

"혹시 딴생각하고 있는 건 아니겠지?"

어쩌 곧장 대답하는 것이 이상하게 느껴진 장일소는 실눈을 뜨고 관지화를 쳐다보았다. 관지화는 아무렇지도 않은 듯 태연한 얼굴로 말했다.

"딴생각이라니요? 그냥 수채로 돌아갈 생각입니다만."

"정말이더냐?"

"물론이죠."

조금의 망설임도 없이 고개를 끄덕이는 꼴이 어쩌 더 의심스러웠다. 하지만 추궁해 봤자 다른 대답이 나올 것 같지는 않았다. 장일소는 여전한 의심의 눈빛을 관지화에게 보내며 말했다.

"그럼 어서 돌아가 보거라."

"네. 다음에 뵙겠습니다, 백부님. 그럼 다들 배를 돌려라!"

대답과 함께 관지화는 수적들을 재촉해 배를 돌려 왔던 길을 되돌아가기 시작했다. 관지화가 탄 쾌속선이 시야에서 사라질 때까지 한참이나 보고 있던 장일소는 나직이 한숨을 내쉬며 천천히 돌아섰다.

"저 때문에 괜히 시간을 버렸군요. 이제 출발하시지요, 소공."

한참이나 노를 젓던 관지화는 등에 대부를 둘러메고는 벌떡 몸을 일으켰다.

"뭐 하는 거유, 소채주?"

날아든 질문에 관지화는 누런 이를 드러내며 씨익 미소를 지었다. 선미로 향한 관지화는 그대로 물속으로 뛰어들며 소리쳤다.

"당분간 외유를 다녀올 테니 아버지께는 잘 말해줘."

"아니! 이러는 게 어디 있소, 소채주!"

"우리가 채주께 맞아 죽는단 말이요!"

화들짝 놀란 수적들이 벌떡 일어나 소리쳤지만 이미 관지화는 자맥질로 순식간에 저 멀리 사라져 버린 후였다. 물 위에 길게 남긴 관지화의 자취를 멍하니 쳐다보며 수적 하나가 나직이 중얼거렸다.

"마, 망했다……!"

*　　　　*　　　　*

남궁사혁은 커다란 바위 위에 엉덩이를 걸치고 앉아 술병을 기울이고 있었다. 그의 등 뒤에는 벌써 빈 술병이 세 개나 나뒹굴고 있었다. 술에 취해 새빨갛게 달아오른 얼굴로 남궁사혁은 허공을 멍하니 응시했다.

"크으… 오늘 따라 왠지 모르게 술이 쓰군."

나직이 중얼거리며 남궁사혁은 다시 술병을 기울였다. 어느새 술을 다 마시자 어깨 너머로 술병을 휙 내던지더니 손을 뻗어 새 병을 집어 들었다.

남궁가의 누군가가 보았다면 망나니 술꾼이라 욕을 하며 지나갔을지도 모를 일이었지만, 지금 남궁사혁이 있는 곳은 자신만이 알고 있는 은밀한 장소였다. 남궁가의 외원에서도 상당한 거리가 있는 곳이라 남궁가의 식솔이 있을 리 만무했다.

퐁!

술병의 입구를 막고 있는 마개를 뽑아내자 맑은 소리와 함께 향긋한 주취(酒臭)가 피어올랐다. 남궁사혁은 곧장 한 모금 벌컥 들이켰다. 입가로 새어 나온 술이 턱을 타고 흘러내려 옷을 적셨다. 남궁사혁은 아랑곳하지 않고 단숨에 술병을 비우고는 빈 술병을 등 뒤로 내던졌다.

캉!

빈 술병끼리 부딪치며 낮은 소리가 들려왔다. 남궁사혁은 손을 뻗어 마지막으로 남을 술병을 잡았다. 그 순간, 저 멀리서 누군가 다가오는 것이 눈에 들어왔다. 남궁사혁은 저도 모르게 멈칫했다. 다가오는 인영의 모습이 왠지 모르게 낯이 익었다.

술에 취해 흐릿한 눈을 끔뻑이며 쳐다보던 남궁사혁은 그 자리에서 벌떡 일어났다. 그러곤 허리춤의 검을 뽑아 들고는 버럭 소리치며 인영에게 달려들었다.

"야, 이 망할 놈아아아―!"

외침과 동시에 내공이 일어나 몸속의 술기운을 단숨에 밖으로 배출시켰다. 뽑아 든 검이 낮은 검명을 토해냈다.

우-우-웅!

방계의 개망나니라 불리던 모습은 온데간데없이 사라지고, 남궁사혁은 전에 없이 강맹한 기세를 뿜어냈다. 순식간에 다가오는 인영과의 거리를 좁힌 남궁사혁은 곧장 온 힘을 다한 천풍검법을 펼쳤다.

파콰콰!

묵직한 파공성과 함께 일렁이는 검기를 담은 남궁사혁의 검이 금방이라도 상대를 두 조각 내버릴 것 같았다. 하지만.

빠악!

어느새 날아든 녹슨 검갑이 남궁사혁의 뒷머리를 강하게 후려 갈겼다.

"끄읍! 이, 이번에도 모자란 건가……!"

짧은 신음과 함께 나직이 중얼거리며 남궁사혁은 그대로 풀썩 쓰러져 기절해 버렸다. 그 모습을 가만히 내려다보고 있던 인영, 사진량이 나직이 한숨을 내쉬며 중얼거렸다.

"그놈의 성깔은 여전하군그래."

第六章
이어지는 인연의 끈

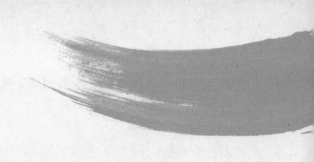

"너, 너무 세게 치신 거 아닙니까, 소공?"

"괜찮다."

"벌써 쓰러진 지 한 시진 반이 지났습니다. 아직 못 일어나는 걸 보니 아무래도 의원을 찾아야 할 것 같습니다만⋯⋯."

"괜찮다니까."

어딘지 모르게 조심스러운 음성과 감정이 거의 느껴지지 않는 무감한 음성이 나누는 대화가 들려왔다. 남궁사혁은 끄응, 하고 신음을 토해내며 벌떡 일어났다. 아직까지 뒤통수가 얼얼해 정신을 차릴 수가 없었다.

남궁사혁은 손을 들어 크게 부은 뒤통수를 매만지며 천천히 주위를 둘러보았다. 처음 보는 노인 하나가 자신을 조심스레 처다보고 있었다. 그 뒤에는 덩치 큰 사내가 제 덩치의 두 배는 뒴직한 커다란 등짐을 짊어지고 있었다.

그리고 그 옆에는…….

"망할 놈… 예나 지금이나 사정없이 내려치는구나."

무표정한 얼굴로 자신을 내려다보고 있는 사내, 사진량을 쳐다보며 남궁사혁은 나직이 투덜거렸다.

"덤벼든 건 네놈이 먼저였다."

사진량은 여전히 무표정한 얼굴로 남궁사혁에게 대꾸했다. 남궁사혁은 뒤통수를 문지르며 계속 구시렁거렸다.

"하여간에 저놈의 성격은 그저… 좀 적당히 할 줄도 알아야지 말이야. 내가 저런 요령 하나 없는 놈을 친구라고……."

사진량과 남궁사혁의 대화를 가만히 듣고 있던 장일소는 고개를 갸웃하며 물었다.

"친구… 라니요, 소공?"

고독검협이라 불리던 시절, 누구와도 교분을 나누지 않으며 홀로 무림을 종횡했다고 알려진 사진량이었다. 그런 그에게 친구가 있었다니. 놀라운 일이었다. 사진량은 별다른 대답을 하지 않고 남궁사혁을 흘끔 쳐다보았다. 주섬주섬 몸을 일으킨 남궁사혁은 장일소에게 포권을 취하며 말했다.

"자랑스러운 대남궁세가 방계의 망나니 남궁사혁이라고 합니다. 이 돌덩이 같은 놈의 유일한 친구이기도 하지요. 그나저나 뉘십니까?"

남궁사혁은 잔뜩 비꼬는 투로 자신의 이름과 가문을 소개했

다. 무림의 일축을 차지한 가문에 대한 자긍심이라고는 눈곱만
큼도 보이지 않는 남궁사혁이었다.

"소공의 늙은 수하, 장일소라 하오. 이쪽은 내 무기명제자(無
記名弟子) 고태라오."

"처음 뵙겠수. 고태라고 해유."

장일소가 포권을 취하며 자신과 고태를 소개했다. 장일소의
말에 남궁사혁은 고개를 갸웃하며 사진량은 쳐다보았다.

"소공……? 너 어디 귀하신 집안의 자제분이셨냐?"

"글쎄……?"

"어쩐지 처음 볼 때부터 귀티가 좔좔 흐른다 싶더라니, 그러면
그렇지. 천풍검법 하나로 우뚝 설 뻔한 천재인 이 몸이 어쩐지
네놈은 도저히 못 이긴다 싶었다. 그게 다 집안 때문이었구만."

자신의 물음에 애매하게 대답을 한 사진량의 모습에 남궁사
혁은 못마땅하다는 듯 이죽거렸다. 오랜만에 만난 것임에도 예
전과 전혀 달라지지 않은 남궁사혁의 모습에 사진량은 피식 미
소를 지었다.

"어? 웃어? 이 자식이 지금 나랑 한판 해보겠다는 거냐? 내
가 좀 전에는 방심해서 한 방에 당했다만 이번에는 쉽지 않을
거라고!"

"진심인가?"

사진량이 천천히 검갑을 들어 올리려 하자 움찔한 남궁사혁
이 바짝 다가가 사진량의 어깨에 팔을 걸쳤다.

"어허! 이 친구야, 오랜만에 만났으면서 계속 칼부림이나 할

셈인가? 그러지 말고 한잔하세나."

남궁사혁은 어깨동무를 한 채 사진량을 자신이 앉아 있던 바위로 이끌었다. 사진량은 슬쩍 장일소를 바라보며 물러나 있으라고 고갯짓했다. 금세 사진량의 뜻을 알아챈 장일소가 포권을 취한 후, 고태와 함께 멀찍이 물러났다.

두 사람이 멀어지는 것을 확인한 사진량은 남궁사혁을 따라 걸음을 옮기기 시작했다. 바위 위에는 아직까지 마개를 따지 않은 술병이 세 개나 있었다. 남궁사혁은 그대로 털썩 엉덩이를 걸치고 앉아 술병 하나를 사진량에게 건넸다.

술병을 받아들고 남궁사혁의 옆에 앉은 사진량은 마개를 뽑았다. 어느새 술병 하나를 든 남궁사혁이 씨익 미소를 지으며 눈을 마주쳤다. 두 사람은 서로의 술잔을 살짝 부딪친 후, 그대로 들이켰다.

벌컥! 벌컥!

누가 먼저랄 것도 없이 두 사람은 단숨에 술병 하나를 완전히 비워 버렸다. 천천히 빈 술병을 내려놓은 남궁사혁이 손을 들어 입가에 흐른 술을 닦아내며 물었다.

"그래. 무슨 바람이 불어서 이렇게 다시 강호로 나온 거냐? 듣자 하니 다시는 안 돌아올 것처럼 사라졌다고 하더니만."

"……."

사진량은 아무런 대답도 하지 않고 남은 술병을 집어 들어 마개를 땄다. 이번에도 단숨에 벌컥 술병을 비우려던 사진량은 순간 멈칫했다. 갑자기 남궁사혁이 손목을 잡은 탓이었다.

"인마, 그거 마지막 남은 거야. 혼자 마실 거냐?"

피식 미소를 지은 사진량은 술을 한 모금 들이켠 후, 남궁사혁에게 술병을 건넸다. 이내 두 사람은 한 모금씩 주거니 받거니 하며 남은 마지막 술병을 깨끗하게 비웠다.

안주도 하나 없이 짧은 시간에 마신 술이라 빠르게 술기운이 올랐다. 뱃속이 후끈하고 얼굴이 슬며시 달아오르기 시작했다. 술기운이 올라 시뻘게진 얼굴로 남궁사혁이 말했다.

"내가 인마, 그동안 얼마나 섭섭한 줄 아냐? 친구라고는 하나 있는 놈이 혼자서 사지(死地)로 뛰어들지를 않나. 살았는지 죽었는지도 모르게 그대로 사라져 버리지를 않나……."

"……."

"내가 제일 기분 나쁜 건 말이야……. 네놈을 이길 기회를 한 번도 주지 않고 떠나 버렸다는 거다, 이 망할 놈아."

"그래서?"

사진량이 피식 미소를 지으며 물었다. 남궁사혁은 한숨을 푹 내쉬며 투덜거렸다.

"나도 그동안 놀고만 있었던 건 아니라고. 근데 네놈은 어떻게 된 놈이……. 이 괴물 같은 놈아, 적당히 한 수 봐주기도 하고 그러면 어디가 덧나냐? 친구 두드려 패니까 그렇게 재미지고 좋냐?"

불평이 가득한 말투였지만 진심이 그렇지 않다는 것을 잘 알고 있는 사진량은 그저 미소를 지을 뿐이었다. 그 모습에 남궁사혁은 한숨을 푹 내쉬며 중얼거렸다.

"에휴, 됐다. 눈치라고는 엿 바꿔 먹으려도 없는 놈한테 이게 다 뭔 소용이냐?"

"실없는 놈."

남궁사혁은 피식 웃으며 그대로 벌렁 드러누웠다. 술에 취한 채 멍하니 하늘을 쳐다보던 남궁사혁은 갑자기 불쑥 질문을 던졌다.

"그래서… 다 털어낸 거냐?"

사진량은 한참을 아무 말이 없었다. 그 모습을 바라보던 남궁사혁은 나직이 한숨을 내쉬었다.

"어이구, 보아하니 아직이로구만. 뭘 그리 사춘기 계집애 같이 꾸역꾸역 미련하게 붙잡고 사는 건지."

"……."

사진량은 여전히 아무런 말도 없었다. 남궁사혁이 상체를 벌떡 일으키며 말을 이었다.

"아직 다 털어내지도 못했는데 다신 돌아오지 않을 것처럼 떠난 녀석이 이렇게 돌아왔다는 건……. 도대체 무슨 일이 있었던 거냐?"

남궁사혁의 얼굴에서 장난기가 완전히 사라졌다. 자못 진지한 남궁사혁의 표정에 사진량의 침묵이 천천히 깨어졌다.

"그날… 모든 것을 끝냈다고 생각했었다."

"그런데?"

"아니었다. 내가 한 일은 끝이 아니라 시작에 불과했다."

길지 않은 사진량의 말이었지만 남궁사혁은 알겠다는 듯 고개를 끄덕였다.

"그렇군. 마라천이 고작 시작에 불과했다면······. 어이구, 도 대체 얼마나 큰 적을 상대하고 있다는 거냐?"

"글쎄······."

말꼬리를 흐리는 사진량의 모습을 가만히 쳐다보던 남궁사혁이 씨익 미소를 지으며 말했다.

"좋아! 이 형님이 큰 아량을 베풀어 네놈에게 손을 보태려고 하는데 어떠냐?"

"귀찮다."

"귀찮긴, 인마! 벌써 둘이나 데리고 다니면서 난 안 된다는 거냐? 너무 부담 갖지 마라. 내가 예전에 진 빚을 갚으려는 것 뿐이니까. 그리고······."

남궁사혁은 말꼬리를 살짝 흐리며 씨익 미소를 지었다. 사진 량이 고개를 갸웃하자 남궁사혁이 말을 이었다.

"일이 다 끝나면 네놈은 또 말없이 사라질 거잖냐? 그러면 난 네놈을 한 번도 못 이긴 채로 끝난다고. 내가 그대로 보내 줄 것 같냐? 내 무슨 일이 있어도 네놈을 한 번이라도 이겨 보 고야 말거다. 그러니까 겸사겸사 손을 보태겠다는 거지. 왜? 나 한테 질까 봐 졸았냐? 후후후."

격의 없는 미소를 짓는 남궁사혁의 모습에 사진량은 저도 모르게 피식 미소를 지었다. 이내 사진량은 가만히 고개를 끄 덕였다.

"맘대로 해라."

사진량의 말에 남궁사혁은 그대로 벌떡 일어나며 허리를 쭉 폈다.

"으그그! 차가운 돌 위에 누웠더니 온몸이 다 뻐근하네. 그럼 금방 떠날 준비를 할 테니까 조금만 기다… 아니, 잠깐. 그냥 떠나긴 섭섭하니 좀 뻑적지근하게 놀아볼까나?"

금방이라도 떠날 준비를 하고 나올 것 같던 남궁사혁은 무슨 생각이 들었는지 특유의 장난기 어린 미소를 지어 보였다. 그러더니 사진량에게 불쑥 질문을 던졌다.

"여기 얼마나 머물 거냐?"

"글쎄? 며칠 여유는 있는 편이다."

"그럼 이틀 정도 나한테 시간 좀 줄 수 있지?"

사진량이 대답 대신 고개를 끄덕이자 남궁사혁은 만족스러운 듯 고개를 끄덕였다. 무슨 사고를 칠 생각인지 남궁사혁은 장난감을 앞에 둔 어린아이처럼 히죽 미소를 지었다.

남궁세가의 내원은 다섯 개의 전각으로 이루어져 있었다. 그중에서도 중심에 위치한 가장 큰 전각이 바로 가주전인 창천각(蒼天閣)이었다. 창천각의 지하에는 가주와 소가주만이 사용할 수 있는 폐관수련장(閉館修練場)이 있었다.

모두 두 개로 나눠져 있는 폐관수련장의 하나는 현재 남궁세가의 소가주인 남궁강이 창궁무애검법(蒼穹無涯劍法)의 연성을 위해 삼 개월째 이용하고 있었다.

남궁강은 먹을 시간과 잠잘 시간을 최대한 아껴가며 수련에

매진했다. 하지만 아직까지 창궁무애검법을 완성하지 못하고 있었다. 검법의 완성을 목전에 두고 커다란 벽에 부딪친 것이다.

"빌어먹을! 한 걸음! 고작 해야 한 걸음이란 말이다! 그런데 왜 그 한 걸음을 나아가지 못하는 거지?"

온몸이 먼지투성이가 된 남궁강은 그 자리에 주저앉아 버럭 소리쳤다. 소가주로서 가문의 전폭적인 지원을 받아온 자신이었다.

하지만 아무리 노력을 해도 한계를 넘어설 수 없었다. 그것이 못내 분해 참을 수 없을 지경이었다. 폐관 수련을 자처한 것도 그것 때문이었다.

"멍청한 놈. 재능이 없는 거야, 재능이."

분기(憤氣)를 참지 못하고 부들부들 떨고 있는 남궁강의 귓가에 누군가의 음성이 들려왔다. 순간 움찔 놀란 남궁강의 떨림이 멎었다.

남궁강은 검을 들고 천천히 몸을 일으켰다. 굳게 문을 닫은 폐관수련장에 침입자라니 믿기 어려운 일이었지만, 귓가에 들려온 낯익은 음성의 주인이라면 가능한 일일지도 몰랐다.

으득!

남궁강은 부러져라 이를 갈며 소리쳤다.

"어디냐! 지금 당장 나와라!"

그 순간 허공을 박차는 소리와 함께 누군가가 남궁강의 맞은편에 착지했다. 자신의 맞은편에 선 인영의 모습을 본 남궁강이 비틀린 미소를 지으며 입을 열었다.

"남궁… 사혁!"

"이놈 보게? 아무리 방계라지만 내가 두 살 위인데 그냥 이름을 팡팡 불러 젖히네?"

"네놈이 여긴 어떻게……?"

남궁강은 검을 꽉 움켜쥐며 날카로운 눈빛으로 남궁사혁을 노려보았다. 방계의 인물이 허락도 없이 내원에, 그것도 창천각의 폐관수련장에 숨어들다니. 당장 목숨을 취해도 이상하지 않은 상황이었다. 하지만 남궁사혁은 눈 하나 깜짝하지 않고 피식 웃었다.

"아아, 그냥 떠나기 전에 네놈 꼬락서니나 한번 보고 가려고. 근데 예나 지금이나 한심하긴 마찬가지였어. 괜히 시간만 버렸네."

"너어! 그동안 폐인처럼 지낸 건 역시 위장이었나!"

"어이구? 그래도 좀 관심은 있었나 보네? 영광이라고 해야 하나?"

이죽거리는 남궁사혁의 모습에 남궁강은 저도 모르게 살기가 치밀어 올랐다. 내공을 끌어 올리며 남궁강은 검을 고쳐 쥐었다.

"그 입 닥쳐라!"

날카롭게 소리치며 남궁강은 곧장 남궁사혁을 향해 달려들었다. 검기를 가득 머금은 남궁강의 검이 화려한 검무를 펼치기 시작했다.

파락! 파파팍!

내원의 직계 혈통에만 전해지는 창궁무애검법이 그 화려하고 웅장한 모습을 선보였다. 날아드는 검영 하나하나에 담긴 기운은 그대로 남궁사혁을 쪼개고 부숴 버릴 것 같았다. 바닥의 단단한 청강석(青剛石)이 간접적인 충격으로 쪼개질 정도로 강맹한 기운이었다. 하지만.

"어이구? 그래도 폐관 수련까지 한 성과는 좀 있나 본데?"

남궁사혁은 여전히 이죽거리며 자신에게 날아드는 검영을 피해 뒷걸음질 쳤다.

"도망치는 거냐!"

분노에 가득 찬 외침을 토해내며 남궁강은 아직 완성하지 못한 창궁무애검법의 마지막 초식, 개천(開天)을 펼쳤다.

파콰콰콰!

날카로운 파공성과 함께 검에 스친 청강석이 순식간에 가루가 되었다. 웬만한 충격은 너끈히 버틸 수 있게 만들어진 폐관 수련장이 무너질 정도의 기운이었다. 남궁사혁은 그제야 자신의 검을 뽑아 들었다. 그 사이 남궁강의 검이 먼저 남궁사혁에게 닿았다.

"죽엇!"

남궁강은 버럭 소리치며 기운을 더해 검을 뻗어냈다. 하지만 갑작스레 남궁사혁의 신형이 시야에서 사라져 버렸다. 온 힘을 다한 남궁강의 검은 그대로 허공을 스쳐 바닥에 떨어졌다.

콰릉! 콰쾅!

커다란 폭음과 함께 바닥에 깔린 청강석이 가루가 되고 깊은 구덩이가 생겨났다. 그와 동시에 어느새 남궁강의 뒤에서 모습을 드러낸 남궁사혁이 검병으로 남궁강의 뒤통수를 후려쳤다.

퍼억!

"컥! 어, 어떻게……!"

맞고 나서야 남궁사혁의 위치를 알게 된 남궁강이 믿어지지 않는다는 얼굴로 신음하며 그 자리에 풀썩 쓰러졌다.

"재능 차이야, 재능."

남궁강을 내려다보며 남궁사혁이 나직이 중얼거렸다. 하지만 이미 기절한 남궁강은 아무런 대답도 할 수 없었다. 검을 회수한 남궁사혁은 휙 돌아서며 투덜거렸다.

"거참! 이렇게 강한데 왜 그 자식한테는 전혀 안 통하는 거지?"

남궁가주의 거처 창천각의 일 층에는 가문의 대소사를 결정하기 위해 가주를 비롯한 가문의 중책들이 모이는 회의실이 있었다. 정오가 막 지난 이른 시간이었지만 회의실에는 가주를 비롯한 남궁가의 실세들이 모여 있었다.

"화산비검회가 얼마 남지 않았소. 이제 슬슬 본가에서도 인원을 선발해야 하지 않겠소?"

가주인 남궁패가 좌중을 둘러보며 천천히 입을 열었다. 상석에 앉은 남궁대의 좌우로 이어진 긴 탁자에는 모두 십 인의 중년인이 앉아 있었다. 왼쪽의 중년인 중 하나가 천천히 입을 열었다.

"이번에는 주로 젊은 아이들을 위주로 보내는 것이 어떨까 합니다. 천의대(天意隊)나 천풍무적대(天風無敵隊)에서 뛰어난 아이들을 보내는 겁니다."

중년인이 언급한 천의대와 천풍무적대는 남궁세가의 양대 무력 집단이었다. 주로 삼십오 세 이하의 젊은 무인들로 이루어진 터라 무공은 뛰어나지만 무림의 경험이 부족한 자들이 많았다.

"좋은 생각이구려. 하나 너무 어린아이들로만 보내는 것도 말이 되지 않습니다. 화산비검회는 아이들을 위한 것이 아니지 않습니까? 저희 중에서도 최소한 두엇은 함께 해야 다른 문파가 본가를 업신여기지 못할 겁니다."

"그러면 이 자리의 누가 갈지 결정해야겠구려."

남궁패는 가만히 고개를 끄덕이며 좌우를 천천히 살폈다. 저마다 자신이 가고 싶다고 눈빛으로 말하고 있는 것 같았다. 평소에는 보기 힘든 정사를 막론한 수많은 고수를 만날 수 있는 기회이니, 무인이라면 가고 싶은 것은 당연한 일이었다. 잠시 고민하던 남궁패는 나직이 한숨을 내쉬며 입을 열었다.

"후우, 나 혼자서는 결정하기 힘들구려. 다들 가고 싶은 마음이 있는 것 같으니 제비뽑기로 결정을……."

남궁패의 말은 끝까지 이어지지 못했다. 순간 커다란 파열음과 함께 굳게 닫혀 있는 문이 부서져라 벌컥, 열린 탓이었다.

콰쾅!

남궁패를 비롯, 화들짝 놀란 회의실의 인물들의 시선이 일제히 활짝 열린 문으로 향했다. 문 앞에는 누군가 천천히 안으로 걸어 들어오고 있었다.

"어어, 다들 여기 계셨네요, 존귀하신 남궁가의 어르신들?"

잔뜩 비꼬는 투의 음성이 조용히 들려왔다. 발끈한 중년인 하나가 버럭 소리쳤다.

"건방진! 감히 여기가 어떤 자리라고!"

"어이구, 거 성질은 여전하시네요, 당숙 어른."

회의실 안으로 들어온 인물은 바로 남궁사혁이었다. 남궁사혁은 씨익 미소를 지으며 천천히 주위를 둘러보았다.

"저런 건방진!"

"뭐 하는 놈이냐! 여기가 어디라고!"

"뭣들 하는 겁니까! 당장 놈을 치워 버리지 않고! 밖에 아무도 없느냐!"

갑작스러운 남궁사혁의 등장에 남궁가의 웃어른들은 저마다 노한 음성을 토해냈다. 하지만 남궁사혁은 눈 하나 깜짝하지 않고 피식 미소를 지었다.

"다들 조용히 좀 하시죠? 가주님과 나눌 얘기가 있으니."

조용한 음성이었지만 남궁사혁의 말은 소리를 치고 있는 어른들의 귓가에 깊숙이 틀어박혔다. 내공을 실어 각자에게 전한 남궁사혁의 음성에 다들 눈이 휘둥그레졌다. 그제야 남궁사혁의 무공이 심상치 않음을 알게 된 탓이었다.

묵묵히 입을 다물고 있던 남궁패가 신음하듯 나직이 중얼거렸다.

"네놈이… 여긴 어떻게……?"

한눈에 남궁사혁을 알아본 남궁패는 살짝 놀란 눈으로 그를 쳐다보았다. 가문의 대소사를 정하는 회의였다. 그만큼 철저한 경계를 위해 자신이 직접 고르고 길러낸 무인들로 이루어진 가주의 비밀 호위대가 회의실 밖을 지키고 있었다.

그런데 남궁사혁이 이곳에 있다는 것은 그들을 모두 쓰러뜨렸다는 뜻이었다. 그것도 자신이 눈치채지 못하게 소리 없이 말이다.

갑자기 수년 전 자신의 아들인 남궁강을 단 일수에 제압하던 남궁사혁의 모습이 머릿속을 스쳤다. 남궁패는 천천히 일어나 은밀히 기세를 일으켜 남궁사혁에게 내쏘았다.

"설마… 지금껏 자신을 감추고 있었던 거냐?"

"그런 개 같은 꼴을 당하고도 눈에 띄는 짓을 할 정도로 멍청이는 아닙니다. 모난 돌이 정에 맞는다잖습니까? 젊은 나이에 죽고 싶지는 않아서 말이죠, 후후."

남궁사혁은 몇 걸음 앞으로 다가가 남궁패를 가만히 올려다보았다. 남궁패의 눈가가 미세하게 파르르 떨렸다. 자신의 기세에 짓눌리지 않는 남궁사혁의 태연한 모습 때문이었다.

"그런데 왜 지금 이렇게 자신을 드러내는 거냐?"

남궁사혁이 피식 미소를 지으며 물음에 답했다.

"사실은 그냥 조용히 떠날까 싶었는데 말입니다… 아무래도 뒤통수가 근질거려서 말이죠."

"무슨 뜻이냐?"

"에이, 가주님께서 제일 잘 아시면서 왜 모른 척이십니까? 그동안 절 몰래 지켜보는 눈이 어디 한둘이었습니까? 꽤나 지체 높으신 분들도 계시던데, 그거 다 가주님께서 내리신 명 아니었습니까?"

연신 날아드는 남궁사혁의 질문에 남궁패는 저도 모르게 어깨를 움찔했다. 짧은 순간이었지만 그것을 알아챈 남궁사혁은 피식 미소를 지었다.

"역시 그러셨군요. 혹시나 제가 무슨 딴짓을 한다 싶으면 바로 제거하실 셈이셨습니까? 겉으로는 자비를 베푸는 척하시면서 속은 참 시커먼 분이셨군요."

순간 남궁패는 으득, 소리가 나게 이를 악물며 소리쳤다.

"가문의 질서를 바로잡기 위해서였다. 네놈이 가문을 망친 것은 생각지도 않고 날 탓하는 게냐!"

"제가 가문을 망쳤다고요? 좀 억울하긴 하지만 뭐, 그렇다고 칩시다. 그러니까 그 눈엣가시를 계속 품고 계실 생각은 없으신 거겠죠?"

"무슨 소리냐?"

"떠나 드리겠습니다. 대신 다시는 저에 대해 아무런 관심도 가지지 마십시오. 사실 가주님께만 조용히 얘기하고 떠날까 했는데, 혹시나 다른 분들께서 실수를 하실까 봐 이렇게 시끄럽게 찾아뵙게 됐네요."

남궁사혁은 '실수'를 강조해서 말했다. 남궁사혁과 남궁패의 대치로 인한 맹렬한 기세에 눌려 아무런 말도 하지 못하고 있던 다른 중년인들이 움찔했다.

"가문을 떠나겠다……. 그게 무슨 의미인지 네놈이 더 잘 알지 않더냐?"

"그동안 제가 가문에서 얻은 것은 하나도 없었습니다. 그러니 내놓을 것도 없지요."

"건방진!"

남궁사혁의 말에 남궁강의 왼쪽 끝에 앉은 중년인이 버럭 소리치며 검을 뽑아 들고 달려들었다.

파콰콰!

필살의 기운을 담은 중년인의 검이 날카로운 파공성을 토해 냈다. 남궁사혁은 입꼬리를 살짝 비틀어 올리며 천천히 검을 뽑아 들었다.

파파팍!

중년인의 검이 남궁사혁을 스쳐 지나쳤다. 피를 흘리며 쓰러지는 남궁사혁의 모습을 떠올리며 중년인이 천천히 돌아섰다. 하지만 남궁사혁은 그 자리에서 아무렇지도 않은 듯 가만히 서 있었다.

"어, 어떻게……!"

분명 베었다. 손에 남은 감각이 그렇게 말해주고 있었다. 하지만 남궁사혁은 아무렇지도 않아 보였다. 찢어져라 눈을 크게 치켜뜬 중년인을 바라보며 남궁사혁이 천천히 입을 열었다.

"목을 베지 않은 것은 그동안 쌓인 미운 정 때문입니다."

남궁사혁의 말이 끝나자마자 무언가 찢어지는 소리와 함께 중년인의 소매가 겨드랑이 근처까지 길게 베어 나갔다. 놀란 중년인의 입이 크게 벌어졌다. 남궁사혁이 검을 휘두르는 것을 전혀 보지 못한 탓이었다.

놀란 것은 남궁패도 마찬가지였다. 고작해야 기본 검공인 천풍검법의 초식이었다.

"저, 저럴 수가……!"

몇몇 중년인의 신음이 들려왔다. 하지만 누구도 함부로 나서지 못했다. 남궁사혁의 검을 누구도 보지 못한 탓이었다. 유일하게 남궁사혁이 펼친 검을 알아본 남궁패도 눈을 부릅뜨고만 있었다.

남궁가의 기본 검공인 천풍검법, 그것만으로 믿기지 않는 일을 선보인 남궁사혁이었다. 천천히 검을 회수한 남궁사혁은 이내 돌아서서 걸음을 옮기기 시작했다.

누구도 남궁사혁의 걸음을 잡지 못했다. 남궁패를 비롯한 회의실의 인물들은 놀란 눈으로 걸음을 옮기는 남궁사혁의 등을 쳐다보고 있을 뿐이었다. 갑자기 걸음을 멈춘 남궁사혁이 천천히 고개를 돌리며 말했다.

"아, 참, 그러고 보니 강이 놈 말입니다. 그 자식 영약이라도 좀 더 먹이십쇼. 재능이 없으면 약발로라도 버텨야죠. 안 그렇습니까?"

가만히 창밖을 내다보는 사진량의 눈에 빠른 속도로 다가오는 인영이 보였다. 순식간에 가까워진 인영은 곧장 활짝 열린 창으로 뛰어들었다. 사진량은 차갑게 식은 찻잔을 들어 한 모금 마시며 말했다.

"끝난 거냐?"

어느새 사진량의 맞은편에 앉은 남궁사혁이 씨익 미소를 지으며 고개를 끄덕였다.

"그래. 다 정리했다."

*   *   *

파파팟!

십여 명의 흑의인이 빠른 속도로 산을 오르고 있었다. 늦은 밤이었지만 어둠이 그들에게는 아무런 장애도 되지 않았다. 순식간에 산 정상에 오른 흑의인들은 천천히 주위를 둘러보았다. 그들 중 대장으로 보이는 흑의인 하나가 품속에서 무언가를 꺼내들었다.

"모두 각자 맡은 위치로 흩어져라. 정확히 일다경이 지난 후에 작업을 시작하는 거다."

"존명!"

대답과 함께 나머지 흑의인이 사방으로 흩어졌다. 남은 흑의인은 품속에서 지남철(指南鐵)을 꺼내 방위를 확인했다. 지남철이 가리키는 방향으로 돌아선 흑의인은 그 자리에서 꼼짝도 하지 않고 일다경이 지나기를 기다렸다. 흑의인은 팔짱을 낀 채 눈을 감고 신호가 오기를 기다렸다.

삐익—! 삐이익! 삐익—!

얼마 지나지 않아 바람 소리에 실려 낮은 피리 소리가 들려왔다. 팔짱을 낀 흑의인이 번쩍 눈을 떴다. 품속에서 무언가를 꺼내든 흑의인은 낮게 휘파람을 불며 내공을 담아 들고 있는 물건을 땅속 깊이 박아 넣었다.

파팍!

흑의인이 꺼낸 물건은 작은 구멍만 남긴 채 땅속으로 순식간에 사라져 버렸다. 그 순간 갑자기 바닥이 낮게 진동했다.

우르릉!

약한 지진이 난 것처럼 잠시 흔들리던 바닥은 이내 잠잠해졌다. 흑의인은 싸늘한 미소를 지으며 나직이 중얼거렸다.

"이제부터 시작이다, 크크크."

                    *   *   *

"화산비검회에 간다고? 왜? 또 한바탕 무명을 드높여 보시게?"

"그럴 리가."

남궁사혁의 질문에 사진량은 고개를 내저었다. 남궁사혁의 말이 조용히 이어졌다.

"그럼 네가 말한 그 흑야인가, 뭔가 하는 놈들이 화산비검회에서 무슨 일을 꾸미고 있다는 거로구만."

사진량이 고개를 끄덕이자 장일소가 조용히 끼어들었다.

"흑야에 대한 것은 당분간은 비밀로 해주셔야 합니다, 남궁 소협. 자칫하다간 무림에 큰 혼란을 가져올지도 모르는 일이니."

"에이, 설마 제가 그 정도의 눈치도 없어 보입니까? 걱정 마세요, 장노."

남궁사혁이 손사래를 치며 능글맞은 얼굴로 말했다. 그 모습이 어쩐지 못 미더운 장일소였다. 하지만 대놓고 그런 감정을 드러내지는 않았다. 남궁사혁의 합류 덕분인지 이전보다 사진량이 조금 말이 많아진 것 같아 보인 탓이었다.

"근데 말입니다."

갑자기 얼굴에서 미소를 지은 남궁사혁이 조용히 말꼬리를 흐렸다. 자못 진지한 표정에 장일소가 물었다.

"무슨 일입니까, 남궁 소협?"

"제가 뒤통수가 근질거리는 게 싫어서 하는 말입니다만… 언제까지 계속 꼬리를 달고 가실 생각입니까?"

"으응? 꼬리라니요?"

예상 밖의 말에 장일소는 고개를 갸웃했다. 남궁사혁은 한숨을 푹 내쉬며 사진량을 쳐다보았다.

"모르셨습니까? 야, 인마! 넌 다 알고 있으면서 왜 아무 말도 안 한 거냐?"

"아무 위협도 되지 않는 자다. 그런 자를 굳이 신경 쓸 필요는 없지."

"그래? 그럼 내 마음대로 처리해도 되냐?"

"죽이지만 마라."

"오냐. 크큭! 금방 다녀오마."

막 걸음을 옮기려는 남궁사혁의 말에 장일소는 고개를 갸웃 거리며 물었다.

"두 분 대체 무슨 말씀을 하시는 겁니까? 설마 저희 뒤를 쫓 아오는 자가 있다는 겁니까?"

"금방 아시게 됩니다."

남궁사혁은 그대로 뒤로 돌아서서 바닥을 박차고 달려 나갔 다. 순식간에 시야에서 사라진 남궁사혁의 모습을 멍하니 쳐다 보던 장일소가 사진량에게 물었다.

"언제부터였습니까, 소공?"

"합비에 도착한 후부터였다."

"그런데 왜……?"

"이미 말했듯 아무 위협도 되지 않는 자다."

사진량의 무뚝뚝한 말에 문득 한 가지 생각이 장일소의 머 리를 스쳤다. 장일소는 설마 하는 생각에 불쑥 질문을 던졌다.

"설마… 제가 아는 사람입니까?"

사진량은 대답 대신 피식 미소를 지으며 천천히 고개를 돌렸 다. 장일소는 자신의 생각이 옳았음을 확신하고 저도 모르게 한숨을 푹 내쉬었다.

"어이구, 그 망할 녀석이 결국……!"

관지화는 천리경(千里鏡)에서 눈을 떼지 않은 채로 히죽 미소 를 지었다. 사진량 일행과는 수백여 장의 거리가 있음에도 천리경으로는 코앞에 있는 것처럼 볼 수 있었다.

"몰래 천리경을 훔쳐 나오길 잘했지. 안 그랬다간 벌써 놓쳤을 거야, 히히."

장난기 어린 미소를 지으며 관지화는 천리경을 눈에서 떼어냈다. 그 순간 사진량 일행의 모습이 무언가 변한 것 같은 기분이 들었다. 관지화는 다시 천리경을 눈에 가져갔다.

"어라? 하나가 어딜 갔지?"

걸음을 옮기던 사진량 일행 중 한 사람이 갑자기 보이지 않았다. 천리경으로 이리저리 근처를 둘러보아도 흔적을 찾을 수가 없었다. 어쩐지 등줄기가 서늘하고 뒷골이 당겼다.

파팟!

순간 귓가에 낮은 파공성이 들려왔다. 관지화는 침을 꿀꺽 삼키며 급히 천리경을 품속에 갈무리하고 본능적으로 몸을 날렸다. 하지만.

빠악!

둔탁한 타격음과 함께 오른쪽 옆구리에 강한 통증이 느껴졌다. 관지화는 짧은 신음을 토해내며 바닥을 크게 뒹굴었다.

"크억!"

어느새 나타난 사내, 남궁사혁이 검을 회수하며 천천히 쓰러진 관지화를 향해 다가왔다. 관지화는 옆구리를 강타한 강한 충격에 정신을 차릴 수가 없었다. 눈앞이 핑 돌고, 뱃속이 뒤집히는 것 같았다.

"뭐 하는 놈이냐, 너?"

몸을 잔뜩 웅크린 채 옆구리를 부여잡고 있는 관지화를 내려다보며 남궁사혁이 물었다. 하지만 관지화는 아무런 대답도 할 수 없었다.

"우욱! 우웨애액!"

지독한 통증과 함께 갑자기 욕지기가 치밀어 올라, 관지화는 구토하기 시작했다. 내상을 입은 것인지 소화가 되다 만 음식과 함께 피와 검붉은 내장 조각이 같이 튀어나왔다. 그 모습에 남궁사혁은 질색을 하며 뒷걸음질 쳤다.

"으익! 그냥 살짝 친 건데 뭐가 이렇게 반응이 과해?"

뱃속이 텅 빌 때까지 계속 속에 든 것을 게워내던 관지화는 이내 고개를 떨군 채 기절해 버렸다. 그 모습에 남궁사혁은 어처구니없다는 얼굴로 소리쳤다.

"어? 그거 한 방에 기절까지 하기냐? 뭐가 이런 약골이 다 있어?"

토사물에 고개를 처박고 기절한 관지화를 내려다보던 남궁사혁은 스멀스멀 피어오르는 악취에 인상을 쓰며 돌아섰다. 그대로 돌아가려던 남궁사혁은 무슨 생각이 들었는지 다시 관지화에게 다가갔다.

조심스레 손을 뻗은 남궁사혁은 그대로 관지화를 어깨에 둘러메고는 걸음을 옮기기 시작했다.

"에이, 썅! 더러워 죽겠네."

관지화는 씨익 미소를 지으며 남궁사혁에게 다가갔다. 관지화와 눈이 마주친 남궁사혁의 얼굴이 왈칵 구겨졌다.

"한 수 가르침 부탁드립니다, 남궁 형님!"

"아냐! 귀찮아 죽겠네! 싫다니까!"

"에이, 그러지 마시고."

"너 맞을래?"

울컥한 남궁사혁이 저도 모르게 주먹을 꽉 쥐었다. 그러자 관지화의 얼굴이 환해졌다. 관지화의 표정에 남궁사혁은 이내 주먹을 풀어내며 휙 돌아섰다.

"에이, 됐다. 자꾸 귀찮게 하지 마라."

순간 관지화가 달려들며 남궁사혁의 바지 자락을 잡고 늘어졌다.

"헤헤! 부탁 좀 드립니다, 남궁 형니임! 한 수 가르쳐 주십쇼!"

"이 자식이 진짜! 이거 봐, 이 거머리 같은 자식아!!"

남궁사혁이 버럭 소리치며 관지화를 떨구려고 다리를 크게 떨쳤다. 하지만 양손으로 꽉 잡고 버티는 관지화는 쉽게 떨어지지 않았다. 남궁사혁의 얼굴이 더욱 크게 일그러졌다. 남궁사혁은 흘낏 사진량을 쳐다보며 물었다.

"야! 이거 때려 죽여도 되냐?"

사진량은 대답 대신 피식 미소를 짓더니 알아서 하라는 듯 고개를 돌렸다. 열이 오른 남궁사혁이 관지화에게 손을 쓰려는 찰나, 장일소가 불쑥 끼어들었다.

빠악!

둔탁한 타격음과 함께 관지화가 낮은 비명을 지르며 뒷머리를 부여잡았다.

"으악!"

어느새 커다란 혹이 생긴 머리를 문지르며 관지화가 천천히 몸을 일으켰다. 장일소는 한쪽 팔을 걷어붙인 채 주먹을 꽉 쥐고 있었다. 관지화가 고개를 돌리자 장일소가 버럭 소리쳤다.

"이 망나니 녀석아! 자꾸 그렇게 남궁 소협을 귀찮게 할 거면 네 아비에게 돌려보내고 말테다!"

"마, 말로 하시면 되지 그렇다고 때리실 것까진……."

"네 녀석이 아직 정신을 못 차렸구나. 어디 먼지 나도록 맞아볼 테냐?"

장일소는 아예 양팔을 다 걷어붙이며 성큼성큼 관지화에게 다가갔다. 관지화는 어깨를 움찔하며 뒷걸음질 치며 양손을 다급히 흔들었다.

"아, 아닙니다. 안 그럴게요, 백부님. 진짜 안 그러겠습니다."

"정말이냐?"

"넵! 다신 안 그러겠습니다."

대답을 하면서도 관지화는 아쉬워하는 얼굴로 흘깃 남궁사혁을 쳐다보았다. 하지만 남궁사혁은 눈도 마주치지 않고 그대로 휙 고개를 돌려 버렸다. 관지화는 고개를 떨구며 한숨을 푹 내쉬었다. 그 모습에 장일소는 어쩔 수 없다는 듯 천천히 입을 열었다.

"그렇게 무공을 배우고 싶더냐? 네 아비에게 배운 것으로도 충분한 것을……."

관지화는 천천히 고개를 들어 장일소를 쳐다보았다.

"제대로 무공을 배우고 싶습니다, 백부님."

사실 어린 시절부터 아버지 관형추에게서 무공을 배워온 관지화였다. 하지만 관형추의 무공은 명백한 한계가 있는 무공이었다. 그것을 잘 알고 있는 장일소는 무공에 대한 관지화의 열망을 알 것 같았다. 장일소는 조용히 물었다.

"어째서냐?"

"누구보다 강해지고 싶어서입니다. 모름지기 사내로 태어났으니 천하제일을 꿈꿔야 하지 않습니까!"

호기롭게 소리치는 관지화의 모습에 장일소는 피식 미소를 지으며 주먹으로 꿀밤을 한 대 때렸다.

"어린 녀석이 주둥이만 살았구나! 네 애비가 그리 가르치더냐?"

"우억! 왜 때린 델 또 때리시고 그럽니까, 백부님."

황급히 두 손을 들어 머리를 가렸지만 그 사이를 뚫고 날아든 꿀밤에 관지화는 입을 댓 발이나 내밀며 투덜거렸다. 장일소가 다시 주먹을 슬쩍 들어 올리자 관지화는 움찔하며 어깨를 움츠렸다.

"어허! 이 녀석이 아직도!"

"때, 때리지만 마십쇼."

눈을 질끈 감으며 머리를 감싸 쥐는 관지화의 모습에 장일소는 피식 미소를 지으며 입을 열었다.

"한 가지 약속해 줄 수 있느냐?"

"무, 무얼 말입니까?"

"앞으로 다시는 무공을 함부로 쓰지 않겠다고 말이다. 약한 자들을 지키기 위해서만 무공을 사용해야 한다. 약속할 수 있겠느냐?"

장일소의 물음에 관지화는 잠깐 생각하는 듯하더니 이내 고개를 끄덕이며 소리쳤다.

"약속할게요! 무공만 가르쳐 주신다면 약속하겠습니다."

"만약 어긴다면?"

"천벌이 내려 다시는 손발을 마음대로 놀릴 수 없게 될 겁니다. 똥물에 머릴 처박고 평생을 지내겠지요."

다소 지저분한 말이었지만 그만큼 진지한 관지화의 마음이 전해졌다. 장일소는 미소를 지으며 고개를 끄덕였다.

"좋다. 그럼 오늘부터 고태와 함께 먹고 자며 무공을 익히거라. 네 녀석은 기본기부터 충실히 다져야 할 것이니."

"정말입니까? 감사합니다, 백부님! 감사합니다!"

그렇게 관지화는 장일소의 두 번째 무기명제자가 되었다.

일행이 안휘를 지나 하남(河南)의 경계에 닿은 것은 그로부터 닷새가 지난 후였다. 남궁사혁과 관지화의 합류로 숫자가 크게 늘어난 일행은 인적이 드문 산길만을 고집하지 않고 관도를 지나기도 했다.

"얼마 전부터 무인들이 많이 눈에 띄는구만. 역시 화산비검회 때문인가?"

걸음을 옮기며 남궁사혁이 중얼거렸다.

화산비검회의 개최까지는 앞으로 두 달여. 직접 참가하지 못하더라도 먼발치에서나마 구경을 하고 싶어 하는 무인들은 저마다 무리를 이뤄 화산으로 향하고 있었다. 화산이 있는 섬서의 바로 옆에 있는 하남이라 무림인들이 몰려드는 것은 당연한 일이었다. 게다가 하남 등봉현(登封縣)의 숭산(嵩山)에는 구파의 수좌를 차지하고 있는 소림사(少林寺)가 있었으니, 겸사겸사 소림을 둘러보려는 무림인들도 많았다.

"소림에 잠깐 들러보지 않을 테냐?"

길게 하품을 하던 남궁사혁이 불쑥 물었다. 사진량은 가만히 고개를 내저었다.

"굳이 먼 길을 돌아갈 필욘 없지."

"에이, 숭산이 그렇게 풍광이 좋다던데. 구경 좀 가면 안 되겠냐?"

"그럴 거면 혼자 가라."

"에이! 돌부처 같은 놈. 네 맘대로 해라."

사진량의 냉랭한 대답에 남궁사혁은 살짝 인상을 찌푸리며 투덜거렸다. 그러면서도 남궁사혁은 가만히 사진량의 뒤를 따랐다. 일행의 맨 뒤에는 커다란 등짐을 멘 고태와 관지화가 헉헉거리며 부지런히 걸음을 옮기고 있었다. 그렇게 한참을 이동하던 사진량이 갑자기 걸음을 멈췄다.

"이상하군."

사진량은 그 자리에서 천천히 주위를 둘러보며 나직이 중얼거렸다. 남궁사혁이 다가오며 고개를 갸웃거렸다.

"갑자기 뭐가 이상하다는 거냐?"

"글쎄……."

말꼬리를 흐리며 사진량은 천천히 한 걸음을 내디뎠다. 역시나 이상한 기분이 들었다. 발아래에서 무언가가 미세하게 꿈틀거리는 것 같은 느낌이었다. 사진량은 발끝에 신경을 집중하며 다시 한 번 천천히 걸음을 내디뎠다.

꿈틀!

순간 선명히 느껴진 대지의 미세한 약동. 사진량은 얼굴을 굳힌 채 고개를 번쩍 들었다. 순간 저 멀리 높은 산 하나가 눈에 들어왔다. 사진량은 곧장 바닥을 박차고 눈앞의 산을 향해 몸을 날렸다.

"어엇! 야, 인마! 혼자 어딜 가는 거냐!"

갑작스러운 사진량의 행동에 화들짝 놀란 남궁사혁이 버럭 소리치며 뒤를 쫓았다.

"어엇! 소, 소공!"

당황한 장일소가 소리쳤지만 이미 두 사람의 모습은 시야에서 사라져 버린 후였다. 장일소는 반쯤 넋 나간 얼굴로 두 사람이 사리진 방향을 멍하니 쳐다보았다.

삐이익—!

낮은 피리 소리가 멀리 퍼져 나갔다. 모든 작업을 마친 흑의인은 품속에 피리를 갈무리하며 입꼬리를 살짝 말아 올렸다.

얼마 지나지 않아 사방으로 흩어졌던 다른 흑의인들이 한 자리에 모였다.

"다음은 숭산이로군. 힘든 일이 될 테니 다들 각오해야 할 것이다."

피리를 부른 흑의인의 말에 다른 흑의인들은 알겠다는 듯 고개를 숙였다. 피리 흑의인은 입꼬리를 살짝 말아 올리며 천천히 말을 이었다.

"그럼 모두 열흘 후에 숭산에서 보자. 흩어져라!"

피리 흑의인의 외침에 다른 흑의인들이 흩어지려는 찰나, 낮은 파공음과 함께 허공에서 누군가의 음성이 들려왔다.

"다음은 숭산이라니. 무슨 뜻이지?"

피리 흑의인을 포함한 흑의인 열다섯은 돌처럼 몸이 굳어버렸다. 허공에서 천천히 내려오는 사내에게서 뿜어져 나오는 압도적인 기세 때문이었다. 피리 흑의인이 뿌득 이를 악물며 소리쳤다.

"뭐, 뭐 하는 놈이냐?"

어느새 피리 흑의인의 몇 장 앞에 조용히 착지한 사내, 사진 량이 날카로운 눈빛을 번뜩이며 천천히 입을 열었다.

"질문은 내가 먼저 했을 텐데?"

사진량의 말에 피리 흑의인은 저도 모르게 움찔하며 뒷걸음질 쳤다. 이내 피가 배어 나올 정도로 이를 악문 피리 흑의인은 급히 품속에서 피리를 꺼내며 입에 물고 내공을 담아 불었다.

삐이이익! 삐익—!

순간 피리 흑의인을 제외한 나머지 흑의인 열넷의 근육이 부풀어 오르고 눈에서 혈광이 터져 나왔다. 흑의인 열넷은 마치 한 몸이 된 것처럼 일제히 몸을 날려 사진량의 주위를 둥글게 포위했다.

"혈천마음(血天魔音)인가?"

사진량이 조용히 중얼거렸다. 그 말을 들은 피리 흑의인의 눈이 찢어져라 크게 치켜떠졌다.

"어, 어떻게……?"

"질문은 내가 먼저 했다고 했을 텐데?"

싸늘히 중얼거리며 사진량은 천천히 녹슨 검을 뽑아 들었다. 부릅뜬 눈으로 사진량을 쳐다보던 피리 흑의인은 이내 버럭 소리치며 피리를 불었다.

"놈을 제거하라!"

피리 소리에 맞춰 흑의인들이 시커먼 기운을 뿜어내며 사진량을 향해 달려들기 시작했다.

"아놔, 이 자식은 도대체 어디까지 간 거야? 하여튼 빠르긴 더럽게 빠르다니까."

남궁사혁은 구시렁대며 그 자리에 서서 천천히 주위를 둘러보았다. 문득 바람에 실려 코끝으로 희미한 피비린내가 전해졌다. 남궁사혁은 바람이 불어온 방향으로 곧장 몸을 날렸다.

파팟!

바람을 거슬러 갈수록 피비린내가 점점 짙어졌다. 얼마 지나지 않아 남궁사혁은 걸음을 멈췄다. 굳은 얼굴로 남궁사혁은 천천히 주위를 둘러보았다. 사방이 온통 피바다에 피투성이가 된 시체가 적어도 사십여 구는 넘어 보였다. 주위의 부서진 초막 몇 채와 시체들의 차림새로 보아 산적들처럼 보였다.

남궁사혁은 가까운 곳에 있는 시체에 다가가 한쪽 무릎을 꿇고 시체의 상흔을 살폈다. 단숨에 목을 갈라 버린 빠르고 날카로운 일 검의 흔적이 짙게 남아 있었다.

"상대가 느끼지도 못한 사이에 베어버린 쾌검… 살수(殺手)인가?"

나직이 중얼거리며 남궁사혁은 다른 시체를 살펴보기 시작했다. 미세한 차이는 있었지만 대부분 일격에 목숨을 앗아간 흔적이 남아 있었다.

그런데 하나는 달랐다. 일격에 당한 것이 아니라 다섯 개의 검흔(劍痕)이 남아 있었다. 다른 산적에 비해 덩치도 큰 데다 부러진 월도를 꽉 쥔 채 눈을 부릅뜨고 죽음에 이른 자였다. 보아하니 산적들의 두목처럼 보였다.

산적 두목의 몸에 난 다섯 개의 검흔을 살펴보던 남궁사혁의 눈에 이채가 어렸다. 산적 두목의 가슴에 길게 난 검흔이 다른 자들의 것과는 달랐다.

얼핏 보기에는 날카롭게 베인 것 같았지만 찢어진 상처 부위의 단면이 거칠었다. 마치 이가 나간 날붙이에 베인 것 같은 모양이었다.

"거치도(鉅齒刀)… 는 아닌 거 같은데?"

나직이 중얼거리며 남궁사혁은 한참이나 시신을 살폈다. 주위에 있는 산적들의 시체는 모두 사십일곱 구였다. 산적 두목을 빼고는 모두 한 사람에게 당한 것 같았지만 남궁사혁이 보기에는 적어도 세 사람 이상이 손을 쓴 것 같았다.

살수가 벌인 짓일 확률이 높았다. 시체에 남아 있는 상처에는 살의(殺意)가 거의 느껴지지 않았다. 그저 무를 썰 듯 사람을 베어버린 것 같은 느낌이 더욱 강했다.

부서진 초막 사이로 산적들이 그동안 모은 금은보화가 흘낏 보였다. 슬그머니 다가간 남궁사혁은 부피가 작고 값비싸 보이는 보석 몇 개를 챙겨 소매 안에 집어넣었다.

"이대로 내버려 두면 그냥 쓰레기만 될 테니 좀 챙겨 가겠소이다. 안 그래도 여비 하나 없이 집에서 쫓겨났는데."

눈을 부릅뜬 채 죽은 산적 두목의 시체를 흘낏 쳐다보며 남궁사혁이 조용히 중얼거렸다. 문득 남궁사혁은 자신이 사진량의 뒤를 쫓다가 이곳에 온 것을 떠올렸다.

"에이, 쌍! 그나저나 이 자식은 도대체 어디에 있는 거야?"

산적의 시체를 살피고 여비를 챙기느라 사진혁에 대해 까맣게 잊고 있던 남궁사혁은 변명이라도 하듯 투덜거렸다.

그때였다.

꽈릉!

마치 벼락이 떨어지는 듯 커다란 굉음이 들려왔다. 남궁사혁은 급히 소리가 들려온 방향으로 고개를 돌렸다. 산 정상 부근에서 들려온 소리였다. 남궁사혁은 곧장 정상을 향해 바닥을 박차고 내달리기 시작했다.

혈천마음.

그것은 체내의 마기를 자극해 모든 혈도를 평소의 두 배 이상으로 확장시키고 근육의 잠재력을 극도로 끌어낼 수 있는 흑야 특유의 음공이었다.

흑야의 마공을 익힌 자들만 영향을 줄 수 있는 혈천마음은 비록 반 시진이라는 제한이 있기는 하지만, 삼류에 불과한 자를 순식간에 일류 이상의 무인으로 만들 수 있었다. 물론 반 시진이 다 지나면 원정이 상해 온몸의 근육이 터져 나가 목숨을 잃게 되긴 하지만.

사진량을 포위한 흑의인들의 무공 수위는 일류의 문턱에 막 들어선 수준이었다. 그들이 혈천마음의 영향을 받게 되었으니, 짧은 시간이지만 절대 고수의 위력을 보일 것은 당연한 일이었다. 하지만.

와드득! 뻐걱!

묵직한 파열음과 뼈가 부러지는 소리가 터져 나왔다. 진한 혈광을 흩뿌리며 달려드는 흑의인들의 모습에 사진량은 눈 하나 깜빡하지 않고 녹슨 검갑을 휘둘렀다. 무시무시한 기운을 담은 흑의인들의 공격은 사진량을 맞추지 못하고 허공을 스칠 뿐이었다.

그에 반면 사진량의 공격은 고스란히 흑의인들이 몸으로 받아내고 있었다. 뼈가 부러지고 살이 터져 나가도 흑의인들은 피투성이가 된 채로 맹목적으로 사진량에게 달려들었다.

사진량의 표정이 살짝 굳었다.

자신이 알고 있던 마라천의 혈천마음과 비슷하면서도 그 효과가 달랐다. 마라천의 것은 그저 일시적으로 근육과 내공을 증폭시키는 것이었다.

하지만 지금의 혈천마음은 그것뿐만이 아니라 이지를 잃게 해 아무런 고통도 느끼지 않고, 그저 맹목적으로 달려드는 실혼인(失魂人)인과 비슷한 상태가 되는 것 같았다. 심한 골절로 팔이 거의 떨어져 나갈 것처럼 덜렁거리면서도 사진량에게 달려드는 흑의인의 모습은 섬뜩하기만 했다.

"어쩔 수 없군."

사지를 자른다고 해서 공격을 멈출 자들이 아니었다. 단숨에 목숨을, 그것도 온몸의 근육을 단숨에 분쇄해야만 흑의인들을 쓰러뜨릴 수 있을 것이다. 그런 생각에 사진량은 곧장 내공을 끌어 올렸다.

부우욱!

온몸에서 뿜어져 나오는 강한 내공에 입고 있던 옷이 터져나갈 듯 부풀어 올랐다. 사진량은 그대로 강기가 맺힌 검을 눈에 보이지 않을 속도로 휘둘렀다.

꽉! 파파파꽉!

수십, 수백여 개의 검영이 사진량의 몸을 감쌌다. 어느샌가 사진량의 몸 주위에 황금빛을 띤 구체의 막이 생겨났다. 흑의인들의 공격은 구체의 막을 뚫지 못하고 튕겨 나갔다.

"빌어먹을! 당장 놈을 죽이란 말이다!"

피리 흑의인이 버럭 소리치며 피리를 길게 불렀다.

삐— 이이익!

"크아아아악!"

그 순간 나머지 흑의인들이 하늘 높이 괴성을 토해냈다. 눈에서 뿜어져 나오던 혈광은 검게 변했고, 부러진 근육과 뼈가 시커먼 기운으로 감싸여 차츰 원래대로 돌아오기 시작했다

우둑! 우두둑!

뼈와 근육이 토해내는 날카로운 소리가 섬뜩하게 퍼져 나갔다. 이내 시커먼 기운으로 부상당한 몸을 수습한 흑의인들이 일시에 사진량을 향해 달려들었다. 마치 검은 해일이 밀려오는 것 같은 엄청난 사진량을 덮쳐왔다. 쉬지 않고 검을 휘두르던 사진량의 입꼬리가 살짝 말려 올라갔다.

달려드는 흑의인들이 사진량의 몸을 감싼 황금빛 구체에 닿으려는 순간, 사진량은 그대로 검첨을 바닥에 찔러넣었다.

꽈릉! 콰콰쾅!

그 순간 고막을 찢을 듯 엄청난 폭음이 주위를 크게 뒤흔들었다.

철벅! 퍼픽!

시뻘건 살점과 핏덩이가 날아와 온몸을 후려쳤다. 피리 흑의인은 버티지 못하고 그대로 몇 장이나 주룩 뒤로 물러났다. 폭발의 영향으로 바닥이 길게 패였다.

"크윽! 쿠, 쿨럭!"

피리 흑의인은 짧은 신음을 터트리며 왈칵 피를 토해냈다. 믿을 수가 없는 일이었다. 혈천마음을 사용한 자신의 수하를 모두 희생하고도 쓰러뜨릴 수 없는 자가 있다니. 사방으로 터져 나간 피륙으로 인한 짙은 붉은 안개 사이로 희미하게 보이는 사내의 형상은 처음 나타났을 때와 같은 모습이었다.

위험한 자다.

자신들의 목적을 이루기 위해서는 우선적으로 제거해야 할 자라는 생각이 들었다. 하지만 혼자서는 도저히 상대할 수 없는 자였다. 상부에 알려야만 했다. 피리 흑의인은 으득 이를 악물고 전력을 다해 내공을 끌어 올렸다. 그러곤 곧장 돌아서서 내달리기 시작했다.

파팍!

피리 흑의인의 움직임을 감지한 사진량은 곧장 손가락을 퉁겨 지풍(指風)을 몇 가닥 내쏜 후, 바닥을 박차고 뒤를 쫓기 시작했다.

"도대체 무슨 일이야?"

남궁사혁은 나직이 중얼거리며 폭음이 들려온 산 정상을 향해 내달렸다. 그러다 문득 무시무시한 기세로 달려오는 흑의인을 발견했다. 흑의인도 남궁사혁을 본 것인지 흉신악살(凶神惡煞)같은 얼굴로 소리쳤다.

"비켜라!"

어느새 검을 뽑아 든 흑의인은 곧장 남궁사혁을 향해 달려들었다. 흑의인의 짙은 살기에 남궁사혁은 저도 모르게 검을 뽑아 들고 왼발을 축으로 살짝 몸을 회전하며 검을 휘둘렀다.

스컥!

섬뜩한 파육음과 함께 흑의인의 목이 잘려 나갔다. 흑의인의 몸은 자신의 목이 이미 잘린 것도 모른 채 검을 든 채 수십 장은 달려 나가다 나무에 부딪쳐 쓰러졌다.

"아오, 놀래라. 뭐야, 갑자기?"

피 묻은 검을 납검하며 남궁사혁이 나직이 중얼거렸다. 그 순간 갑자기 날아드는 지풍에 남궁사혁은 화들짝 놀라며 바닥을 박차고 뛰어올랐다. 몇 장을 뛰어올라 지풍을 피한 남궁사혁의 귓가에 낯익은 음성이 들려왔다.

"네 녀석 때문에 망했군. 대답을 들을 유일한 입이었는데."

음성이 들려온 방향으로 고개를 돌리자 사진량이 나직이 한숨을 내쉬고 있는 모습이 남궁사혁의 눈에 들어왔다. 바닥에 착지한 남궁사혁이 물었다.

"망했다니, 무슨 소리냐?"

사진량은 아무런 말도 없이 그저 찢어져라 눈을 부릅뜬 채 바닥에 떨어져 있는 흑의인의 잘린 목을 가만히 내려다볼 뿐이었다.

第七章

소림지란(少林之亂)

"어차피 갈 거면서 왜 그렇게 튕겼던 거냐?"

남궁사혁이 이죽거리며 물었다. 사진량은 아무런 대꾸도 하지 않고 그저 묵묵히 걸음을 옮겼다. 사진량이 아무런 말이 없자 남궁사혁은 자못 진지해진 얼굴로 조용히 말했다.

"혹시 어제 그 일 때문이냐?"

남궁사혁은 저도 모르게 목을 베어버린 흑의인의 모습을 떠올렸다. 자신을 향해 달려들던 흑의인의 살기 가득한 모습은 정상적인 무공을 익힌 자의 모습이 아니었다. 워낙 짧은 순간이라 정확히 알 수는 없었지만 마공(魔功)임에 틀림없었다.

사진량은 대답 대신 가만히 고개를 끄덕였다. 흑의인에게서 좀 더 많은 정보를 얻으려고 했지만, 남궁사혁 때문에 알아낸 것은 숭산에서 무슨 일이 벌어질 거라는 것뿐이었다.

"역시 그랬군."

남궁사혁은 가만히 고개를 끄덕였다. 두 사람의 대화를 가만히 듣고 있던 장일소가 고개를 갸웃거렸다.

"무슨 말씀이십니까? 어제 무슨 일이라도 있었습니까?"

"흑야의 마인들을 만났다."

남궁사혁 대신 사진량이 먼저 입을 열었다. 장일소가 화들짝 놀라며 눈을 크게 떴다.

"그, 그게 사실입니까?"

"산봉우리에서 무슨 일을 한 것 같더군. 다음 목표가 숭산이라고 하는 것을 들었다."

"수, 숭산을!"

장일소가 더욱 놀랐다.

안 그래도 화산비검회에 도사리는 흑야의 음모를 막기 위해 화산으로 향하는 중이었다. 그런데 숭산에서도 무언가를 꾸미고 있다니. 자신이 사진량을 찾기 위해 천뢰일가를 떠난 사이에 무언가 상황이 급변했을지도 모른다는 생각이 들었다. 그것이 아니라면 흑야가 이렇게까지 무림에서 활발히 움직일 리가 없었다.

천뢰일가의 이변.

지금의 장일소가 상상할 수 있는 것은 한 가지밖에 없었다.

'서, 설마 주군께서……!'

최악의 가정이 머릿속을 스쳤다. 만약 그것이 사실이라면 당장에라도 천뢰일가로 돌아가야만 했다. 하지만 그렇다고 중원에서 벌어지는 일을 무시할 수는 없었다. 장일소는 머릿속에 떠오른 최악의 상황을 떨쳐내려 애쓰며 고개를 휘휘 내저었다.

"혹야에 대해 몇 가지 물어볼 것이 있다. 아는 것이 있으면 최대한 자세히 대답해 주었으면 좋겠군."

귓가로 날아든 사진량의 물음에 장일소는 퍼뜩 정신을 차렸다. 장일소는 길게 한숨을 내쉬며 말했다.

"제가 아는 한도 내에서는 무엇이든 말씀드리겠습니다. 하문하십시오, 소공."

                    *   *   *

하남의 개봉부(開封府)에 위치한 개방의 총타(總舵)는 각지에서 날아드는 서신으로 복잡했다. 이번 화산비검회의 진행을 맡은 화산파의 은밀한 의뢰로 수백여 개의 문파에 대한 정보를 수집하고 있는 탓이었다. 매일같이 날아드는 정보의 분석을 위해 총타의 거의 모든 인원이 동원되었다.

전서구(傳書鳩)를 통해 전해진 정보는 일차 분석을 거친 뒤, 그 중요도에 따라 하급은 따로 보관되고 중급 이상의 정보만 상부로 알려지게 된다.

최근 며칠 동안 상부에 전해진 중급 정보는 멸문당한 천의문에 관한 정보였다. 천의문이 무너질 당시 현장에 있던 무인들의 증언을 토대로 분석된 내용이었다.

"흐으음, 혼자서 천의문을 무너뜨린 자라……."

개방의 방주, 취협개(醉俠丐) 홍영은 흥미롭다는 얼굴로 나직이 중얼거렸다. 항주의 패자로 알려진 천의문의 무력 등급은 중상급 이상이었다. 특히나 천의문주 마철심의 무력은 구파일방의 장문인에 비해 조금 모자라지만 상당한 강자라는 평가를 받고 있었다.

그런 곳을 단신으로 무너뜨린 무인.

수많은 무림의 정보를 보고 들은 취협개 홍영이었지만 최근 오 년 안에는 그만큼 무공이 강한 자에 대한 정보는 없었다. 마라천의 발호 이후, 무림에서는 별다른 사건이 없었던 탓이었다.

흥미가 생겨났다.

대체 어떤 자이기에 정체도 밝히지 않고 단신으로 천의문만한 문파를 무너뜨리다니. 화산파의 의뢰보다 이쪽이 개인적으로 흥미가 더욱 컸다. 그동안 정체되어 있던 무림이 한 사내의 등장으로 크게 흔들리기 시작한 것이다.

문득 마라천을 무너뜨린 고독검협이 떠올랐다.

그도 처음 등장했을 때부터 보인 파격적인 행보로 전 무림을 크게 진동시키지 않았던가. 마라천과의 마지막 결전 이후 고독검협이 자취를 감췄을 때, 홍영은 개방의 정보력을 총동원해 그를 찾으려 한 적이 있었다. 하지만 고독검협은 마치 존재 자체가 처음부터 없었던 것처럼 조금도 행방을 찾을 수가 없었다.

"어쩌면……."

순간적으로 머릿속에 떠오른 생각이었다. 하지만 이내 홍영은 그럴 리 없다며 고개를 절레절레 내흔들었다.

"방주! 중요도 상급의 정보가 나왔습니다!"

밖에서 들려온 외침에 홍영은 생각을 떨쳐 버리고 대답했다.

"그래? 그럼 빨리 가져와야 할 것 아니냐."

"지금 갑니다!"

대답과 함께 문이 벌컥 열리고 먼지 구덩이를 구르다 온 것 같은 허름한 차림의 젊은 거지가 달려 들어와 홍영에게 종이 몇 장을 건넸다. 곧장 종이를 펼쳐 읽기 시작한 홍영의 눈이 점점 커져갔다.

"이게 정말 사실이더냐?"

놀람으로 휘둥그레진 눈을 한 홍영이 자신의 앞에 무릎을 꿇고 있는 거지에게 물었다. 거지가 고개를 끄덕였다.

"보시는 바대로입니다."

"허어! 등잔 밑이 어둡다더니. 본 방의 총타가 있는 하남에서 이런 일이 벌어질 줄이야."

홍영은 탄식하듯 혀를 찼다. 젊은 거지가 가져온 정보는 안휘와 하남의 경계 부근에 있는 한 산에서 벌어진 혈사에 대한 것이었다.

산적 사십여 명이 누군가의 손에 몰살당한 채 발견되었고, 산 정상 부근에서 사람의 것으로 보이는 피륙과 뼈가 상당량 발견되었다는 것이었다. 게다가 그 아래에서 흑의를 입은 목이 잘린 시체도 하나 찾을 수 있었다는 내용이었다.

보고서에 따르면 목이 잘린 시체가 입고 있는 흑의는 천의문에 나타난 흑의인이 입고 있는 것과 같은 것이라고 쓰여 있었다. 그렇다는 것은……

홍영의 낯빛이 굳었다. 이내 천천히 몸을 일으킨 홍영은 자신의 뒤에 걸려 있는 커다란 담요를 걷어냈다. 담요가 사라지자 벽에는 정교하게 그려진 중원 지도가 걸려 있었다.

수십만 명에 달하는 개방도가 전국을 떠돌며 수집한 정보를 토대로 그려진 지도였다. 그 정확도는 황실에서 큰돈을 들여 제작한 지도보다 훨씬 높았다.

가만히 지도를 쳐다보던 홍영은 손을 뻗어 천의문의 위치를 손가락으로 가리켰다. 그러곤 천천히 화산까지 이어지는 관도를 비롯한 크고 작은 길을 따라 선을 그었다. 조금 전 보았던 혈사가 벌어진 산은 정확히 그 선상에 위치해 있었다.

한참이나 가만히 지도를 쳐다보던 홍영이 저도 모르게 나직이 중얼거렸다.

"설마하니 소림에서도 무슨 일이 생기는 건 아니겠지?"

*　　　　　*　　　　　*

꽝! 파꽝!

묵직한 파공성이 연이어 터져 나왔다. 요즘 들어 시간이 날 때마다 비무(比武)를 하고 있는 고태와 관지화의 주먹에서 터져 나오는 소리였다. 본래 관지화는 대부를 사용하는 무공을 익히고 있었지만, 기본기를 쌓으라는 장일소의 말에 대부를 봉인하고 오로지 주먹으로 비무를 하고 있었다.

고태는 그동안 실력이 일취월장(日就月將)하기는 했지만 제대로 주먹을 쓰는 법을 몰라 일원권(一原拳)이라는 기본 권공을 배우고 있었다.

어려서부터 무공을 배운 관지화였지만, 대부가 아닌 주먹만을 쓰게 하자 고태와 좋은 비무 상대가 되었다. 내공은 관지화가 훨씬 나았지만, 일원권을 배운 고태가 초식의 운용으로 내공의 모자람을 메꾸어주었다.

평생 고깃배를 몰아온 어부라 처음에는 아둔할 거라 생각했던 고태였지만 의외로 두뇌 회전이 빨라 일원권의 수많은 초식 운용을 보여주기도 했다.

"이번엔 내가 이길 거요, 고태 형님!"

"허허, 그렇게 쉽지는 않을 거여."

전의를 불태우는 관지화의 모습에 고태는 히죽 미소를 지으며 대응했다. 미소를 주고받은 두 사람은 거의 동시에 서로를 향해 달려들었다. 꽉 그러쥔 주먹이 교차해 서로의 얼굴로 날아드는 순간.

"멈춰라!"

등 뒤에서 들려온 낮은 외침에 두 사람은 동시에 주먹을 멈춰 세웠다. 거의 동시에 멈춘 주먹이었지만 고태의 주먹이 관지화의 얼굴에 좀 더 가까웠다.

"쳇! 또 졌수다."

잔뜩 아쉬워하는 얼굴로 관지화가 투덜거렸다. 고태는 특유의 순박한 미소를 지으며 고개를 끄덕였다.

"이번엔 진짜 아까웠구먼."

그러면서 두 사람은 천천히 돌아섰다. 뒷짐을 진 채 두 사람을 바라보고 있는 장일소의 모습이 보였다. 두 사람은 동시에 포권을 취하며 고개를 숙였다.

"이제야 둘 다 조금은 무인다워졌구나. 하지만 아직 그런 정도로는 충분하지 않다는 것은 잘 알고 있겠지?"

"물론이구먼유, 사부님."

"당연하죠."

고태와 관지화는 고개를 숙인 채 대답했다. 그 모습에 장일소는 살짝 고개를 끄덕이며 말을 이었다.

"더욱더 정진하거라. 이제는 너희들이 얼마나 열심히 하느냐에 달린 일이니."

무원공과 풍운신법, 그리고 일원권까지.

무림에서는 삼류 무공이라 일컬어지는 무공이었지만, 장일소의 독특한 해석이 추가된 덕분에 수련하기에 따라 일류에 버금가는 수준의 성취를 이룰 수 있었다.

모든 것은 이제 막 삼류의 문턱을 넘어선 고태나 관지화가 어떻게 하느냐에 달린 일이었다. 말을 마친 장일소는 천천히 돌아섰다.

"너무 빠듯하게 구시는 것 아닙니까, 장노?"

다가오는 장일소를 보고 남궁사혁이 물었다. 장일소는 고개를 내저으며 대답했다.

"아직 멀었습니다. 이제 겨우 틀이 잡혔을 뿐이지요. 저 둘은 앞으로 소공의 힘이 되어야 할 아이들입니다. 성장에 여력이 남아 있을 때 더욱 바짝 조여야 합니다."

남궁사혁은 피식 미소를 지으며 사진량을 흘낏 쳐다보았다.

"여어, 쟤들 니 똘마니란다. 어떻게 생각하나?"

남궁사혁의 질문에 사진량은 어느새 가부좌를 틀고 앉아 운기행공을 하고 있는 두 사람을 슬쩍 쳐다보았다.

"글쎄, 딱히……."

사진량은 어깨를 살짝 으쓱해 보였다. 예상 밖으로 일행이 많이 늘어나긴 했지만 흑야를 상대하는 것을 남에게 떠넘길 생각은 조금도 없었다. 강호를 떠난 자신이 다시 나선 것은 오직 그것을 위함이었다.

"에이, 재미없는 놈. 하여간에 인간이 정이 안 간다니까."

투덜거리는 남궁사혁의 말에 사진량은 피식 미소를 지으며 모닥불에 장작을 던져 넣었다.

*　　　　*　　　　*

"허어, 보타암(普陀庵)에서 손님이 오신다고? 혹, 또 그분이신가?"

소림의 방장대사인 무진은 자신의 앞에 무릎을 꿇고 있는 동자승(童子僧)에게 조용히 물었다. 동자승은 낭랑한 음성으로 대답했다.

"예, 방장대사. 앞으로 보름쯤 후에 도착하실 거라는 전서가 조금 전에 도착했습니다."

"보름이라……. 허허, 그때까지 지객당에 방이 남아 있을지 모르겠구나. 지금도 계속 속가제자들이 모여드는 상황이니. 그나저나 한 시주께서는 출가(出家)를 하신 지 오래되셨음에도 아직 세속(世俗)의 정을 완전히 떨치지 못하신 게로구나."

나직이 중얼거리는 무진대사의 음성에는 안타까움이 가득 담겨 있었다. 문득 이십여 년 전 거의 다 죽어가는 몰골로 소림사의 산문에 쓰러져 있던 한 중년 여인의 모습이 머릿속에 떠올랐다. 이내 무진대사는 고개를 흔들며 상념을 떨쳐내며 천천히 말을 이었다.

"아무리 화산비검회 때문에 바쁘더라도 귀한 손님을 내칠 수는 없는 노릇이지. 지객당주에게 방 하나를 깨끗이 비워두라고 전하거라."

"예, 알겠습니다."

동자승은 대답과 함께 넙죽 절을 한 후, 조심스레 몸을 일으켜 밖으로 나갔다. 가만히 그 모습을 바라보던 무진대사는 천천히 염주를 돌리며 중얼거렸다.

"부디 이번에는 모두 떨쳐내시길 빌겠소이다, 아미타불(阿彌陀佛)."

맨 앞에서 부지런히 걸음을 옮기던 사진량은 문득 이상한 기분이 들어 저도 모르게 걸음을 멈췄다. 목적지인 숭산에 가까워질수록 가슴이 두근거렸다.

'도대체 뭐지……?'

이상한 일이었다. 지금까지 이런 적은 한 번뿐이었다. 마라천과의 마지막 싸움에 나서기 전에 느꼈던 감정과 비슷했다. 사진량은 손을 들어 두근거리는 심장 언저리를 한 차례 쓸어내렸다.

"갑자기 왜 그러냐?"

남궁사혁이 고개를 갸웃거리며 다가왔다. 사진량은 가만히 고개를 내저었다.

"아무것도 아니다."

말은 그렇게 했지만 사진량은 직감했다. 자신과 깊은 관련이 있는 무슨 일이 곧 생길지도 모른다는 것을.

＊　　　　＊　　　　＊

투둑!

녹슨 검갑을 허리에 고정하는 가죽끈이 갑자기 끊어졌다. 사진량은 아무렇지 않게 손을 뻗어 그대로 바닥에 떨어지는 검을 잡아들었다. 왠지 모르게 검이 이전보다 가벼워진 것 같은 느낌이 들었다.

"이 검도… 생명이 다한 건가?"

처음으로 강호에 나설 때, 사진량이 시간을 들여 직접 만든 검이었다. 그날 두 사람을 베고 난 후, 반으로 부러뜨리기는 했지만 그동안은 별다른 문제없이 사용하고 있었다. 하지만 지금은 달랐다. 얼마 전과는 칼의 무게감이 확연하게 다르게 느껴졌다.

"잉? 왜 그러는 거냐?"

남궁사혁이 다가가며 물었다. 사진량은 끊어진 가죽끈을 대충 묶어 검을 허리에 차며 고개를 내저었다.

"아무것도 아니다."

사진량은 그렇게 일축하고는 걸음을 옮기기 시작했다.

그로부터 두 시진 후, 막 해가 지려는 시간 즈음에 일행은 커다란 도시의 외곽에 도착할 수 있었다. 여느 때처럼 객잔에서 이 층의 방을 빌린 일행은 저녁 식사를 위해 일 층의 식당에서 한 자리에 모였다.

"지금 속도라면 숭산이 있는 등봉현까지는 이르면 닷새 안에는 도착할 수 있을 것 같군요."

"닷새라……."

사진량은 나직이 중얼거리며 생각에 잠겼다. 이내 점소이가 각자 주문한 음식을 가져왔다. 식사를 하던 중 사진량이 갑자기 장일소에게 말했다.

"하루 정도… 개인적인 시간을 줄 수 있겠나?"

"예? 무슨 일로……?"

"개인적인 일이다."

고개를 갸웃거리는 장일소에게 사진량은 구체적인 이야기를 하지 않았다. 남궁사혁이 어이가 없다는 얼굴로 불쑥 끼어들었다.

"인마, 무슨 일인지 얘기를 똑바로 해야 시간을 내든 말든 할 거 아냐? 하여간에 제멋대로라니까."

투덜거리는 남궁사혁의 모습에 사진량의 눈썹이 살짝 꿈틀했다. 그것을 본 남궁사혁이 다시 입을 열었다.

"왜? 내 말이 틀렸냐? 일이 있으면 확실히 말을 해야 할 거 아냐."

"진정하십시오, 남궁 소협. 무슨 일 때문인지 말씀해 주실 수 있겠습니까, 소공?"

시비를 거는 남궁사혁을 말리며 장일소가 조용히 물었다. 한 참을 아무런 대답 없이 가만히 있던 사진량의 입술이 천천히 벌어졌다.

"새 검을… 만들어야 한다."

"거, 검을 말입니까?"

사진량은 가만히 고개를 끄덕였다. 장일소는 놀란 눈으로 사진량의 표정을 살폈다. 그동안 항상 지니고 있던 부러진 녹슨 검은 사진량의 과거, 그 자체였다. 그런데 그런 검을 다시 만들겠다는 뜻은 과거를 기억 속에 묻고 나아가겠다는 뜻이었다. 그것을 알아챈 남궁사혁이 먼저 입을 열었다.

"이제야 깨끗이 털어낼 마음이 생긴 거냐?"

"글쎄……."

사진량은 모호한 대답으로 말꼬리를 흐렸다. 그 모습에 장일소는 고개를 끄덕였다.

"알겠습니다, 소공. 필요하신 것이 있으면 바로 말씀해 주십시오. 모레까지는 이곳에서 머물도록 하지요."

장일소의 대답에 사진량은 찻잔을 내려놓으며 천천히 몸을 일으켰다.

"그럼 다녀오지."

"혼자서 괜찮겠냐?"

남궁사혁이 따라나서려고 몸을 일으켰지만, 사진량은 손을 들어 그것을 막았다. 엉거주춤한 자세로 멈칫한 남궁사혁은 피식 멋쩍은 듯 피식 미소를 지으며 다시 자리에 앉았다. 사진량은 사진량은 그대로 돌아서서 천천히 객잔을 나섰다.

이미 날이 저물었지만 주위는 훤하게 밝았다. 길거리에 일정한 간격으로 세워진 유등이 주위를 밝히고 있었다. 오가는 사람들도 상당수였다. 사진량은 한 손에는 녹슨 검갑을 쥔 채 말 없이 걸음을 옮겨갔다.

깡! 깡!

한참을 그렇게 걷던 중 희미하게 들리는 규칙적인 금속성이 사진량의 걸음을 붙잡았다. 천천히 주위를 둘러보던 사진량은 곧장 소리가 들린 방향으로 돌아섰다. 한 식경쯤 지날 무렵, 거센 불길로 온통 붉게 물들어 있는 작은 야방(冶坊)을 발견할 수 있었다.

문이 활짝 열린 야방의 안에는 중년의 야장(冶匠)이 웃옷을 벗어 던진 채 망치질을 하고 있었다. 온몸이 땀으로 흠뻑 젖은 것으로 보아 한참이나 일을 하고 있었던 것 같았다.

사진량은 천천히 야방으로 다가갔다. 붉게 달아오른 쇠를 막 풀무 속에 쑤셔 넣고 풀무질을 하던 중년의 야장이 다가오는 사진량을 발견했다.

"이런 시간에 무슨 일이시오?"

"지금 이 시간부터 내일까지 야방을 하루 빌려 쓰고 싶다."

사진량의 말에 중년의 야장이 고개를 갸웃거렸다. 날붙이를 만들어 달라거나, 사려고 찾아오는 사람은 있었지만 야방을 통째로 빌리려는 사람은 처음이었다.

"야방을 빌리다니. 무슨 소린지 잘 모르겠소만……?"

중년 야장의 물음에 사진량은 자신의 녹슨 검갑을 앞으로 내밀었다. 중년 야장이 순간 어깨를 움찔하며 한 걸음 뒤로 물러났다. 칼을 든 무인이라면 무슨 짓을 할지 모른다는 두려움 때문이었다.

"검을… 만들어야 한다."

"그, 그게 무슨?"

사진량은 검을 든 손을 내리며 다른 손으로 품속에서 무언가를 꺼내 중년 야장에게 내밀었다. 중년 야장은 본능적으로 손을 들어 얼굴을 가리며 움찔했다. 아무런 일도 일어나지 않자 중년 야장은 슬그머니 손을 내리며 흘끔 사진량을 쳐다보았다. 사진량의 손에 있는 것을 본 중년 야장의 눈이 휘둥그레졌다. 사진량의 손에는 호두알 크기만 한 금덩이가 놓여 있었다.

"이 정도면 충분하겠지?"

사진량의 말에 중년 야장은 세차게 고개를 끄덕이며 손을 뻗어 금덩이를 받아들었다.

"무, 물론 충분합니다. 충분하고도 남지요."

내일까지 만들어서 납품해야 할 식도가 수십 자루였지만 그런 것은 이미 중년 야장의 머릿속에서 사라져 버린 후였다. 금세 금덩이를 품속에 갈무리한 중년 야장은 두 손을 모은 채 미소를 지었다.

"혹 도움이 필요하시진 않으십니까요?"

"아니. 내일 이 시간까지는 혼자서 있고 싶군."

사진량이 고개를 내저으며 말했다. 중년 야장은 크게 고개를 끄덕이며 슬금슬금 뒤로 물러났다.

"알겠습니다요. 그럼 내일 이 시간 즈음에 다시 오지요. 검을 만드는 데 필요한 물건은 안에 다 있으니 한번 둘러보시기만 하면 될 겁니다요."

"잠깐! 혹시 흑철목(黑鐵木)은 없나?"

사진량의 물음에 중년 야장이 걸음을 멈췄다. 잠시 고민하던 중년 야장은 이내 고개를 끄덕이며 야방의 한쪽 구석에 있는 작은 창고로 향했다.

"좀 오래되긴 했지만 있긴 합니다요."

중년 야장은 창고에서 길이가 넉 자 정도 되는 네모반듯한 흑철목을 꺼내들었다. 딱 적당한 크기였다. 사진량은 흑철목을 받아들고는 물었다.

"따로 셈을 치러야 하나?"

사진량의 질문에 중년 야장의 머릿속이 빠르게 계산을 시작했다. 욕심이 나긴 했지만 괜히 무인의 성질을 건드리는 것은 위험했다. 이내 중년 야장은 미소를 지으며 고개를 내저었다.

"좀 전의 금덩이로도 충분합니다요."

"알겠다."

"그럼 내일 뵙겠습니다요."

꾸벅 인사를 한 중년 야장은 그대로 달아나듯 어둠 속으로 사라져 버렸다. 그 모습을 지켜보던 사진량은 이내 뜨거운 열기를 뿜어내고 있는 풀무로 가져가 들고 있던 녹슨 검을 던져 넣었다.

치이이익―!

검병을 감싼 가죽을 빼고는 검갑까지 모두 무쇠로 만들어진 검이라 풀무의 뜨거운 열기에 서서히 녹아내리기 시작했다. 그 모습을 복잡한 감정이 섞인 눈으로 지켜보던 사진량은 소매를 걷어붙이고 그 자리에 앉아 풀무질을 시작했다.

쉬익! 쉬익! 화르르르륵!

규칙적인 바람 소리와 함께 모든 것을 다 녹여 버릴 것 같은 거센 불길이 작은 야방 안을 가득 채워갔다.

*　　　　*　　　　*

"십이 조가 연락이 없다고? 어떻게 된 일이냐?"

어둠 속에서 흘러나오는 낮은 음성이 작은 방 안을 뒤흔들었다. 창도 하나 없고, 불빛 하나 들어오지 않는 짙은 어둠이 내려앉은 방 안에는 두 사람이 있었다.

하나는 묵철(墨鐵)로 만들어진 의자에 앉아 있었고, 다른 하나는 그 앞에 무릎을 꿇고 부복(俯伏)하고 있었다. 몸에 딱 달라붙는 야행복(夜行服)을 입고 있는 부복한 사내는 파르르 떨리는 음성으로 입을 열었다.

"그, 그것이 아무래도… 누군가에게 당한 것 같습니다."

"뭐, 뭐라고! 그게 사실인가?"

"그렇습니다. 개방도가 얼씬거리는 바람에 자세히 조사하지는 못했지만 임무 수행을 마치고 다른 지역으로 이동하기 전에 당한 것 같았습니다."

"누가 감히⋯⋯!"

의자에 앉은 인영은 분노를 억누르며 어깨를 떨었다. 당장에라도 흉수를 찾아 찢어 죽이고 싶은 마음이 치솟았다. 하지만 그보다 남은 임무가 더 중요했다. 웬만한 수준의 문파쯤은 단숨에 멸문시킬 수 있는 병력을 잃었지만 어쩔 수 없는 일이었다.

의자의 인영은 뿌득 이를 갈았다. 이내 나직이 한숨을 내쉬며 부복한 사내를 내려다보았다. 어둠 속에서 붉은 안광이 섬뜩하게 빛났다.

"기본 작업은 끝낸 것이 틀림없나?"

"그, 그렇습니다."

온몸을 짓누르는 압박감에 부복한 사내는 더욱 고개를 깊이 숙이며 신음하듯 대답했다.

"십이 조의 다음 목적지는?"

"숭산의 소림사입니다. 다른 곳에서 임무를 마친 구 조, 십오조와 합류할 예정이었습니다."

"십이 조가 없어도 임무 수행에 큰 지장은 없겠지?"

"무, 물론입니다."

"좋다. 십이 조를 제거한 흉수는 나중에 찾도록 하고, 우선 임무에 집중해라. 대신, 다음에 또 이런 일이 생긴다면 이번처럼 그냥 넘어가지는 않을 것이다. 무슨 뜻인지 잘 알아들었겠지?"

귓가로 흘러드는 조용한 음성에 부복한 사내는 부르르 몸을 떨었다.

"조, 존명!"

커다란 대답과 함께 부복한 사내는 도망치듯 어둠 속으로 사라졌다. 홀로 남은 인영은 저도 모르게 꽉 잡은 의자의 팔걸이를 천천히 놓았다. 단단한 묵철로 만들어진 팔걸이가 마치 종잇장처럼 크게 구겨져 있었다.

"감히 어떤 자가……."

나직이 중얼거리는 인영에게서는 섬뜩하리만치 지독한 살기가 흘러나오고 있었다.

*　　　*　　　*

치이이—!

강한 불길에 녹은 쇳물이 허연 연기를 뿜어냈다. 사진량의 녹슨 검은 시커먼 쇳덩이로 변해 버렸다. 집게로 그것을 꺼낸 사진량은 모루 위에 쇳덩이를 올려놓고 망치로 두드리기 시작했다.

캉! 캉!

망치로 내려칠 때마다 날카로운 금속성과 함께 불꽃이 사방으로 튀었다. 화상을 입을 것만큼 뜨거운 열기가 온몸으로 전해졌지만 사진량은 눈 하나 깜짝하지 않고 망치를 내려쳤다.

시간이 지나자 쇳덩이가 차츰 검의 형상으로 변해갔다. 사진량은 길쭉한 모양으로 변한 쇳덩이를 다시 풀무에 넣고 풀무질을 했다. 잠시 후 시뻘겋게 달아오른 쇳덩이를 꺼내 다시 망치질을 했다.

캉! 카캉!

망치를 한 번씩 내려칠 때마다 과거의 기억이 머릿속을 스쳤다. 특히나 그날의 일은 아직까지도 마치 어제 일처럼 생생하기만 했다.

붉게 달아오른 쇳덩이 안에 지금은 없는 형의 얼굴이 떠올랐다.

"너처럼 마음 약한 녀석이 날 막겠다고? 어디 한번 마음대로 해봐라, 멍청한 동생아. 크크크."

싸늘한 미소를 지으며 죽일 듯 달려들던 형을 사진량은 자신의 손으로 베었다. 사진량은 망치를 내려치지 못하고 저도 모르게 멈칫했다. 붉게 달아오른 쇳덩이를 쳐다보는 사진량의 눈에는 회한과 그리움이 가득 담겨 있었다. 하지만 사진량은 이내 망치를 내려쳤다.

깡!

불꽃이 튀며 자신을 비웃는 형의 얼굴이 사라졌다. 하지만 뒤이어 입가에 피를 흘리고 있는 아버지의 얼굴이 떠올랐다.

"큭! 크크큭! 네 녀석이 이런 식으로 내 앞에 나타날 줄은 꿈에도 몰랐구나. 아이를 키우면 깨닫는 게 있을 거라더니, 이런 것이었나? 크하하하! 좋다, 어디 마음껏 와보거라."

그렇게 말한 아버지는 무림을 일대 혼란에 빠뜨린 희대의 악인이었다. 사진량은 수많은 감정이 얽힌 복잡한 눈빛을 한 채 그대로 망치를 내려쳐 눈앞에 떠오른 환영을 지웠다.

카앙!

아버지와 형을 찾겠다며 무림에 나섰던 사진량은 자신이 만든 검으로 그 두 사람을 베었다. 무림을 뒤흔든 악인이었지만 자신을 길러준 아버지와 함께 자란 형이었다. 그들의 피가 묻은 검을 꺾고 다시는 무림에 발을 들이지 않겠다는 맹세와 함께 사람의 눈을 피해 모습을 감춘 사진량이었다.

하지만 다시 무림으로 나올 수밖에 없었다.

자신이 벤 그 두 사람이 누군가의 수족에 불과했다는 사실이 사진량을 다시 세상에 나서게 만들었다. 두 사람의 죽음을 헛되이 하지 않기 위해.

캉! 카캉!

사진량은 망치질을 멈추지 않았다. 지난 수 년 간 사진량은 과거에 묻혀 정체된 시간을 보내왔다. 다시 무림에 나선 후에도 그것은 그리 달라지지 않았다. 하지만 지금에야 사진량은 과거에 머물러 있는 자신의 시간을 움직이게 할 생각이 들었다.

생명을 다한 검이 자신에게 그것을 일러주었다. 그동안 함께 해 온 녹슨 검을 녹여 새로운 검을 만드는 것은 그 시작에 불과했다. 그렇게 사진량은 심혈을 기울여 자신의 새로운 검을 만들어갔다.

어느새 날이 밝고 다시 해질녘이 되었지만 사진량의 망치질은 단 한순간도 멈추지 않았다. 온몸이 땀으로 흠뻑 젖었지만 닦을 생각도 하지 않았다. 기다란 쇳덩이는 어느새 완연한 검의 형상을 이루고 있었다. 쉬지 않고 담금질을 수십, 수백 번 반복한 탓인지, 검면은 어두운 잿빛을 띠고 있었다.

캉! 카캉!

말없이 망치질을 하던 사진량의 손이 문득 멈췄다. 망치를 내려놓은 사진량은 천천히 집게로 검을 들어 올렸다. 저물어가는 태양빛을 반사해 희미한 잿빛이 검면에 돌았다.

사진량은 그대로 검을 내려놓고 한쪽 벽에 세워둔 흑철목을 집어 들었다. 검갑과 검병을 만들기 위해서였다. 흑철목은 쇠처럼 단단한 나무라 보통의 칼로는 잘라지지 않았다. 하지만 사진량은 근처에 있는 칼을 잡고 내공을 주입해 흑철목을 쉬이 잘라냈다.

서걱! 서걱!

순식간에 별다른 장식이 없는 수수한 검갑과 검병이 만들어졌다. 다 만든 것을 바닥에 내려놓은 사진량은 한쪽에 치워둔 검을 집어 들었다. 아직 뜨거운 기운이 남아 있었다. 나직이 한숨을 내쉬며 사진량은 검이 식을 때까지 가만히 기다렸다.

남은 것은 날을 세우는 것뿐이었다.

*   *   *

"그나저나 숭산에서 무슨 일이 있을지도 모르니 서둘러야 한다고 하지 않았습니까, 백… 아니, 사부님."

이른 저녁 식사를 마치고 멍하니 창밖을 내다보던 관지화가 불쑥 물었다. 말은 없었지만 고태도 관심이 가는지 장일소를 가만히 쳐다보았다.

흑야에 대한 것까지는 모르지만 앞으로 숭산에서 무슨 일이 생길지도 모른다는 것은 들어서 알고 있는 두 사람이었다. 차를 따르던 장일소가 가만히 고개를 끄덕였다.

"그렇긴 하다만……."

"근데 왜 하필 이런 때에 검을 만들겠다고 한 거죠? 그냥 좋은 걸로 하나 구하면 되는 거 아닙니까?"

"글쎄다. 나는 권사(拳師)라 그런지 잘 모르겠다만, 소공께서 필요하신 일이니 그러신 것 아니겠느냐?"

"흐으음, 그런가요?"

관지화는 아무래도 이해가 가지 않는다는 듯 고개를 연신 갸웃거렸다. 갑자기 남궁사혁이 불쑥 끼어들었다.

"에라이, 무식한 놈아! 그런 것도 모르니까 네가 삼류 소릴 듣는 거다."

"남궁 형님은 왜 그런지 아십니까?"

남궁사혁은 팔짱을 끼며 턱을 내밀고 사뭇 진지한 얼굴로 입을 열었다.

"모름지기 검객이란! 자신의 검은 스스로 만들어야 하는 법이지! 검법에 맞게, 신체에 맞게, 그런 검을 구하기가 어디 쉬운 줄 알아? 그런 면에서 녀석은 참으로 내 맞수가 될 만한 인물이지. 암, 그렇고말고. 그러니 나도 대단한 말씀이지, 음화화!"

"그럼 남궁 소협께서도 직접 검을 만드신 겁니까?"

"어? 그, 그게……."

갑자기 날아든 고태의 질문에 할 말을 잃은 남궁사혁이었다.

*　　　*　　　*

철컥!

낮은 금속성과 함께 검이 흑철목으로 만든 검갑으로 부드럽게 빨려 들어갔다. 눈어림으로 만든 검갑이었지만 마치 수치를 재서 만든 것처럼 딱 맞았다. 사진량은 튼튼한 가죽끈으로 검갑을 묶어 허리춤에 고정했다.

"이제… 가볼까?"

나직이 중얼거리며 사진량은 천천히 몸을 일으켰다. 주위는 어느새 어두컴컴했다. 사진량은 아직까지 강한 불씨가 살아 있는 풀무를 슬쩍 쳐다보았다. 이내 사진량이 돌아서자 저 멀리서 중년 야장이 빠른 걸음으로 다가오는 것이 보였다.

"이제 다 끝나셨습니까, 무사님?"

사진량은 말없이 고개를 끄덕였다. 중년 야장은 두 손을 마주 잡은 채 아부하듯 굽실거렸다.

"그럼 안녕히 가십쇼. 다음에도 혹 필요하신 게 있으시면 언제든 들러주십쇼."

"그러지."

짧은 대답을 남긴 사진량은 그대로 천천히 걸음을 옮기기 시작했다. 어둠 속으로 사라져가는 사진량의 모습을 중년 야장은 의미심장한 미소를 지으며 가만히 쳐다보았다.

우웅!

갑자기 허리춤에 맨 검이 낮게 진동했다. 일행이 있는 마을 외곽의 객잔으로 향하던 사진량은 걸음을 멈췄다. 밤늦은 시간인 데다 시가지를 벗어난 한적한 곳이라 거리에는 사진량 하나밖에 없었다. 유등도 하나 없이 주위는 완연한 어둠이 내려앉아 있었다. 걸음을 멈춘 사진량은 천천히 주위를 둘러보며 나직이 중얼거렸다.

"그 야장… 욕심이 많은 자로군."

그 순간 기다렸다는 듯 사진량의 앞뒤에서 날카로운 칼을 든 덩치 사내들이 뛰쳐나왔다. 사진량은 무표정한 얼굴로 자신을 막아선 사내를 흘끗 쳐다보았다.

앞에는 다섯, 뒤에는 셋이었다. 낡은 천으로 복면을 급조해 얼굴을 가리고 있는 자들이었다. 칼을 들고 있는 모양새로 보아 무공은 눈곱만큼도 배운 적이 없는 것 같았다.

우우웅!

다시 한 번 사진량의 검이 낮게 진동했다. 마치 제 모습을 보이고 싶다고 외치는 것 같았다. 하지만 사진량은 검병을 살짝 누르며 나직이 중얼거렸다.

"네가 나설 일은 아니다."

그러자 알겠다는 듯 검의 진동이 가라앉았다. 그때 앞을 막아선 다섯 사내 중 하나가 위협하듯 칼을 내밀며 소리쳤다.

"주, 죽고 싶지 않으면 가진 것 다 내놓고 꺼져라!"

나름 목에 힘을 주고 거칠게 소리치는 것 같았지만, 사진량에게는 조금도 위협이 되지 않았다. 마음만 먹으면 단 일 합에 전부 제압할 수 있었다. 하지만 사진량은 나직이 한숨을 내쉬며 품속에서 작은 금덩이 하나를 꺼냈다.

어둠 속에서도 빛나는 금덩이를 본 복면 사내들의 눈이 탐욕으로 물들었다. 사진량은 한 손에 금덩이를 든 채로 천천히 입을 열었다.

"기회를 주지. 이걸 줄 테니 그냥 조용히 물러나라."

사진량의 말에 길을 막아선 사내들이 눈에 띄게 동요하기 시작했다. 앞을 막은 사내 중 하나가 속삭이듯 말하는 것이 들려왔다.

"저, 저 정도 크기면 몇 달은 충분히 먹고살 수 있다고. 괜히 큰일 벌이지 말고 이걸로 끝내는 게 어떤가?"

"그래. 다섯이서 나눈다고 해도 충분할 거야."

말은 없었지만 뒤를 막은 사내 셋도 비슷한 생각을 하고 있는 것 같았다. 하지만 맨 앞에서 사진량을 위협하고 있는 사내는 달랐다. 탐욕에 가득한 눈으로 금덩이를 뚫어져라 쳐다보며 사내가 소리쳤다.

"헛소리하지 말고 가진 거 다 내놓으라니까! 죽고 싶은 거냐!"

사내의 외침에 사진량은 나직이 한숨을 내쉬며 꺼내든 작은 금덩이를 다시 품속에 갈무리했다.

"기회는 한 번뿐이다."

"무슨 수작질이냐! 다들 덮치자고!"

일행의 대장으로 보이는 맨 앞의 사내가 버럭 소리치며 앞장서서 사진량을 향해 달려들었다. 이내 다른 사내들이 못 이기듯 소리치며 달려들었다.

"우와아!"

"주, 죽어라!"

그 모습을 가만히 보던 사진량의 눈빛이 순간 날카롭게 빛났다.

덜컹! •

침상에 누워 있던 남궁사혁은 갑자기 문이 열리는 소리에 벌떡 일어났다. 막 방 안으로 들어오는 사진량과 눈이 마주쳤다.

"왔냐? 좀 늦었구만."

사진량은 말없이 고개를 끄덕였다. 남궁사혁은 피식 미소를 지으며 말을 이었다.

"얼마나 대단한 검을 만들어낸 건지 보여줄 수 있겠냐?"

어느새 침상에서 일어나 앉은 남궁사혁이었다. 사진량은 천천히 다가가 허리춤에 매어 놓은 검은 검갑을 풀어 남궁사혁에게 내밀었다. 본래 아무리 가까운 사이라도 검을 보자고 하는 것은 무인의 예의가 아니었다. 하지만 사진량은 아무렇지도 않게 검을 보여 주었다.

"흑철목이라…… 꽤나 귀한 건데 용케도 구했네?"

남궁사혁은 받아든 검갑을 차분히 살펴보며 말했다. 별다른 장식이 없는 투박한 검갑이었지만 실용적이고 튼튼해 보였다. 남궁사혁은 맨손으로 툭툭 검갑을 두드려 보았다. 소리가 균등하게 나는 것이 상당히 질이 좋은 흑철목 같았다.

이내 남궁사혁은 검갑과 같은 재질로 만들어진 검병을 쥐고 천천히 검을 뽑았다.

스릉—

낮은 마찰음이 섬뜩하리만치 날카롭게 들려왔다. 남궁사혁은 검면이 살짝 보일 정도로만 검을 뽑았다. 잿빛 검면이 눈에 들어왔다. 침상 옆의 작은 탁자에 놓여 있는 작은 촛불의 빛이 검면에 반사되었다. 눈이 아플 정도의 반사광은 아니었지만 그 예리함에 남궁사혁은 저도 모르게 눈을 살짝 감았다 떴다.

철컥!

더 이상 뽑지 않고 바로 납검한 남궁사혁은 씨익 미소를 지으며 말했다.

"고작 하루 만에 이 정도의 검을 만들다니. 너 이 자식, 설마 전생에 명장 소릴 듣던 야장이었던 거냐?"

"실없는 놈."

"그러지 말고 나중에 시간 나면 내 검도 하나 만들어주지 않겠냐? 아무래도 내가 네 녀석을 당해내지 못하는 게 검 때문인 거 같단 말이지. 내원에 있는 병기고에서 제일 비싸 보이는 놈으로 몰래 훔친 건데 아무래도 손에 잘 안 맞는단 말야."

남궁사혁은 침상 옆에 대충 던져놓은 자신의 검을 불쑥 내밀어 보이며 투덜거렸다. 사실 남궁사혁의 검도 붙여진 이름이 없다 뿐이지 명검(名劍)이라고 할 수 있는 것이었다. 수십 년 간 남궁세가에 병기를 보급하던 야장에서 만들어진 검 중, 그해에 만들어진 최고의 검이었으니.

하지만 그런 남궁사혁의 검도 사진량이 직접 만든 검에 비하면 모자라게 느껴질 정도였다. 그런 남궁사혁을 가만히 쳐다보던 사진량이 나직이 중얼거렸다.

"네가 직접 만들어라."

"인마, 내가 너 같은 손재주만 있었어도 벌써 만들었겠다. 그러지 말고 좀 부탁하자. 응? 이 자식 설마… 검을 바꾸면 내가 이길까 봐 겁먹은 거냐?"

사진량은 한심하다는 얼굴로 한숨을 푹 내쉬며 자신의 침상으로 향했다.

"잠이나 자라."

그대로 침상에 드러눕는 사진량의 모습에 남궁사혁은 저도 모르게 벌떡 일어나며 소리쳤다.

"지금 내 말을 무시하는 거냐? 이 자식이 오냐오냐 해줬더니 사람을 뭘로 보고! 야, 인마! 한판 붙자! 당장 일어나!"

금방이라도 밖으로 달려 나갈 듯 남궁사혁이 시비를 걸었지만 사진량은 아무런 대꾸도 하지 않고 그대로 등을 보인 채 누워 눈을 감아버렸다.

"일어나라고, 인마! 한판 붙어보자고!"

*   *   *

숭산의 가을은 과연 중원오악이라 칭할 만큼 아름답기 그지없었다. 단풍은 붉게 물들기 시작하고, 수많은 산짐승들은 뒤이어 찾아올 겨울을 대비하느라 분주했다.

숭산 소실봉(少室峰) 아래에 위치한 소림사도 본래라면 월동 준비를 할 시기였지만 올해는 달랐다. 화산비검회 때문이었다.

매일같이 본산으로 몰려드는 속가제자들 때문에 월동 준비를 할 시간이 없었다. 속가제자라고 찾아오는 자들의 신원도 파악해야 하고 머물 곳을 준비하는 물론, 그들이 가져오는 지원품을 정리하는 작업까지.

　수많은 본산제자가 동원되었음에도 일손이 모자랄 지경이었다. 지객전은 순식간에 빈 방이 거의 없을 정도로 꽉 들어찼고, 본산제자들은 마음대로 경내를 돌아다니는 속가제자들을 단속하기 바빴다. 때문에 일반 향화객들은 소림사 본산에 거의 오르지 못하고 있었다.

　"이제 곧 도착하겠구나."

　승복을 입고 합장(合掌)을 한 채로 천천히 산을 오르던 중년의 비구니(比丘尼)가 이마를 흠뻑 적신 땀을 닦아내며 무표정한 얼굴로 나직이 중얼거렸다.

　소림사가 있는 소실봉으로 향한 비구니의 눈빛은 깊은 밤처럼 어두운 빛이었다. 오랜 세월 동안 중원을 떠돌다 보타암에 이르러 출가를 한 지 벌써 십 년이 넘었건만 아직까지 속세에서의 기억을 잊지 못하고 있었다.

　매년 이맘때 소림사를 방문하는 것도 속세의 기억을 잊기 위한 예불(禮佛)을 올리기 위해서였다. 보타암에서도 예불을 올릴 수는 있었지만 이렇게 소림사를 찾는 것은 스스로 고행(苦行)을 바라고 있기 때문이었다. 출가하기 전에 있었던 일로, 자신을 용서하지 못하고 있는 비구니였다.

　잠시 쉬는 듯하더니 비구니는 합장을 풀지 않은 채로 다시 산을 오르기 시작했다.

　일부러 길도 나지 않는 험한 산길을 골라 오르는 터라 소림사에 도착하기까지는 보통의 두 배 이상의 시간이 걸렸다. 동이 트고 난 직후부터 숭산을 오르기 시작했던 비구니였지만 소림사의 산문에 도착한 것은 거의 해질 무렵이 되어서였다.

소림의 산문은 여느 때와 달리 수많은 사람으로 가득 차 있었다. 연일 밀려드는 속가제자들 때문이었다. 중년의 비구니는 그 자리에 선 채 다른 이들에게 길을 양보하며 산문이 조용해지기를 기다렸다. 해가 지고, 주위에 어둠이 깊게 드리울 즈음에야 산문이 한산해졌다.

"후아아, 이제야 좀 살 것 같네."

산문지기 사미승(沙彌僧)이 지친 얼굴로 길게 한숨을 푹 내쉬었다. 산문 아래의 나무 뒤에 가만히 서 있던 중년 비구니는 그제야 천천히 산문 계단을 오르기 시작했다. 돌계단을 오르는 비구니를 발견한 사미승이 합장을 하고 고개를 숙였다.

"아미타불. 죄송합니다만, 오늘은 산문을 닫을 시간이니 날이 밝으면 오십시오."

"보타암의 정명이라 합니다. 보름쯤 전에 연통을 넣었습니다만……."

중년 비구니 정명의 말에 사미승이 퍼뜩 뭔가를 떠올린 듯 후다닥 산문 안으로 달려들었다.

"아! 보, 보타암에서 오셨다고요! 잠시만 기다리십시오."

산문지기 사미승은 잠시 후, 청년 무승(武僧) 하나를 데리고 나타났다. 청년 무승은 정명에게 고개를 숙이며 합장했다.

"소림제자 덕운입니다. 오랜만에 뵙습니다. 방장 대사께서 뵙자고 하시니 절 따라오시지요, 아미타불."

"방장께서? 알겠습니다."

고개를 끄덕인 정명이 천천히 청년 무승 덕운의 뒤를 따라 걸음을 옮기기 시작했다.

소림방장 무진대사는 말없이 자신의 맞은편에 앉아 있는 정명을 쳐다보았다. 일 년여 만에 다시 보는 얼굴이었지만, 여전히 눈 속 깊이 어둠이 자리해 있었다. 무진대사는 미리 준비한 차를 따르며 천천히 입을 열었다.

"아직 아무것도 버리지 못하신 게로구려."

무진대사의 말에 정명은 아무런 말도 하지 못했다. 무진대사는 인자한 미소를 지으며 김이 피어오르는 찻잔을 정명에게 권했다.

"향이 좋은 용정이라오. 마음을 차분히 가라앉히는 데 도움이 될 게요."

정명은 가만히 찻잔을 내려다보았다. 금방이라도 흘러넘칠 듯 차가 가득 따라져 있었다. 무진대사가 먼저 손을 뻗어 찻잔을 들자, 정명은 조심스레 자신의 앞에 놓인 찻잔을 들었다. 워낙에 차가 가득 따라져 있었던 탓에 차가 탁자에 조금 쏟아졌다. 움찔한 정명이 찻잔을 내려놓고 흘린 차를 치우려고 하자, 무진대사가 조용히 입을 열었다.

"너무 가득 채워 두고 있으면 언젠가는 흘러넘쳐 쏟아질 것이라오. 그러니 비울 줄도 알아야 하지. 그렇게 오랫동안 품고 있는 것은 오히려 해가 된다오. 비우고, 또 비워야 하는 게요."

"제가 어찌 그 아이를 비울 수 있겠습니까? 내 품에 제대로 안아보지도 못한 그 아이를……."

한동안 아무런 말도 없던 정명은 어깨를 부르르 떨며 격한 감정을 드러냈다. 그것은 자신에 대한 원망과 알 수 없는 누군가에 대한 깊은 자책감이 가득했다.

"비우시오. 비워야만 벗어날 수 있소, 아미타불……."

고개를 깊이 숙인 채 흐느끼는 정명의 어깨에 가만히 손을 얹은 무진대사는 자비심 가득한 은은한 미소를 지으며 나직이 중얼거렸다. 정명은 그렇게 한참이나 소리 없이 흐느꼈다.

*　　　　*　　　　*

"사람이 많군……."

밤늦은 시간에 하남의 등봉현에 닿은 사진량은 주위를 둘러보며 나직이 중얼거렸다. 자시(子時)를 한참 지난 시간이었지만, 마을 전체가 대낮처럼 훤히 밝혀져 있었다.

화산비검회 때문에 소림을 찾은 속가제자들이 계속해서 밀려드는 바람에 등봉현은 여느 때와는 비교도 할 수 없는 호황을 누리고 있었다.

"허어, 머물 곳이 있는지 빨리 찾아봐야겠군요."

난감해하는 얼굴로 장일소가 말했다. 사진량이 가만히 고개를 끄덕이자 장일소는 자신의 두 제자, 고태와 관지화에게 따라오라는 듯 고갯짓했다. 두 사람이 이내 장일소와 함께 숙소를 구하기 위해 사라졌다.

"오늘은 늦어서 그렇다 치지만, 이제 어쩔 셈이냐? 대뜸 소림에 찾아가 위험하네, 어쩌네 할 수는 없는 노릇이잖냐?"

"글쎄……. 놈들이 노리는 것이 숭산인지 아니면 소림인지부터 알아내는 게 먼저겠지."

"응? 그게 무슨 소리냐? 숭산이 소림이잖아?"

사진량의 말에 남궁사혁이 고개를 갸웃거렸다. 숭산의 상징이라고 할 수 있는 것이 바로 소림사였다. 그런데 사진량은 숭산과 소림사를 따로 구분해서 생각하고 있는 것 같았다. 남궁사혁의 질문에 사진량은 나직이 한숨을 내쉬며 천천히 입을 열었다.

"우리가 놈들과 마주친 곳이 어딘지 잘 생각해 봐라. 그곳에 소림만큼 큰 문파가 있었던가?"

남궁사혁은 순간 뒤통수를 한 대 크게 얻어맞은 것처럼 멍한 얼굴이 되었다.

"어! 그, 그럼……."

사진량이 한 말의 의미를 금세 깨달은 남궁사혁이 신음하듯 나직이 중얼거렸다. 그 모습에 사진량은 아무런 대꾸도 하지 않고 저 멀리 어둠 속에 보이는 숭산을 가만히 쳐다보았다.

"소림이 아니라 숭산, 그 자체가 목적일 수도 있다는 말씀이십니까?"

장일소가 놀란 눈으로 물었다. 사진량은 가만히 고개를 끄덕이며 입을 열었다.

"확실하지는 않지만 아마도……."

"허어, 그러고 보니 그렇군요. 지난번에 그들을 만난 곳은 무림 문파라고는 전혀 없는 곳이었으니까요. 그렇다는 것은… 두 가지 일을 한꺼번에 꾸미고 있다는 것일지도 모르겠군요."

"그건 또 뭔 소립니까, 장노?"

남궁사혁이 고개를 갸웃거리며 대화에 끼어들었다. 슬쩍 남궁사혁을 본 장일소가 조용히 말을 이었다.

"잊으셨습니까, 남궁 소협? 항주의 천의문에서는 혈독고를 사용해 무인들을 조종하려 했던 자들입니다. 드러난 것은 천의문뿐이지만 아마도 각지의 다른 문파에서도 비슷한 짓을 벌였을 겁니다."

"그랬었죠."

"그런데 지난번에 마주친 자들은 아니었습니다. 근처에 문파가 없었으니, 다른 노림수가 있다는 것일 텐데… 혹 그자들이 산 정상에서 무슨 짓을 한지 보신 바는 없습니까, 소공?"

날아든 질문에 사진량은 고개를 내저었다. 그저 한 자리에 모여 있는 흑야의 무리를 본 것뿐이었으니.

"흐음, 난감하군요. 놈들이 어느 쪽을 노리는 것인지 지금으로선 알 수 없는 일이니……."

장일소는 말꼬리를 흐리며 나직이 한숨을 내쉬었다. 사실 그보다 더 큰 문제는 흑야의 마인들이 언제 일을 벌일지도 모른다는 것이었다. 최대한 걸음을 서두르긴 했지만 어쩌면 벌써 흑야의 마인들은 목적을 이루고 사라져 버렸을지도 몰랐다.

"앞으로 닷새. 그 안에 놈들이 나타나지 않으면 둘 중 하나 겠지. 포기했거나 이미 목적을 이뤘거나."

장일소의 생각을 알아채기라도 한 듯 사진량이 조용히 입을 열었다. 그 말에 남궁사혁도 고개를 끄덕였다.

"동감이야. 우리가 최대한 빨리 오긴 했지만 다른 곳에서 놈 들이 더 빨리 도착했을 수도 있지. 그럼 이제 어쩔 거냐? 오늘 은 너무 늦었으니 내일부터 뭐라도 해야 할 텐데?"

"숭산 일대는 내가 살펴보도록 하지. 소림은… 사혁, 네게 맡 기마. 이 중에는 네가 가장 마기에 민감할 테니."

사진량의 말에 남궁사혁은 씨익 미소를 지으며 고개를 끄덕 였다.

"역시. 이럴 때 믿을 만한 사람이 나밖에 없지? 오냐, 소림은 내가 철저히 살펴보마. 나머진 네 녀석이 알아서 해라, 흐흐."

"저도 돕겠습니다, 소공! 그 넓은 숭산을 어찌 혼자서 살펴보 신단 말씀이십니까?"

장일소가 불쑥 끼어들었다. 하지만 사진량은 가만히 고개를 내저었다.

"혼자가 편하다. 너희는 사혁과 함께 있는 게 좋을 거다."

"하지만……."

"그만! 이미 결정된 일이다."

장일소의 말을 끊은 사진량은 더 이상 할 말이 없다는 듯 천 천히 일어나 돌아섰다. 방으로 돌아가려는 사진량을 잡으려고 장일소가 따라 일어나려 하자, 남궁사혁이 손을 들어 막았다.

"그냥 내버려 두세요, 장노. 저런 게 재수 없긴 하지만 불가능한 일을 하겠다고 하는 놈은 아니잖습니까? 녀석 말대로 저랑 같이 소림이나 둘러보자고요."

남궁사혁과 함께 쓰는 방으로 돌아온 사진량은 검을 풀어 벽에 기대어 세워놓은 후, 침상에 누웠다. 조금 방이 좁기는 했지만 두 사람이 자기에는 충분했다. 침상에 누운 채 사진량은 살짝 열린 창밖을 내다보았다. 커다란 달이 밤하늘을 훤히 밝히고 있었다.

"도대체 무슨 일이 생기려는 거지?"

사진량은 밤하늘을 쳐다보며 나직이 중얼거렸다. 얼마 전부터 시작된 심장의 두근거림이 등봉현에 들어서면서부터 좀 더 강해진 것 같았다.

불안함이 아니었다.

그렇다고 불길한 느낌도 아니었다.

마라천의 천주가 된 의부(義父)를 다시 만나기 전에 느꼈던 것과 비슷하지만 다른 느낌이었다. 무어라 말로 설명할 수 없었다. 사진량은 밀려드는 정체를 알 수 없는 감정을 털어내려 고개를 절레절레 내저었다.

"어라? 뭐 하는 거냐?"

막 방으로 들어오던 남궁사혁이 그런 사진량의 모습을 보고 고개를 갸웃거렸다. 사진량은 아무런 대답 없이 그저 밤하늘 높이 뜬 달을 가만히 쳐다볼 뿐이었다.

*   *   *

소림사 대웅보전(大雄寶殿)에는 새벽 늦도록 불이 훤히 밝혀져 있었다. 문이 활짝 열려 있는 대웅보전의 안에는 한 비구니가 불상 앞에 엎드려 절을 하며 불경을 나직이 외우고 있었다. 얼마나 오랫동안 절을 반복한 것인지 비구니의 이마에는 땀방울이 가득 맺혀 있었다. 하지만 비구니는 땀을 닦을 생각도 하지 않고 쉬지 않고 불상에 절을 했다.

'부디 살아만 있어다오. 어떻게 지내왔든 간에 그 죄는 내가 모두 달게 받을 터이니. 부디……'

이십 년이 넘도록 품고 있던 간절한 마음을 담아 비구니는 절을 하고, 일어나 빌기를 반복했다. 두 다리가 부들부들 떨려왔지만 비구니는 아랑곳하지 않았다. 금방이라도 쓰러질 것 같았지만 비구니는 아슬아슬하게 버티고 있었다.

"아미타불……."

절을 하고 막 힘겹게 몸을 일으키는 비구니의 등 뒤에서 낮은 음성이 들려왔다. 비구니가 어깨를 움찔하더니 천천히 고개를 돌렸다. 방장인 무진대사가 대웅보전의 입구에 서 있었다.

"바, 방장대사……."

비구니, 정명이 바르르 떨리는 입술을 힘겹게 달싹였다. 천천히 다가온 무진대사가 조용히 말했다.

"너무 자신을 혹사하진 마시게. 고행은 스스로를 괴롭히는 것이 전부는 아니라오."

"저는 조금도 힘들지 않습니다. 그저……."

정명은 저도 모르게 비틀거리며 말꼬리를 흐렸다. 금방이라도 쓰러질 것 같아 무진대사는 비틀거리는 정명을 부축했다. 그러면서 내공을 살짝 주입했다. 따듯한 기운이 몸속으로 퍼지자 정명은 조금 기운이 난 듯 두 다리의 떨림이 멎었다.

"시간이 늦었으니 오늘은 이만하고 쉬시구려."

"아닙니다, 방장대사. 아직 좀 더 해야 합니다."

정명은 고개를 내저으며 무진대사를 살짝 밀쳤다. 그러곤 돌아서서 다시 불상에 절을 하기 시작했다. 그 모습을 연민의 눈빛으로 가만히 쳐다보며 무진대사는 나직이 한숨을 내쉬었다.

"허어, 어찌 그리 괴로움을 계속 떠안고 계신 게요."

무진대사의 목소리에는 안타까움이 가득 담겨 있었다.

第八章

엇갈린 인연

파파팍!

야음(夜陰)을 틈타 흑의 복면인 십여 명이 거친 산길을 빠른 속도로 오르고 있었다. 산의 중턱에 닿자 저 멀리서 희미한 피리 소리가 들려왔다.

삐이익!

흑의 복면인은 약속이나 한 듯 그 자리에 멈춰 섰다. 흑의 복면인 중 가운데에 있던 자가 한 걸음 앞으로 나서며 품속에 서 피리를 꺼내 힘차게 불었다.

삐이— 이익!

날카로운 피리 소리가 야음을 크게 뒤흔들었다. 이내 저 멀리서 응답하듯 피리 소리가 들려왔다. 다시 한 차례 길게 피리를 분 흑의 복면인은 자신의 뒤에 선 흑의 복면인들에게 낮게 소리쳤다.

"밤은 그리 길지 않다. 모두 서둘러서 작업을 실시하라. 사흘 안에 소림이 있는 소실봉을 제외한 나머지 칠십일 개 봉우리에 모두 작업을 끝내야만 한다. 아까 말했던 대로 셋씩 나눠서 각자 맡은 곳을 처리하라."

"존명!"

"그럼 모두 흩어져라!"

피리 복면인의 말이 끝남과 동시에 다른 흑의 복면인들은 셋씩 짝을 이뤄 사방으로 흩어졌다. 피리 복면인은 남은 흑의 복면인 둘과 함께 곧장 눈앞에 보이는 봉우리를 향해 내달리기 시작했다.

파파파팍!

길도 나지 않는 짙은 수풀 사이를 스쳐 지나는 소리가 날카롭게 울려 퍼져 나갔다.

소림의 아침은 동이 트기 전 이른 새벽부터 시작된다. 아직 새벽의 어스름이 가시지 않는 어두운 시간부터 새벽 참선을 위해 소림의 승려들은 일찌감치 잠을 깬다. 아무리 늦은 시간이라도 불이 꺼지지 않는 대웅보전의 앞에 모여든 승려들은 각자 정해진 자리에 가부좌를 틀고 앉아 눈을 감고 참선을 시작했다. 아무리 참선 시간에 늦었다고 해도 소림의 승려들은 경내를 뛰지 않고 합장을 한 채 종종걸음으로 이동을 한다.

"방장대사, 모두 모였습니다."

밖에서 들려온 나직한 음성에 천천히 몸을 일으킨 무진대사
는 가사(袈裟)를 어깨에 걸쳤다. 방장실(方丈室)의 문을 열자, 밖
에서 기다리고 있던 동자승이 합장을 한 채로 고개를 깊이 숙
였다. 빙긋, 인자한 미소를 지으며 무진대사는 천천히 대웅보전
을 향해 걸음을 옮기기 시작했다. 그런데 무언가 이상했다. 여
느 때와는 달리 이상하게도 내딛는 걸음이 무거워진 것 같은
기분이 들었다.

"허어? 마음의 시름이 생긴 것인가? 어쩐지 걸음이 무겁게만
느껴지는구나."

합장을 하고 고개를 숙인 채 무진대사의 뒤를 조용히 따르
던 어린 동자승(童子僧)이 고개를 갸웃거리며 물었다.

"무슨 말씀이신지……?"

동자승은 자신과는 달리 별다른 것을 느끼지 못한 것 같았
다. 무진대사는 살짝 고개를 내저으며 말했다.

"아니, 아무것도 아니다. 그저 내 착각이겠지, 아미타불. 다
들 기다리고 있을 테니 서두르자꾸나."

무진대사는 그대로 대웅보전을 향해 걸음을 서둘렀다. 역시
나 착각이 아니었다. 그리 큰 차이는 아니었지만 어제와는 달
리 걸음이 무거워진 것은 확실했다. 겉으로 티는 내지 않았지
만, 무진대사는 약간의 불길한 예감이 들어 저도 모르게 나직
이 한숨을 내쉬었다.

'허어… 혹시라도 본산에 무슨 일이 생기려는 것인가?'

지금으로선 알 수 없는 일이었다.

                  *   *   *

동틀 무렵에 객잔을 나선 일행은 곧장 숭산으로 향했다. 객
잔이 등봉현의 외곽에 있어서 숭산의 초입까지 가는 데 꽤나
시간이 걸렸다. 게다가 시간이 지날수록 숭산으로 향하는 사
람이 많아져서 생각보다 시간이 훨씬 더 많이 들었다. 점심 무
렵에야 일행은 숭산의 초입에 닿을 수 있었다. 소림사로 오르
는 길이 아님에도 주위에는 사람들이 가득했다.

"나는 저쪽으로 가보겠다. 닷새 후, 해가 질 무렵에 이곳에서
다시 보도록 하지."

말을 마친 사진량은 곧장 주위 가득한 인파 속으로 모습을
감춰 버렸다. 미처 무어라 대꾸도 하기 전에 벌어진 일에 장일
소는 멍한 얼굴이 되었다. 남궁사혁은 피식 미소를 지으며 장
일소에게 다가가 어깨를 팡팡 두드리며 말했다.

"우린 소림사에나 가봅시다, 장노. 다른 곳은 녀석이 알아서
잘할 겁니다."

"그래도 닷새나 혼자서 산속을 뒤지신다는 건……."

"원래 혼자 있는 걸 더 좋아하는 놈입니다. 세간에서 말하는
녀석의 별호를 잊으신 건 아니겠죠?"

"그렇긴 합니다만……."

장일소는 말꼬리를 흐리며 길게 한숨을 내쉬었다. 고독검협

이라 불리던 사진량을 믿지 못하는 것은 아니지만 아무래도 마음이 놓이지 않았다. 차라리 고집을 피워서라도 함께할 것을 그랬다는 생각이 들었다.

"너무 걱정 마시고 빨리 움직입시다. 여기서 소림까지 가려면 크게 돌아가야 하니 서둘러야 됩니다."

남궁사혁의 말에 이내 장일소는 고개를 끄덕였다. 커다란 등짐을 짊어진 관지화가 불쑥 물었다.

"지금 출발해도 날이 저물기 전에는 도착하지 못할 것 같은데요, 남궁 형님?"

"그러니까 서두르자는 거 아냐. 빨리 가자고."

약간 신경질적으로 대꾸한 남궁사혁은 그대로 숭산을 오르는 사람들의 뒤를 따라 걸음을 옮기기 시작했다. 사진량이 사라진 방향을 한 차례 흘끗 쳐다본 장일소는 서둘러 남궁사혁의 뒤를 쫓았다. 등짐을 진 두 사람, 관지화와 고태도 말없이 그 뒤를 따랐다.

스파팍!

짙게 우거진 수풀을 박차는 소리가 사방을 뒤흔들었다. 갑작스러운 소란에 놀란 새들이 푸드득 하늘 높이 날아올랐다. 한가로이 주위를 오가던 들짐승들도 놀라 사방으로 흩어졌다.

인적이 닿지 않은 깊은 산중의 소란을 일으킨 것은 바로 사진량이었다. 한 호흡에 수십 장씩 뻗어 나가는 그 속도는 말 그대로 쾌속무비했다. 사진량은 최대한 기감을 넓게 퍼뜨린 채로 쉬지 않고 내달렸다.

어느새 가장 가까운 산봉우리에 닿았다. 거친 수풀이 우거진 산등성이와는 달리 봉우리에는 그리 넓지는 않지만 공터가 있었다. 공터의 한가운데에서 멈춰 선 사진량은 천천히 주위를 살펴보았다.

공터 바닥에 누군가 땅을 파고 무언가를 묻은 것 같은 흔적이 희미하게 남아 있었다. 사진량은 한쪽 무릎을 꿇고 앉아 남아 있는 흔적을 자세히 살폈다.

짐승이 한 일은 확실히 아니었다. 사람의 손길이 닿은 흔적이었다. 하루나 이틀 전에 남긴 흔적이었다. 하지만 이곳까지 오르는 산길은 짐승이 다니는 길 빼고는 하나도 없었다. 그렇다는 것은……

"제대로 짚었군."

사진량은 나직이 중얼거리며 천천히 몸을 일으켰다. 그러곤 검갑째로 검을 뽑아 들고 바닥을 파 내려가기 시작했다. 무엇을 묻은 것인지 확인하기 위해서였다.

파파팍!

지반이 단단했지만 사진량은 순식간에 자신의 키만큼 깊이 땅을 파 내려갔다. 하지만 크고 작은 돌덩어리밖에는 별다른 것은 보이지 않았다. 조금 더 깊이 파던 중 사진량은 저도 모르게 멈칫했다. 땅속 깊이 틀어박힌 커다란 바위 위에 주먹만 한 크기의 구멍이 뻥 뚫려 있었다.

"뭐지, 이건?"

고개를 갸웃거리며 사진량은 검첨으로 바위를 내리찍었다.

파콰!

커다란 소리와 함께 구멍 난 곳을 중심으로 바위가 반으로 쪼개졌다. 사진량은 날카로운 눈빛으로 단면을 살폈다. 무언가 길고 뾰족한 것이 강한 힘으로 틀어박혀 바위에 구멍을 뚫은 것 같았다. 아무래도 좀 더 깊이 파보아야 할 것 같았다. 검을 고쳐 쥔 사진량은 그대로 바위를 가루로 만들어 버리고는 계속해서 땅을 파고들어 갔다.

하지만 거의 삼 장 가까이 팠음에도 바위를 꿰뚫은 물건은 전혀 보이지 않았다. 더 파보았자 그것을 찾을 수 있을 거라는 보장도 없고, 한곳에서 계속 시간을 보낼 수는 없는 노릇이라 사진량은 그대로 구덩이를 빠져나왔다. 구덩이를 가득 메우고 있는 흙더미를 내공으로 밀어 넣으며 사진량은 나직이 중얼거렸다.

"도대체 무슨 속셈인 거지?"

산의 반대쪽에서 출발해 소림의 산문에 닿는 데까지는 상당한 시간이 걸렸다. 거의 해질 무렵이 되어서야 간신히 산문에 닿을 수 있었다.

"아이고, 뭐가 이렇게 사람이 많아?"

황혼으로 하늘이 붉게 물들어가는 시간이었지만 소림사의 산문에는 사람들로 바글바글했다. 어느 정도 예상하기는 했지만 생각보다 훨씬 많은 사람의 모습에 남궁사혁은 저도 모르게 왈칵 인상을 찌푸렸다. 산문을 가득 채운 인파가 줄어들려면 적어도 두어 시진은 기다려야 할 것 같았다.

"제가 다 치워 버릴까요, 남궁 형님?"

남궁사혁의 심기가 불편해진 것을 눈치챈 관지화가 슬그머니 다가와 말을 걸었다. 남궁사혁은 눈살을 찌푸린 채 툭 말을 던졌다.

"뭐? 어떻게 하겠다는 거냐?"

관지화는 맡겨 달라는 듯 씨익 미소를 짓더니 한 걸음 앞으로 나섰다. 남궁사혁은 영 미덥지 않은 얼굴로 관지화를 가만히 쳐다보았다. 일행의 앞으로 나선 관지화는 흘끗 남궁사혁을 쳐다보았다. 관지화의 입꼬리가 살짝 말려 올라간 것이 남궁사혁의 눈에 보였다. 어쩐지 느낌이 좋지 않았다. 이내 돌아선 관지화는 숨을 크게 들이쉬더니, 그대로 버럭 소리쳤다.

"대남궁세가의 검협께서 소림의 무예를 견식하고자 하십니다. 강호의 여러분께서 부디 양보해 주시기 바라오!"

내공은 깊지 않았지만 울림통이 워낙에 좋은 터라, 관지화의 외침은 산문을 넘어 소림사 깊은 곳까지 쩌렁쩌렁 울려 퍼졌다.

"뭐얏!"

"어떤 미친놈이 감히 소림 앞에서 망발을!"

사방에서 웅성거리는 소리가 터져 나왔다. 소림의 속가제자들은 화가 나 언성을 높였고, 다른 이들은 자신이 아니라며 수군거리며 물러났다. 그 덕분인지 소림사의 산문 앞까지 대번에 길이 활짝 열렸다.

전혀 예상치 못한 관지화의 외침에 남궁사혁은 한순간 넋이 나간 듯 멍한 얼굴이 되었다. 관지화는 그럴 줄 알았다는 듯 히죽 미소를 지으며 천천히 남궁사혁에게로 고개를 돌렸다.

"헤헤, 가시죠, 남궁 형님."

관지화의 음성이 귓가로 날아들자 남궁사혁은 저도 모르게 자신과 같은 표정을 짓고 있는 장일소에게 말을 걸었다.

"장노, 무기명제자 하나쯤은 없어도 되죠?"

"고통 없이 보내주시게."

장일소의 대답을 듣자마자 남궁사혁은 곧장 관지화에게 섬뜩한 살기를 내쏘았다. 두 사람의 대화가 무슨 말인지 못 알아듣고 고개를 갸웃거리던 관지화는 자신을 향한 남궁사혁의 살기에 퍼뜩 정신을 차렸다.

"에엑! 지, 지금 그거 내 얘깁니까? 어허, 남궁 형님! 우리가 함께 교분을 나눈 지가 얼만데. 거, 검은 내려놓고 말로 하시면…… 으, 으어어!"

두 손을 크게 내저으며 관지화는 뒷걸음질 쳤다. 그러다 산문의 계단에 발이 걸려 그대로 콰당 쓰러져 버렸다. 남궁사혁은 살기등등한 눈빛으로 천천히 다가오고 있었다. 검병을 쥔 손은 금방이라도 검을 뽑아 들고 자신을 두 쪽 내버릴 것 같았다.

"남궁가의 검협이라니! 뉘시기에 이런 소동을 벌이시는가?"

내공이 담긴 웅혼한 외침이 산문을 뒤흔들었다. 멈칫한 남궁사혁이 산문 너머를 쳐다보았다. 그 덕에 자신을 향한 살기가 거둬지자 관지화는 겨우 숨을 돌릴 수 있었다.

활짝 열린 산문으로 누군가 천천히 내려오고 있었다. 실로 고승의 풍모를 보이는 노승이었다. 어디선가 불어온 바람에 노승의 새하얀 수염이 흩날렸다. 노승의 등장에 산문지기 소림승은 물론, 장내의 모두가 숨을 죽였다. 노승의 등장에 남궁사혁은 안도했다.

'큰 말썽은 없겠군.'

남궁사혁은 노승을 향해 공손히 두 손을 맞잡아 포권을 취하며 고개를 숙였다.

"오랜만에 뵙습니다, 공허대사. 저 남궁가의 사혁입니다."

"엥? 그 개망나니?"

"에이, 진짜!"

차라도 내올 법하건만, 공허대사는 그저 따듯하게 데운 물 한 잔을 내어주고는 허허 웃었다.

"차라도 한 잔 주시지. 겨우 데운 물입니까?"

남궁사혁이 투덜거리며 물을 한 모금 마셨다. 입으로는 불평을 하면서도 표정에는 전혀 그런 기색이 없었다. 공허대사는 미소를 띤 채 가만히 남궁사혁을 쳐다보았다. 그 눈빛이 어째 부담스러워 남궁사혁은 저도 모르게 고개를 숙였다. 이내 조용한 공허대사의 음성이 날아들었다.

"내내 술만 퍼마시며 허송세월을 하고 있단 얘기는 들었다만… 대체 뭔 바람이 불어서 이 먼 본사까지 온 게냐? 설마하니 네놈 가문에서 보내줬을 리는 만무하고."

"까짓것 한바탕 거하게 뒤집어놓고 나왔죠, 뭐."

남궁사혁의 말에 순간, 공허대사의 눈빛이 반짝였다. 남궁사혁이 스스로 가문을 뛰쳐나왔다는 것이 의미하는 바를 잘 알고 있는 탓이었다.

공허대사는 남궁사혁의 내력을 알고 있는 몇 안 되는 외부인 중 하나였다. 수년 전 무림행 중 우연히 남궁사혁을 만나게 된 공허대사는 자신의 신분에 절망하지 않고, 그것을 뛰어넘기 위해 노력하는 모습이 기특하여, 몇 수 가르침을 준 적이 있었다. 다소 경박한 성격을 어찌할 수는 없었지만.

가문이라는 틀에 얽매여 지금은 어쩔 수 없지만 언젠가는 모든 것을 뛰어넘고 자유로워질 것이라 말하던 어린 남궁사혁의 모습이 아직도 머릿속에 생생히 떠올랐다.

자신을 향한 반짝이는 공허대사의 눈빛이 말하는 바를 눈치챈 남궁사혁은 가만히 고개를 내저었다.

"아직 멀었습니다. 고작해야 바른 길을 잡았다고나 할까요."

"허어? 그럼 어이해 가문을 제 발로 뛰쳐나왔는고?"

의외라는 듯 공허대사의 눈썹이 살짝 치켜 올라갔다. 남궁사혁은 피식 미소를 지으며 말했다.

"그 왜, 친구 따라 강남 간다고 하잖습니까?"

어느새 주위 가득 어둠이 내려 앉아 있었다. 사람의 발길이 닿지 않는 산속에서 밤을 보내는 것은 위험하기 그지없는 일이었다. 자칫 맹수의 영역을 침입했다가 습격을 받을 수도 있고,

자는 동안 맹수가 덮칠 수도 있었다. 불을 피우면 어느 정도 피할 수 있는 일이었지만 지금 상황에서는 그럴 수 없었다. 물론 사진량에게 그런 것들은 전혀 문제가 되지 않았다. 달이 모습을 감추고 희미한 별빛만이 내려앉은 시간이 되어서야 사진량은 근처의 커다란 나무 둥치 아래에 자리를 잡았다.

허리춤의 검을 풀러 자신의 앞에 푹 꽂아 놓은 사진량은 그 자리에서 가부좌를 틀고 앉아 눈을 감았다. 사진량의 검은 마치 호법을 서듯 낮은 검명을 조용히 울렸다.

늦은 시간 동안 사진량은 벌써 다섯 개의 봉우리를 둘러보고 온 참이었다. 다섯 개의 봉우리 모두 무언가를 깊이 박아 넣은 것 같은 흔적이 남아 있었다. 세 번째 봉우리까지는 땅을 깊이 파보았지만 역시나 흔적만 남았을 뿐, 그것이 무엇인지는 알 수 없었다. 분명한 것은 흔적들이 모두 사흘 이내에 생긴 것이라는 점이었다.

이대로 남은 봉우리를 뒤지다 보면 흑야의 무리를 만날 수 있을 거라는 확신이 들었다. 사진량은 전신의 기감을 활짝 열어둔 채 운기조식을 취하기 시작했다.

후우우우―

이내 사진량의 몸에서 뜨거운 열기와 함께 허연 김이 피어오르기 시작했다. 시간이 지나자 상서로운 오색 연기가 피어오르더니 온몸을 휘감았다. 천천히 몸 주위를 맴돌던 오색 연기는 사진량이 조용히 숨을 들이 쉬자 그대로 콧속으로 빨려 들어갔다.

그러는 사이 어느새 어둡던 주위가 서서히 밝아지기 시작했다. 사진량은 나직이 숨을 토해내며 천천히 눈을 떴다. 어깨에 붉게 변한 나뭇잎이 붙어 있었다. 가볍게 그것을 털어내고는 사진량은 몸을 일으켜 자신의 앞에 박아둔 검을 움켜쥐었다.

우웅!

반갑다고 인사를 하는 듯 검이 낮은 검명을 토해냈다. 희미한 미소를 지으며 사진량은 가죽끈을 묶어 검을 허리춤에 고정했다.

"오늘은 저쪽을 살펴봐야겠군."

말을 마침과 동시에 사진량은 곧장 바닥을 박차고 쏜살같이 달려 나갔다.

스파파팍! 푸드득!

수풀을 스치는 소리와 놀란 새가 날아오르는 소리가 가득하게 주위로 울려 퍼졌다.

"으하암! 아고고, 좁은 방에서 잤더니 온몸이 다 찌뿌드드하네."

길게 기지개를 켜며 남궁사혁이 투덜거렸다. 어느새 나타난 것인지 공허대사가 그 모습을 바라보며 나직이 대꾸했다.

"이놈아! 안 그래도 지객당이 꽉 찼는데, 나름 신경 써서 빈방을 만들어줬더니만. 에잉, 하여간 저놈의 성깔 하고는, 쯧쯔."

못마땅하다는 듯 혀를 차는 공허대사의 모습에 남궁사혁은 피식 미소를 지으며 말했다.

"에이, 제가 이러는 거 하루 이틀 보신 것도 아니고 뭘 그러십니까? 그나저나 부탁드린 건 어떻게 됐습니까?"

남궁사혁의 질문에 공허대사의 얼굴에서 웃음기가 가셨다. 이내 공허대사가 목소리를 낮추며 대답했다.

"일단 말은 전해놨다만 아직 확답이 오진 않았구나. 오후가 되기 전에는 확실히 알 수 있을 게다."

"급한 일입니다. 언제 무슨 일이 생길지 몰라요."

"허어, 무슨 일인지 귀띔이라도 조금 해주면 금방 전할 수 있을 것을……."

공허대사의 말에 남궁사혁은 가만히 고개를 내저었다.

"만나 뵙고 직접 말씀드리는 게 좋습니다. 대사님을 못 믿는 게 아니라 워낙 사안이 위중한 일이라 그렇습니다."

"알고 있다, 녀석아. 그러니 이렇게 내가 나선 것 아니냐. 여하튼 조금만 기다려 보거라."

"알겠습니다. 어쩔 수 없죠, 뭐. 그나저나 밥은 언제 먹습니까?"

남궁사혁의 질문에 공허대사는 순간 어이없어하는 얼굴이 되었다. 이내 공허대사는 한숨을 내쉬며 대답했다.

"시간이 되면 종이 울릴 게다. 시간에 늦으면 국물도 없으니 알아서 잘 챙겨 먹거라."

말을 남긴 공허대사는 그대로 돌아서서 어딘가로 향하기 시작했다. 그 모습을 가만히 쳐다보던 남궁사혁은 피식 미소를 지으며 다시 길게 기지개를 켰다.

그로부터 두 시진 후.

남궁사혁과 장일소는 방장실에서 소림방장인 무진대사와 밀담(密談)을 나누고 있었다. 주로 장일소가 이야기를 하고 남궁사혁은 틈틈이 거드는 쪽이었다. 한참 동안 두 사람의 이야기를 듣고만 있던 무진대사의 낯빛이 차츰 어두워졌다.

"그것이 정녕 사실이란 말이오?"

질문을 던지면서도 무진대사는 이미 답을 어느 정도 예상하고 있었다. 일전에 개방에서 전해들은 한 사건을 머릿속에 떠올린 탓이었다.

"아니라면 굳이 이렇게 방장대사를 찾아올 이유가 없지 않겠습니까?"

남궁사혁의 말에 무진대사는 저도 모르게 깊은 한숨을 푹 내쉬었다. 마라천의 발호 때문에 강남 무림 전체가 발칵 뒤집혔던 것이 마치 어제 일인 것처럼 선명하게 떠올랐다. 하지만 마라천보다 더욱 큰 마도의 세력이 무림에서 암약하고 있다니.

눈앞이 그저 캄캄하게만 느껴졌다. 무진대사는 저도 모르게 신음하듯 나직이 불호를 읊었다.

"아미타불……."

"어쩌면 천의문에서처럼 속가제자로 위장한 마도의 주구가 이미 경내에 들어왔을지도 모르는 일입니다. 야간에 경내의 순찰을 강화하고, 모든 속가제자들의 신분을 철저히 조사해야 할 겁니다."

"명심하겠소이다."

장일소의 말에 무진대사는 고개를 끄덕이며 대답했다. 안 그래도 끊임없이 밀려드는 속가제자들 때문에 인력 부족에 시달리고 있는 소림사였다. 하지만 만약의 사태를 대비하기 위해서는 어쩔 수 없는 일이었다.

"혹시나 해서 하는 말입니다만… 저희가 한 얘기가 절대로 외부로 퍼져 나가서는 안 될 것입니다. 저들의 눈과 귀가 어디에 있을지 모르는 일이니……"

수십, 아니, 수백 년간 정체를 드러내지 않고 무림에서 암약하던 흑야였다. 그에 대한 소문이 퍼지면 모습을 드러내기는커녕 더욱 깊은 어둠 속으로 가라앉을 것은 자명한 일이었다. 장일소의 말에 담긴 의미를 금세 알아챈 무진대사는 가만히 고개를 끄덕였다.

"때가 올 때까지는 절대 입 밖으로 꺼내지 않겠소이다."

대답을 확인한 장일소는 나직이 안도의 한숨을 내쉬며 입을 열었다.

"감사합니다, 방장대사. 그럼 이만 일어나 보겠습니다."

"시간 내주셔서 감사합니다."

천천히 몸을 일으킨 두 사람, 남궁사혁과 장일소는 무진대사에게 포권을 취하며 고개를 숙였다. 함께 몸을 일으킨 무진대사가 합장을 하며 고개를 숙였다.

"아닙니다. 본사의 일 때문에 이렇게 먼 길을 오신 게 더 감사드리지요. 제가 지객당까지 안내해 드리겠습니다. 따라오시지요, 아미타불."

무어라 거절할 새도 없이 무진대사가 앞장서서 방장실을 나섰다. 난감해하는 얼굴로 장일소가 남궁사혁을 흘깃 쳐다보았다. 남궁사혁은 어쩔 수 없다는 듯 어깨를 으쓱해 보였다. 한숨을 푹 내쉰 장일소가 무진대사의 뒤를 조용히 따르기 시작했다.

"그러고 보니… 천의문의 일은 두 분 중 어느 시주께서 하신 일입니까?"

조용히 걸음을 옮기던 무진대사가 불쑥 질문을 던졌다. 남궁사혁이 피식 미소를 지으며 대답했다.

"저희 둘 다 아닙니다. 그건 지금쯤 풍찬노숙을 자청한 걸 뼈저리게 후회하고 있을 제 친구 놈이 한 겁니다. 얼마나 잘난 놈인지 어후, 그냥 조용히 끝내도 될 걸 그 난장판을 만들어놨지 뭡니까?"

너스레를 떠는 남궁사혁의 모습에 굳어 있던 무진대사의 얼굴이 조금은 풀어지는 것 같았다. 그런 남궁사혁을 어처구니없어 하는 얼굴로 쳐다보던 장일소의 눈에 문득 막 대웅보전을 나서는 한 비구니의 모습이 보였다. 별다른 생각 없이 막 고개를 돌리려는 찰나, 비구니가 장일소가 있는 쪽으로 고개를 돌렸다. 무진대사를 보고 합장을 하며 고개를 숙이는 비구니의 모습에 장일소의 눈이 찢어질 듯 부릅떠졌다.

"응? 왜 그러십니까, 장노?"

걸음을 멈춘 장일소의 표정을 본 남궁사혁이 물었다. 장일소는 아무런 대답도 하지 못한 채, 바르르 눈썹을 떨었다. 대웅보전에서 나오는 비구니, 정명을 본 무진대사가 합장을 하려다 뒤에서 느껴지는 이상한 기색에 고개를 돌렸다.

"왜 그러십니까, 장 시주?"

찢어져라 눈을 치켜뜬 채 몸을 부르르 떠는 장일소의 모습에 무진대사가 조용히 물었다. 장일소는 부들부들 떨리는 손을 억지로 들어 정명을 가리키며 신음하듯 입을 열었다.

"저, 저분은 설마……!"

*　　　　　*　　　　　*

열일곱 개의 봉우리에 비슷한 흔적이 남아 있다는 것을 확인한 사진량은 열여덟 번째의 봉우리를 향해 몸을 날렸다. 소림사가 있는 소실봉과 가까운 봉우리였다. 금세 봉우리에 도착한 사진량은 날카로운 눈빛으로 주위를 살폈다.

없었다.

다른 봉우리와는 달리 아무런 흔적도 남아 있지 않았다. 그냥 지나친 것일 수도 있지만, 아직 오지 않은 것일지도 몰랐다. 결정을 해야 했다. 사진량은 그 자리에 멈춰 선 채 가만히 주위를 둘러보았다. 사람이 다닐 수 있는 길은 어디에도 없었다. 잠시 고민하던 사진량은 이내 결정을 내렸다.

봉우리에서 조금 내려온 사진량은 커다란 나무둥치에 그대로 가부좌를 틀고 앉았다.

휘이잉!

어디선가 불어온 바람이 붉게 변한 나뭇잎을 사진량의 머리와 어깨에 떨어뜨렸다. 사진량은 조금의 미동도 하지 않고 그대로 눈을 감고 자신의 기척을 완전히 지워 버렸다. 그러면서도 기감은 최대한으로 넓게 펴뜨렸다.

불어오는 바람에 나부끼는 나뭇가지의 움직임이나 날짐승, 들짐승의 움직임이 손에 잡힐 듯 훤히 느껴졌다. 이질적인 기척이 느껴지면 곧바로 눈을 뜰 수 있도록 대비한 사진량은 그대로 깊은 심연에 빠져들었다.

후두둑 떨어진 나뭇잎이 사진량의 모습을 완벽하게 감춰주었다. 기척마저 완전히 지운 터라 주의 깊게 보지 않으면 사람이 있다는 것을 전혀 눈치채지 못할 정도였다. 그렇게 사진량은 인위적인 자취가 나타나기를 한참 동안 기다렸다.

스사삭!

어느새 해가 지고 주위가 완전히 어둠에 잠겨들었다. 사진량은 저 멀리서 빠른 속도로 다가오는 네 개의 기척을 느끼고는 천천히 눈을 떴다. 오십여 장이 넘는 거리였지만 속도로 보아 금세 가까워질 것 같았다. 진행 방향은 분명 지금 사진량이 있는 봉우리였다.

눈을 뜨기는 했지만 사진량은 그 자리에서 꼼짝도 하지 않고, 인기척이 가까워지기를 기다렸다.

스파팍!

빠른 속도로 수풀을 스치는 소리가 바로 옆에서 들려오는

것 같았다. 지금 움직인다면 금방 부딪칠 수 있었지만 사진량
은 일부러 움직이지 않았다. 산봉우리에 무슨 짓을 하는 것인
지 가만히 지켜볼 참이었다.

타탓!

어느새 흑의 인영 넷이 산봉우리에 도착했다. 그들 중 하나
가 품속에서 무언가를 꺼내들고 세게 불었다.

삐— 이이익!

일정 수위 이상의 내공이 있는 무인만이 들을 수 있는 날카
로운 피리 소리가 사방으로 퍼져 나갔다. 저 멀리서 비슷한 소
리가 응답하듯 희미하게 들려왔다. 사진량의 눈썹이 순간 꿈틀
했다.

'제대로 짚었군.'

사진량은 속으로 나직이 중얼거리며 흑의 인영들의 움직임
에 시선을 집중했다. 피리를 다시 품에 갈무리한 흑의 인영이
무어라 소리치자, 나머지 셋이 분주하게 움직이기 시작했다. 어
깨에 메고 온 짐을 풀어 커다란 물건을 꺼낸 세 흑의 인영은
그것을 하나로 합쳤다. 금세 굵고 긴 말뚝이 만들어졌다. 재질
을 알 수는 없었지만 상당히 단단해 보이는 말뚝이었다. 뾰족
한 끝을 아래로 향한 채 세 흑의 인영은 온 힘을 다해 말뚝을
허공으로 내던졌다.

파곽!

동시에 피리를 분 흑의 인영이 바닥을 박차고 허공으로 날아
올랐다. 말뚝 위로 뛰어오른 흑의 인영은 그대로 말뚝의 끝을

천근추의 수법으로 발로 찍어 눌렀다.

쾅!

묵직한 파열음과 함께 말뚝은 엄청난 속도로 떨어져 내리기 시작했다.

쐐애액! 콰쾅!

그대로 산봉우리의 바닥에 틀어박힌 말뚝은 순식간에 땅속 깊이 그 모습을 감춰 버렸다. 바닥에 착지한 흑의 인영이 낮은 한숨을 토해냈다. 그 순간 사진량은 벌떡 일어나 맹렬한 기세를 일으키며 흑의 인영을 향해 달려들었다.

"헉!"

"누, 누구냐!"

일을 마치고 숨을 돌리던 흑의 인영들은 갑작스레 다가오는 강맹한 기운을 느끼고는 당황한 음성을 토해냈다. 순식간에 바짝 다가간 사진량은 흑의 인영들이 미처 반응하기도 전에 검을 뽑아 들고는 자신의 바로 앞에 있는 두 인영을 베어 버렸다.

스컥!

섬뜩한 파육음과 함께 흑의 인영 둘이 채 비명도 지르지 못하고 피를 뿜으며 그 자리에 쓰러졌다. 남은 두 흑의 인영은 당황한 듯 버럭 소리를 치며 검을 뽑아 들었다.

"이런! 감히 어떤 놈이!"

"이게 무슨!"

사진량은 눈 하나 깜짝하지 않고 나직이 중얼거리며 흑의 인영 하나를 단칼에 베어 버리며 남은 흑의 인영에게 지풍을 내쏘았다.

"대답할 입은 하나면 충분하지."

본능적으로 위기를 느끼고 검을 들어 방어를 한 흑의 인영이었지만 사진량의 검은 조금의 망설임도 없이 상대의 검을 박살 내고 목을 갈랐다.

파캉! 써걱!

흑의 인영은 부러진 검을 쥔 채로 그대로 허물어지듯 쓰러졌다. 날아드는 지풍을 전혀 느끼지 못한 마지막 흑의 인영은 최초의 지풍이 몸에 닿자 급하게 내공을 끌어 올리려 했다. 하지만 뒤이어 날아든 수십여 개의 지풍이 온몸의 혈도를 틀어막았다.

파파팍!

온몸을 마비시키는 저릿한 느낌과 함께 흑의 인영은 그 자리에 풀썩 주저앉았다. 검에 묻은 피를 허공에 털어낸 사진량이 납검을 하며 천천히 쓰러진 흑의 인영에게 다가왔다. 다가오는 사진량의 모습이 마치 사신과도 같아 보였다. 온몸이 마비된 흑의 인영은 저도 모르게 바르르 몸을 떨었다. 흑의 인영의 바로 앞에서 멈춰 선 사진량이 천천히 입을 열었다.

"내 질문에 대답할 준비는 되었나?"

*   *   *

장일소는 마치 학질(瘧疾)이라도 걸린 것처럼 온몸을 부들부들 떨었다. 찢어져라 크게 치켜뜬 눈은 합장을 한 채, 고개를 숙이고 있는 비구니, 정명에게로 향해 있었다.

"왜 그러십니까, 장노?"

남궁사혁이 고개를 갸웃거리며 물었다. 하지만 장일소는 아무런 대답도 하지 못했다. 그저 넋이 나간 것처럼 부르르 몸을 떨고 있을 뿐이었다.

천천히 고개를 든 정명의 눈에 돌처럼 굳은 채로 놀란 얼굴을 하고 있는 장일소의 모습이 보였다. 그 순간 정명의 눈썹이 파르르 떨렸다. 하지만 이내 정명은 자신을 향한 장일소의 눈빛을 외면하듯 고개를 돌렸다.

장일소는 거의 쓰러질 듯 비틀거리는 걸음으로 천천히 정명을 향해 다가갔다. 다가오는 장일소의 기척을 느낀 정명은 급히 걸음을 옮기려 했지만, 발길이 떼어지지 않았다. 온몸이 미세하게 파르르 떨려왔다.

그러는 사이 가까이 다가온 장일소가 정명의 앞에 쓰러지듯 엎드리며 소리쳤다.

"주, 주모(主母)님을 뵙습니다!"

장일소가 갑자기 바닥에 부복하자 남궁사혁은 깜짝 놀라 눈을 휘둥그레 떴다. 놀란 것은 무진대사도 마찬가지였다.

"이, 이게 무슨……?"

무진대사가 저도 모르게 나직이 신음하듯 중얼거렸다. 남궁사혁은 휘둥그레진 눈으로 장일소와 정명을 번갈아가며 쳐다보았다. 정명은 당혹스러운 감정과 그리움, 그리고 죄책감이 뒤섞인 복잡한 얼굴을 하고 있었다. 자신의 앞에 부복한 장일소를 내려다보는 눈빛은 조금 떨어진 곳에 있는 남궁사혁에게도 보일 정도로 부르르 떨리고 있었다.

"이, 일어나세요."

억지로 힘겹게 벌어진 정명의 입에서 떨리는 음성이 흘러나왔다. 하지만 부복한 장일소는 조금의 미동도 없었다. 정명이 한쪽 무릎을 꿇고 장일소에게 손을 뻗었다. 정명의 손길이 어깨에 닿자 장일소가 순간 어깨를 움찔했다. 그제야 장일소는 천천히 고개를 들었다.

"어서 일어나세요."

정명은 다시 한 번 나직이 입을 열었다. 감정의 동요를 감춰보려고 했지만 떨리는 음성을 막을 수는 없었다. 장일소는 가만히 정명을 바라보며 입을 열었다.

"그동안 대체 어디 계셨던……!"

질문을 하려던 장일소는 그제야 파르라니 머리를 깎은 것을 발견하고는 말문을 집어삼켰다. 장일소의 시선이 자신의 머리에 멈춘 것을 본 정명은 가만히 고개를 끄덕였다.

"출가… 를 하였습니다. 그러니 이런 예는 차리지 않으셔도 됩니다."

"그, 그런……!"

정명의 나직한 말에 장일소의 눈이 더욱 커졌다. 깊이를 알 수 없을 정도로 짙은 정명의 눈을 마주한 장일소는 말을 잇지 못했다. 정명은 희미한 미소를 지으며 조용히 말을 이었다.

"갓 태어난 아이를 제대로 안아보지도 못하고 잃은 죄인일 뿐입니다. 그러니 절 본 것은 잊어주세요, 장노."

말을 마친 정명은 장일소의 대답도 듣지 않고 그대로 돌아서서 걸음을 옮기기 시작했다. 장일소는 차마 정명을 부르지 못하고 그저 멍하니 멀어져 가는 뒷모습을 쳐다보았다. 정명의 모습이 완전히 사라지자, 두 사람 사이의 분위기 때문에 아무런 말도 하지 못하고 있던 남궁사혁이 다가왔다.

"저분은 도대체 누구신데 이렇게까지 동요하시는 겁니까, 장노?"

넋 나간 얼굴로 천천히 몸을 일으킨 장일소는 아무런 대답도 하지 않았다. 그저 이미 시야에서 사라진 정명의 뒷모습을 계속해서 좇을 뿐이었다.

"출가하기 전의 정명을 잘 아시는 게로구려. 이 무슨 인연이란 말인가, 아미타불……."

무진대사가 안타까워하는 얼굴로 합장을 한 채 다가와 불호를 나직이 읊었다. 장일소가 움찔하며 무진대사에게로 고개를 돌렸다.

"저분을… 잘 아십니까?"

"매년 이맘때에 불공을 드리러 소림까지 오시는 보타암의 정명이라는 분이십니다. 갓난아이 때 잃어버린 아들을 위해 고행을 자처하고 계시지요."

"어, 언제까지 소림에 계신답니까?"

"글쎄요. 매번 열흘 정도는 머무십니다. 엊그제 도착하셨으니······."

무진대사는 말꼬리를 흐리며 장일소의 눈치를 살폈다. 어느 정도 예상은 했지만 장일소의 반응으로 보아, 출가하기 전의 정명은 상당히 높은 신분이었음이 틀림없었다. 흥미가 생겼지만 무진대사는 겉으로 티는 내지 않았다.

여러 감정이 섞인 복잡한 얼굴로 무언가 깊은 생각에 잠겨 있던 장일소는 길게 한숨을 내쉬며 입을 열었다.

"그러면 되었습니다. 감사합니다, 방장대사."

"아니, 내가 무얼 했다고."

의아해하는 무진대사에게 아무런 대꾸도 하지 않고 장일소는 그대로 성큼성큼 지객당을 향해 걸음을 옮기기 시작했다.

"어어? 장노! 같이 갑시다!"

멍하니 상황을 지켜보던 남궁사혁은 갑자기 움직이는 장일소를 황급히 쫓았다. 그 모습을 가만히 지켜보던 무진대사는 나직이 한숨을 내쉬며 나직이 불호를 읊었다.

"아미타불······."

*   *   *

아무것도 할 수 없었다.

어금니 사이에 끼워 놓은 독약을 깨물 틈도, 내공을 폭발시켜 심맥을 끊을 수도 없었다. 그렇다고 혀를 깨물 수도 없었다. 의식만 남아 있을 뿐 온몸의 혈도가 모두 막혀 아무것도 할 수 없었다. 그저 다가오는 사진량의 모습을 부릅뜬 눈으로 쳐다볼 수밖에 없었다.

"물론 쉽게 입을 열진 않겠지."

사진량은 나직이 중얼거리며 흑의인을 향해 천천히 손을 뻗었다. 흑의인의 천령개(天靈蓋)에 손을 얹은 사진량은 천천히 백회혈(百會穴)을 통해 내공을 밀어 넣기 시작했다.

"끄, 끄으으―!"

흑의인의 입에서 낮은 신음이 흘러나왔다. 사진량의 내공으로 머릿속이 곤죽이 되어가는 것 같은 통증이 느껴졌다. 머리 전체의 혈압이 올라 눈자위가 시뻘게지고 터져 나갈 듯 부풀어 올랐다. 아무것도 생각할 수 없었다. 그저 이 고통을 끝낼 수만 있다면 무엇이든 할 수 있을 것 같았다.

"묻겠다. 여기서 무얼 하고 있었던 거지?"

사진량의 조용한 음성이 뇌리를 후려쳤다. 내공은 전혀 담겨 있지 않은 낮은 음성이었지만, 흑의인은 무조건 그 질문에 대답해야만 한다는 본능적인 생각에 저도 모르게 억지로 입을 열었다.

"수, 숭산의 용맥(龍脈)을 자극해 소, 소림을… 끄, 끄으으윽!"

더듬더듬 입을 열던 흑의인은 머리가 터져 나갈 것 같은 통증에 비명을 질러댔다. 어느샌가 제압당한 혈도가 풀려, 흑의인은 두 손으로 머리를 감싸 쥐며 바닥을 뒹굴기 시작했다. 그 바람에 사진량의 손이 흑의인의 머리에서 떨어졌다.

하지만 흑의인의 머릿속을 휘젓는 사진량의 내공은 점점 강해지기만 했다. 사진량은 고통에 찬 비명을 지르며 바닥을 뒹굴던 흑의인을 가만히 내려다보며 다시 물었다.

"소림을 어쩌겠다는 거지? 어서 대답해라."

사진량의 낮은 음성이 귓가로 날아들자 흑의인은 그 자리에서 돌처럼 굳었다. 이내 머리를 감싸 쥔 손을 내리며 천천히 몸을 일으킨 흑의인은 천천히 입을 열기 시작했다. 안구는 금방이라도 폭발할 듯 시뻘겋게 달아올라 있었지만, 초점은 전혀 없는 멍한 눈빛이었다.

"소, 소림을 무너… 커헉!"

채 말을 끝내지 못한 흑의인이 짧은 신음을 토해냈다. 순간 사진량의 눈썹이 꿈틀했다. 갑자기 흑의인의 머리가 부풀어 오르기 시작했다.

퍼엉!

낮은 폭음과 함께 흑의인의 머리가 터져 나가, 피와 살점이 사방으로 튀었다. 사진량은 한 걸음 뒤로 물러나며 손을 들어 자신에게 튀는 파편을 떨쳐냈다. 머리가 터져 나간 흑의인은 그대로 풀썩 쓰러져 버렸다.

"금제(禁制)가 걸려 있었던 건가?"

낭패라는 듯 사진량이 나직이 중얼거렸다. 자신의 내공을 사용해 일종의 섭혼술(攝魂術)에 가까운 최면을 걸어 원하는 대답을 얻으려 했던 사진량이었다. 하지만 누군가 걸어놓은 금제가 사진량의 내공과 충돌해 흑의인의 머리가 터져 버린 것이다.

그 바람에 놈들의 상세한 계획을 알 수는 없었지만, 필요한 만큼은 들을 수 있었다. 사진량은 저 너머로 보이는 소실봉을 쳐다보며 천천히 입을 열었다.

"소림을… 무너뜨린다고?"

*   *   *

쿠르릉!

약한 지진이라도 난 듯 바닥이 진동했다. 조용한 걸음으로 경내를 오가던 승려들은 저도 모르게 그 자리에 멈춰 섰다. 이내 진동이 가라앉자 승려들은 가던 길을 다시 걷기 시작했다.

"좀 이상하지 않습니까, 장노?"

해가 지고 어둑어둑해져 가고 있는 창밖을 내다보면서 남궁사혁이 말했다. 한동안 아무런 말 없이 가만히 침상에 앉아 멍하니 있던 장일소는 천천히 고개를 돌렸다.

"무슨 말씀이신가, 남궁 소협?"

"좀 전의 지진 말입니다. 뭔가 이상한 느낌이 들지 않았습니까? 발아래에서 뭔가가 꿈틀거리는 것 같은……."

"글쎄요……?"

남궁사혁의 말에 장일소는 고개를 갸웃했다. 다른 생각을 하느라 지진이 있었는지 조차도 모르고 있던 장일소였다. 그런 장일소의 기색을 눈치챈 남궁사혁은 저도 모르게 나직이 한숨을 내쉬며 다시 창밖을 내다보았다.

"후우, 아무것도 아닙니다. 그냥 제 착각인가 보죠."

말은 그렇게 했지만 착각이 아니었다. 기이한 꿈틀거림이 분명히 느껴졌다. 아무래도 오늘 밤에 무슨 일이 벌어질 것 같은 예감이 강하게 들었다. 남궁사혁은 창을 닫으며 그대로 침상에 벌렁 드러누웠다.

그러면서도 내공을 살짝 끌어 올려 기감을 널리 퍼뜨렸다. 수상쩍은 움직임이 감지되면 곧장 뛰쳐나갈 생각으로 검도 침상 옆에 대충 기대어놓은 채였다. 하지만 남궁사혁은 겉으로는 전혀 티를 내지 않고, 팔베개를 하며 스륵 눈을 감았다.

"별로 할 일도 없는데 그냥 잘랍니다."

침상에 누운 남궁사혁을 멍하니 쳐다보던 장일소는 이내 길게 한숨을 푹 내쉬며 고개를 돌렸다. 아직도 장일소의 머릿속에는 몇 시진 전에 만난 정명의 얼굴이 가득 차 있었다.

이른 시간에 시작해, 밤늦은 시간에야 소림의 일과가 마무리되었다. 달이 중천에 떠 있기는 했지만 구름이 가득해 희미한 빛마저도 사라진 어두운 밤이었다. 야행성 날짐승을 빼고는 모두 깊은 잠에 빠져든 시간이 되자 소리 없이 지객당의 문이 열렸다.

스으―!

구름이 달빛을 완전히 가려 버린 야음을 틈타 지객당 밖으로 나온 것은 소림과는 전혀 어울리지 않는 흑의 복면을 한 인영 십여 명이었다. 마치 약속이나 한 듯 일시에 지객당의 사방에서 조용히 밖으로 나온 흑의 복면인들은 어둠 속에 자연스레 녹아들었다.

얼핏 보기에는 아무도 없는 것처럼 인기척이 전혀 느껴지지 않을 정도였다. 어느샌가 흑의 복면인들의 숫자는 스물이 넘었다. 맨 처음 밖으로 나온 흑의 복면인이 어딘가로 향해 바닥을 박차고 달려 나가자 흑의 복면인 여덟이 그 뒤를 쫓았다. 남은 흑의인들이 저마다 눈빛을 주고받으며 미리 세운 계획대로 흩어지려 할 때였다.

덜컹!

갑자기 지객당의 한쪽 구석의 작은 문이 낮은 소리를 내며 활짝 열렸다. 이내 천천히 누군가 밖으로 걸어 나왔다. 한 손에 검을 든 남궁사혁이었다.

"에이, 거 한참 기분 좋게 잠들었었는데, 쥐새끼도 아니고 뭘 그리 꼼지락거리는… 어엇!"

파곽!

남궁사혁이 말을 끝내기도 전에 갑자기 흑의 복면인 다섯이 품속에서 비도를 꺼내 내던졌다. 남궁사혁은 갑작스러운 공격에 짧은 신음을 토해내며 본능적으로 비도를 피해냈다. 하지만 비도 끝에 실이라도 묶어 놓은 것인지 흑의 복면인이 손목을 이리저리 흔들자, 비도가 방향을 바꿔 남궁사혁에게로 날아들었다.

"으업! 허이차!"

남궁사혁은 낮은 기합을 토해내며 검을 뽑아 들고는 비도를 향해 검을 내리 그었다.

후우웅! 파강!

묵직한 파공성과 함께 날카로운 파열음이 터져 나왔다. 비도가 산산조각 나 파편이 사방으로 튀었다. 그러는 사이 남궁사혁을 공격한 흑의 복면인을 뺀 나머지가 어둠 속으로 흩어져 버렸다. 남궁사혁은 내공을 끌어 올리며 버럭 소리쳤다.

"감히 어떤 미친놈이 소림을 어지럽히는 거냐!"

내공이 담긴 웅혼한 외침이 깊이 잠든 소림을 단숨에 깨워 버렸다. 지객당은 물론이고, 장경각(藏經閣)은 물론 나한전(羅漢殿), 계율원(戒律院) 등 소림의 모든 곳에서 잠을 깬 소림승들이 밖으로 뛰쳐나왔다.

"뭐, 뭐야?"

"이게 무슨 소란이지?"

들려오는 당황한 음성에 남궁사혁은 피식 미소를 지으며 자신의 눈앞에 있는 다섯 흑의 복면인을 쳐다보았다. 남궁사혁은 손을 들어 검지를 까딱거리며 말했다.

"어디 한 번 다시 덤벼보시던가?"

소실봉 근처에서 소림사가 있는 곳을 가만히 내려다보고 있던 사진량은 빠른 속도로 접근하는 십여 개의 인기척을 느끼고는 고개를 돌렸다. 이제는 익숙한 흑의 복면인들이 소실봉 정상으로 달려오는 것이 눈에 들어왔다.

'열다섯이로군.'

파팟!

이번에는 기다리지 않고 사진량은 곧장 흑의 복면인들을 향해 다가갔다. 소림을 무너뜨리려는 계획을 알게 된 이상, 원하는 일을 하도록 내버려 둘 수는 없는 일이었다.

스릉!

낮은 금속성과 함께 사진량의 허리춤에서 매끄럽게 검이 뽑혀져 나왔다. 날카롭기 그지없는 검은색 검신이 짙은 어둠 속에서 모습을 드러냈다. 그제야 사진량이 다가오는 것을 본 흑의 복면인들이 저마다 검을 뽑아 들고는 주위로 흩어졌다. 사진량의 앞을 막아선 것은 모두 셋이었다.

파곽!

흑의 복면인 셋은 동시에 사진량에게 공격을 시도했다. 머리위, 정면, 그리고 왼쪽 측면에서 달려드는 세 복면인의 합공에 사진량은 눈 하나 깜짝하지 않았다. 손속에 전혀 사정을 두지 않고 사진량은 그대로 검을 내리 그었다.

곽! 파파파곽!

날카로운 파공성이 터져 나와 짙은 어둠을 어지럽혔다. 수십, 수백여 개의 검영이 사진량의 주위로 꽃처럼 피어올랐다. 빈틈없이 날아드는 복면인의 합공은 사진량의 검영을 뚫지 못했다.

파캉! 카카캉! 파슉!

누런 불꽃과 함께 날카로운 파열음이 터져 나왔다. 사진량의 검영에 닿은 검이 박살 나며 사방으로 비산하는 파편의 일부가 복면인의 몸속에 깊숙이 틀어박혔다.

"컥!"

"윽!"

"끄윽!"

세 복면인은 저마다 짧은 단말마의 비명을 지르며 그대로 나가떨어졌다. 세 복면인이 쓰러지는 것을 보지도 않고 사진량은 곧장 주위로 흩어진 다른 흑의 복면인을 찾아 이동했다.

파파팍!

모두 세 방향으로 흩어진 흑의 복면인들은 넷씩 짝을 이루어 소실봉 정상을 향해 달려들었다. 기감을 최대한 넓게 퍼뜨린 사진량은 가장 가까운 기척을 향해 달려들었다. 사진량이 다가오는 것을 느낀 네 복면인들이 검을 뽑아드는 것과 동시에 품속에서 비도를 꺼내 내던졌다.

파팟! 파파팟!

낮은 파공성과 함께 날아드는 십여 자루의 비도를 한 손으로 모조리 낚아챈 사진량은 곧장 그것을 흩뿌렸다.

"커헉!"

"끄윽!"

막을 새도 없이 날아든 비도에 온몸을 꿰뚫린 복면인의 비명을 듣지도 않고 사진량은 다른 복면인 무리를 향해 몸을 날렸다.

처음 흑의 복면인들이 소실봉을 오르는 것을 본 후, 채 반각도 지나기 전에 복면인 일곱을 격살한 사진량이었다. 하지만 그 짧은 시간에도 남은 두 무리의 복면인이 소실봉 정상에 도

달했다.

도합 팔 인의 복면인은 급히 어깨에 메고 온 물건을 서둘러 조립해 사진량이 어젯밤 보았던 것과는 비교도 할 수 없는 굵고 긴 말뚝을 만들었다. 세 복면인이 온 힘을 다해 말뚝을 허공으로 내던지자, 두 복면인이 동시에 바닥을 박차고 날아올랐다.

그 순간 소실봉 정상에 오른 사진량은 조금의 망설임도 없이 눈앞의 복면인들을 단숨에 베어 버렸다.

스컥! 파슈슉!

채 저항할 틈도 없이 복면인 여섯의 목이 피를 뿜으며 허공으로 날아올랐다.

콰쾅!

그 순간 묵직한 폭음과 함께 하늘 높이 던져졌던 커다란 말뚝이 섬전 같은 속도로 바닥으로 떨어져 내리기 시작했다.

쐐애액!

날카로운 파공성이 주위를 어지럽혔다. 사진량은 조금의 망설임도 없이 말뚝이 떨어지는 곳에 자리를 잡았다. 내공을 끌어 올리자 손에 쥔 검이 낮은 검명을 토해냈다.

우우우웅!

천근추의 수법으로 말뚝을 떨어뜨린 두 흑의 복면인은 허공을 박차고, 곧장 사진량을 향해 달려들었다. 뽑아 든 검에 실린 일렁이는 마기가 뚜렷하게 보일 정도로 맹렬한 기세였다.

파곽!

사진량은 눈 하나 깜짝하지 않고 천천히 검을 역수로 고쳐

쥐었다. 커다란 말뚝이 막 사진량의 머리를 꿰뚫으려는 찰나, 사진량은 그대로 검을 내뻗었다. 사진량의 검과 커다란 말뚝이 부딪친 순간!

콰르릉! 콰콰쾅!

"손속에 사정을 두시오!"

소림 무승 하나가 장봉을 뻗으며 소리쳤다. 날카로운 금속 성과 함께 흑의 복면인을 베어 넘기려던 남궁사혁의 검이 튕겨 나갔다. 남궁사혁은 어처구니없다는 듯 소리쳤다.

"지금 뭐 하는 거요? 혹시 너무 어두워서 상대를 착각한 거요?"

"경내에서 살생이라니! 있을 수 없는 일이오!"

"하이고! 이런 상황에서도 그렇게 갑갑하게 굴어야겠소?"

"어쨌든 살생은 아니 되오!"

단호하기 그지없는 무승의 태도에 남궁사혁은 저도 모르게 한숨을 푹 내쉬었다. 그러는 사이 흑의 복면인들의 공격이 매 서워졌다. 지객당에서 쏟아져 나온 수많은 무인의 포위를 뚫고 나가기 위해 흑의 복면인들이 달려들었다.

"어헉!"

"크악!"

흑의 복면인의 갑작스러운 공격에 미처 대비하지 못한 소림 속가제자의 비명이 터져 나왔다. 남궁사혁은 혀를 차며 곧장 가까운 흑의 복면인을 향해 달려들었다.

"쳇! 방해만 안 했어도 이런 일은 없었을 거요!"

남궁사혁이 막 흑의 복면인 하나를 덮치려는 순간, 기다렸다는 듯 속가제자들 사이에서 수십 자루의 장봉이 튀어나와 흑의 복면인에게 날아들었다.

파파팍!

묵직한 파공성이 주위를 어지럽혔다. 흑의 복면인들은 갑작스러운 공격에 당황하며 다급히 뒷걸음질 쳤다. 그러는 사이 수십 명의 장봉을 든 무승이 모습을 드러냈다. 나한전(羅漢殿)의 무승들이었다. 남궁사혁이 뒤로 물러나는 흑의 복면인의 목을 베려는 찰나, 다시 날아든 장봉이 그것을 막았다.

파창!

남궁사혁은 왈칵 인상을 찌푸리며 뒤로 물러났다. 처음 말을 걸어온 무승이 다시 버럭 소리쳤다.

"살생은 아니 된다고 하지 않았소?"

"아뇨! 도와주지는 못할망정!"

생각 같아서는 소림이고 뭐고 그냥 확 날려 버리고 싶은 것을 남궁사혁은 억지로 참았다. 그러는 사이 흑의 복면인들은 장봉 무승들의 합공에 순식간에 제압되었다. 장봉에 사지가 이리저리 얽힌 채로 흑의 복면인들은 나직이 신음을 흘리고 있었다.

"끄, 끄으으……!"

"다 잡았습니다, 대사형!"

장봉 무승 중 누군가 버럭 소리쳤다. 남궁사혁을 쳐다보고 있던 대사형이라 불린 무승이 천천히 돌아섰다. 장봉으로 포박

당한 흑의 복면인에게 다가간 무승이 입을 열었다.

"감히… 여기가 어디라도 함부로 날뛰는 것이냐! 도대체 무슨 목적으로 본사를 어지럽히는 거냐!"

무승의 날카로운 일갈에 흑의 복면인은 피식 비틀린 미소를 지었다. 그 순간 느껴지는 불길한 기운에 남궁사혁이 버럭 소리쳤다.

"위, 위험해!"

남궁사혁의 외침에 대사형이라 불린 무승이 갸웃거리며 고개를 돌리려는 순간, 장봉에 포박당한 흑의 복면인 다섯의 몸이 크게 부풀어 오르더니 커다란 폭음과 함께 폭발해 버렸다.

퍼어엉!

흑의 복면인의 갈가리 찢겨진 피륙과 뼛조각이 사방으로 비산하며 무승들을 덮쳤다. 미처 피하지 못한 무승들은 날카로운 비명을 지르며 쓰러졌다.

"크악!"

"커허억!"

폭발에 휘말린 것은 무승만이 아니었다. 주위를 둘러싸고 있던 속가제자들 상당수가 피투성이가 되어 쓰러졌다. 대사형이라 불린 무승도 마찬가지였다. 날카로운 암기를 온몸으로 받아낸 듯 온몸이 피투성이가 된 채 그 자리에 쓰러져 버렸다.

"이런……!"

남궁사혁이 혀를 차며 다가가 쓰러지려는 대사형 무승을 부축했다. 죽지는 않았지만 위급한 상태였다. 남궁사혁은 다급히 혈도를 눌러 지혈을 했다. 그러곤 버럭 소리쳤다.

"지금 당장 치료를 하지 않으면 목숨이 위험하오! 움직일 수 있는 자는 다들 손을 보태시오!"

남궁사혁의 외침에 웅성거리던 속가제자들이 하나둘 움직이기 시작했다. 부상자의 치료를 시작한 속가제자들의 모습을 본 남궁사혁이 나직이 안도의 한숨을 내쉬었다. 그 순간.

쿠르릉!

심상치 않은 땅울림이 전해졌다. 순간 남궁사혁은 두 방향으로 흩어진 흑의 복면인의 모습을 퍼뜩 떠올렸다.

"젠장! 아직 끝난 게 아냐!"

버럭 소리치며 남궁사혁은 한 무리의 흑의 복면인이 사라진 방향으로 급히 몸을 날렸다.

피시시—!

허연 연기가 사방에서 피어올랐다. 사진량은 무표정한 얼굴로 납검을 하며 천천히 주위를 둘러보았다.

폭발의 여파로 인해 주위가 쑥대밭이 되어 있었다. 바닥에는 다섯 조각으로 갈라진 검은 말뚝의 파편이 널려 있었고, 흑의 복면인들의 시신은 형체를 알 수 없을 정도로 갈가리 찢겨 버렸다. 주위의 거대한 나무들은 뿌리째 뽑혀 나가 흔적만이 조금 남아 있을 뿐이었다. 살아서 움직이는 것은 오로지 사진량뿐이었다.

사진량은 천천히 말뚝의 파편으로 다가갔다. 그러곤 한쪽 무릎을 꿇고 작은 파편을 집으려 손을 뻗었다. 사진량의 손이 닿으려는 순간, 말뚝 파편은 검은 연기를 뿜어내며 순식간에 사라져 버렸다.

피쉬쉬—!

다른 파편들도 마찬가지였다. 검은 연기를 뿜어내던 말뚝은 순식간에 사라지고 바닥에는 재가 묻은 듯 검은 흔적만이 약간 남았을 뿐이었다.

"도대체… 뭐지?"

사진량은 나직이 중얼거리며 말뚝이 남긴 흔적을 가만히 쳐다보았다. 그 순간, 갑자기 바닥을 타고 커다란 땅울림이 전해졌다.

쿠르릉!

몸을 일으킨 사진량은 고개를 돌려 소실봉 아래의 소림사를 내려다보았다. 밤이 깊은 늦은 시간이었음에도 소림사 경내가 대낮처럼 훤히 밝혀져 있었다. 뿐만 아니라 심상치 않은 기운이 경내 전체를 휘감고 있었다. 사진량은 조금의 망설임도 없이 곧장 소림사를 향해 내달리기 시작했다.

파파파곽!

역대 고승들의 사리를 모신 탑이 숲을 이루고 있다 하여 탑림(塔林)이라 이름 붙여진 소림의 금역(禁域)에 십여 명의 흑의 인영이 소리를 죽인 채 빠른 속도로 접근해 왔다. 의도한 바는 아니었지만 지객당에서 벌어진 소동에 사람들의 시선이 집중

된 덕에 생각보다 수월하게 탑림에 들어설 수 있었다.

탑림의 초입을 지키고 있던 무승들이 있긴 했지만 흑의 복면
인들의 은밀한 공격에 모두 목숨을 잃고 말았다. 탑림의 중심
에 도착한 흑의 복면인들은 어깨에 메고 온 등짐과 함께 흑의
복면인 하나만 남겨두고 나머지는 모두 사방으로 흩어졌다.

커다란 원을 그리듯 주위로 퍼져 나간 흑의 복면인들은 저
마다 정해둔 위치에 있는 보탑을 내려쳤다.

파삭! 팍!

내공이 가득 담긴 흑의 복면인들의 손에 돌로 만들어진 보탑
은 순식간에 가루가 되어 박살 났다. 보탑을 박살 낸 흑의 복
면인들은 품속에서 한 뼘 길이가 조금 넘는 날카로운 흑침(黑
鍼)을 꺼내 들었다. 중지와 검지 사이에 흑침을 낀 흑의 복면인
들은 곧장 내공을 주입해 흑침을 부서진 보탑의 잔해가 남아
있는 바닥으로 내던졌다.

스팟!

낮은 파공성과 함께 흑침이 땅속으로 녹아들 듯 빨려 들어갔
다. 작업을 마친 흑의 복면인들은 곧장 탑림의 중심으로 달려갔
다. 그곳에 홀로 남아 있던 흑의 복면인은 다른 복면인이 내려
놓은 등짐을 풀어, 보통 사람의 세 배는 넘어 보이는 길이와 한
아름에 안을 수 없을 정도로 굵은 말뚝을 만들고 있었다.

어느새 한 자리에 모인 흑의 복면인은 내공을 끌어 올리더
니 낮은 기합과 함께 거대한 말뚝을 허공으로 내던졌다.

"흐읍!"

흑의 복면인 열 명이 내공을 합쳐 내던진 말뚝은 그대로 수십 장이나 높이 날아올랐다. 동시에 남은 흑의 복면인 다섯이 다른 복면인들의 어깨를 밟고 말뚝을 향해 허공으로 뛰어올랐다.

타타타탁!

말뚝이 솟아오른 곳보다 훨씬 높이 허공을 박차고 뛰어오른 흑의 복면인들은 일제히 천근추의 수법을 써서 말뚝을 향해 달려들었다. 그 순간.

스팟!

날카로운 파공성과 함께 어디선가 나타난 인영이 검은빛을 흩뿌리며 검을 휘둘렀다.

스컥! 파카카카!

전혀 예상치 못한 인영의 갑작스러운 등장에 말뚝을 향해 달려들던 복면인 다섯은 비명도 채 지르지 못하고 피 분수를 뿜어내며 실 끊긴 연처럼 바닥에 떨어졌다.

"뭐, 뭐지?"

"감히 누가 방해하는 거냐!"

아래쪽에서 기다리고 있던 흑의 복면인들이 버럭 소리치며 갑자기 나타난 허공의 인영, 사진량을 향해 뛰어올랐다. 사진량은 허공에서 빙글 방향을 바꿔 거대한 말뚝을 향해 달려들었다.

파카카카칵!

일말의 망설임도 없는 사진량의 검격에 거대한 말뚝은 날카로운 파열음과 함께 산산조각 났다. 미리 계산이라도 한 듯 말뚝의 파편이 사진량을 향해 뛰어오른 흑의 복면인들을 덮쳤다.

"큭!"

당황한 복면인들이 낮은 신음을 토해내며 급히 날아드는 파편을 검으로 튕겨냈다.

파카카카캉!

날카로운 금속성이 터져 나와 주위를 어지럽혔다. 몇몇 복면인은 파편을 제대로 튕겨내지 못하고 온몸으로 받아내 피떡이 되어 바닥에 곤두박질쳤다.

콰쾅!

"커헉!"

짧은 단말마의 비명과 함께 절반이 넘는 흑의 복면인들이 절명했다. 남은 것은 고작해야 일곱뿐이었다. 남은 자도 사진량이 박살 낸 말뚝의 파편을 쳐내느라 멀쩡한 자는 없었다. 저마다 온몸이 자신이 흘린 피로 흠뻑 젖은 채 바닥에 떨어져 내렸다.

그때까지도 허공에 머물러 있던 사진량은 천천히 바닥에 내려앉았다. 사뿐히 착지한 사진량은 피투성이가 된 채 거친 숨을 몰아쉬고 있는 흑의 복면인들을 쳐다보며 가만히 입을 열었다.

"네놈들의 계획은 이걸로 끝이다. 남은 것은 네놈들의 목숨뿐."

사진량의 차가운 음성에 흑의 복면인들은 저도 모르게 어깨를 움찔 떨었다. 하지만 이내 사진량의 정면에 있는 흑의 복면인이 음소를 지으며 말했다.

"크, 크크… 착각이 심하시군. 이제부터가 시작이다!"

날카로운 외침과 동시에 다른 흑의 복면인 다섯이 마치 약속이라도 한 듯 사진량을 향해 달려들었다. 온몸에서 사이한 검은 연기를 뿜어내며 달려드는 복면인들의 모습이 심상치 않았다. 하지만 사진량은 조금도 당황하지 않고 내공을 끌어 올리며 검을 뺐었다.

퍼펑!

사진량의 검이 달려드는 복면인을 베려는 순간, 낮은 폭음과 함께 복면인의 몸이 폭발했다. 뒤이어 달려든 다른 복면인들도 연이어 폭발했다.

펑! 퍼펑!

사진량의 시야가 붉은 피류으로 어지럽혀졌다. 그 사이 남은 복면인 둘 중 하나가 사진량의 발아래로 몸을 던졌다. 마치 토둔법(土遁法)이라도 사용한 듯 흑의 복면인은 맨손으로 땅속을 파고 들어갔다.

스콱!

사진량이 검을 휘둘러 눈앞을 어지럽히는 피류을 쳐냈을 때에는 이미 완전히 모습을 감춘 후였다. 그것을 확인한 마지막 흑의 복면인은 미친 듯 광소를 터뜨렸다.

"크크, 크하하핫! 이제 소림은 끝이……! 컥!"

마지막 복면인의 말은 끝나지 못했다. 어느새 다가온 사진량의 일검이 그의 목을 갈라 버린 탓이었다. 그대로 털썩 쓰러지는 복면인을 향해 사진량이 나직이 중얼거렸다.

"시끄럽군."

그대로 빙글 돌아선 사진량은 조금 전 복면인이 모습을 감춘 땅속으로 검을 깊이 박아 넣었다.

파칵!

"끅!"

낮은 파열음과 함께 짧은 비명이 들려왔다. 사진량이 검을 뽑아내자 그 자리에서 피가 분수처럼 뿜어져 나왔다. 사진량은 피 묻은 검을 허공에 털어낸 후, 납검했다. 그 순간, 죽어가던 복면인의 실낱같은 음성이 들려왔다.

"그 검법… 어, 어쩐지 눈에 익다 싶더니… 쿠, 쿨럭!"

"무슨… 소리지?"

사진량은 저도 모르게 복면인에게 다가갔다. 목이 베인 복면인은 곧 숨이 끊어져도 이상하지 않은 상황이었다. 한참이나 피를 토해내던 복면인이 마지막 힘을 다해 입을 열었다.

"회 그놈이 자, 자기가 키운 아이에게 당했다는 얘길 드, 들었……! 쿠, 쿨럭! 쿨럭!"

복면인은 말을 채 끝내지 못하고 계속해서 피거품을 토해내더니 그대로 절명해 버렸다. 사진량은 죽은 복면인의 시신을 가만히 내려다보았다.

회.

오랜만에 듣는 의부의 이름이었다. 이미 숨이 끊어졌지만 파르르 미세하게 떨고 있는 시신을 내려다보는 사진량의 눈빛이 깊이 침잠해 들어갔다.

"어라? 너 여기서 뭐 하는……."

갑자기 등 뒤에서 들려온 낯익은 음성에 사진량은 천천히 고개를 돌렸다. 놀란 얼굴을 한 남궁사혁이 급히 주위를 둘러보고 있었다. 사진량은 무표정한 얼굴로 조용히 입을 열었다.

"막 끝낸 참이다."

"그래? 에이, 내가 한발 늦었구만. 그나저나 다른 곳을 둘러본다더니 꽤 빨리 왔네?"

"마침 소실봉을 지나던 참이었… 이, 이건!"

남궁사혁의 물음에 대수롭지 않다는 듯 대답하던 사진량은 순간, 발아래에서 격렬한 용틀임을 느끼고는 저도 모르게 버럭 소리쳤다. 거의 동시에 같은 것을 느낀 남궁사혁도 당황한 음성을 토해냈다.

"뭐, 뭐야, 이건!"

그 순간, 거대한 지진이 난 듯 탑림을 중심으로 땅이 크게 상하로 맥동했다.

쿠르릉!

제대로 서 있을 수 없을 만큼 거대한 진동에 탑림을 가득 메우고 있는 보탑이 무너지기 시작했다. 사진량과 남궁사혁, 두 사람은 본능적으로 천근추의 수법을 써서 버텨보려 했지만 탑림의 지반이 무게를 이기지 못하고 내려앉기 시작했다.

"제, 젠장! 이게 도대체 무슨!"

당황한 음성을 토해내며 남궁사혁이 급히 탑림에서 벗어나기 시작했다. 낭패라는 얼굴을 한 사진량도 남궁사혁의 뒤를 따라 몸을 날렸다.

파팟!

"도대체 무슨……!"

사방에 고통에 찬 신음과 피비린내가 가득했다. 방장인 무진
대사는 망연한 얼굴로 가만히 주위를 둘러보았다. 소림의 경내
가 이리도 혼란스러웠던 적이 언제 있었던가. 그나마 다행인 것
은 부상이 심하긴 했지만, 목숨을 잃은 제자는 없다는 것이었다.

"방장대사, 미리 막을 수 있는 일이었건만……."

부상자를 치료하느라 바쁘게 오가던 장일소가 무진대사에
게 다가오며 면목 없다는 듯 고개를 숙였다. 무진대사는 가만
히 고개를 내저었다.

"아니, 어쩔 수 없는 일이었소. 장 시주께서는 최선을 다해
주시었소, 아미타불……."

"저희가 좀 더 일찍 도착했더라… 어, 어엇!"

길게 한숨을 내쉬며 말을 하던 장일소는 갑작스러운 커다란
땅울림에 당황한 음성을 토해냈다.

쿠르릉! 쿠쿵!

"어억!"

"모, 모두 부상자를 돌보시게!"

갑작스러운 거센 지진에 모두가 균형을 잃고 비틀거렸다. 기
둥이 흔들리고 기와가 떨어져 나갈 정도로 엄청난 지진이었다.
본능적으로 바닥에 엎으려 몸을 웅크리는 자들도 있었고, 부

상자를 보호하기 위해 몸으로 떨어지는 기와를 막는 자도 있었다.

쿠르릉! 콰창! 챙그랑!

거센 지진과 함께 바닥에 떨어진 물건이 박살 나는 소리가 연이어 터져 나왔다. 누구 하나 함부로 움직이지 못하고 바닥에 웅크리고 있었다.

한참의 시간이 지난 후에 지진이 잦아든 후에야 사람들은 먼지투성이가 된 채로 조심스럽게 몸을 일으키기 시작했다. 엎드려 있던 무진대사도 경악한 얼굴로 천천히 몸을 일으켰다.

"이렇게나 강한 지진이라니……!"

어린 시절부터 소림에서 지낸 무진대사는 처음 겪는 일이었다. 다행히 전각이 무너진 것은 없었지만 지붕을 덮은 기와가 몽땅 내려앉거나 기둥이 크게 휜 곳이 보였다. 무진대사는 넋나간 얼굴로 주위를 둘러보았다.

"탑림이… 내려앉았습니다, 방장대사."

순간 귓가로 흘러든 나직한 음성에 무진대사는 대경하며 고개를 돌렸다. 온몸을 흙먼지를 뒤집어쓴 남궁사혁이 낯선 인물과 함께 다가오고 있었다.

"소, 소공! 언제 이곳에?!"

막 몸을 일으키던 장일소가 남궁사혁의 옆에 선 사진량을 발견하고 황급히 다가가 고개를 숙였다. 그 모습에 고개를 갸웃하던 무진대사는 조금 전 남궁사혁이 한 말을 퍼뜩 떠올렸다.

"바, 방금 무어라 말씀하시었소?"

남궁사혁은 살짝 고개를 숙인 채 한숨을 내쉬었다.

"말 그대로입니다. 탑림이 지반째로 내려앉았습니다."

"그, 그런!"

무진대사의 눈이 찢어져라 크게 치켜떠졌다. 금방이라도 터져 나갈 듯 크게 눈을 뜬 무진대사는 이내 빠득 이를 악물고는 탑림을 향해 쏜살같이 달려 나갔다.

쿠구구—

본래 탑림이라 불리던 곳은 이미 사라지고 없었다. 일대의 지반이 주저앉아 커다란 구덩이가 남았을 뿐이었다. 수많은 보탑은 부서지거나 주저앉은 지반에 묻혀 사라져 버렸다. 지반이 내려앉은 여파가 아직 남아 낮은 진동과 먼지가 주위 가득했다.

그것을 넋 나간 얼굴로 쳐다보던 무진대사는 그 자리에 힘없이 주저앉아 버렸다.

"타, 탑림이……"

차마 말을 잇지 못하는 무진대사의 장탄식이 조용히 주위를 가득 채워갔다.

*   *   *

화산비검회까지 남은 날짜는 약 두 달여.

소림은 갑작스레 비검회의 불참을 선언했다. 갑작스러운 지진으로 인해 경내의 피해가 막심해 복구에 전념해야 한다는 이유였다. 비검회 참가를 위해 소림으로 모여든 속가제자들 중 본산에 머물던 자들은 복구에 동참하고, 나머지는 아쉬움을 토로하며 발길을 되돌려야 했다. 그렇게 소림의 혼란은 자연재해로 인한 것으로 세간에 알려지게 되었다.

하나 사실은 달랐다. 누군가 인위적인 수단으로 지진을 일으킨 것이었다. 하지만 그것을 세간에 사실대로 알릴 수는 없는 노릇이었다. 방장인 무진대사는 사건 당시 본산에 있던 모든 제자에게 철저한 함구령을 내렸다.

혹여나 세간에 그런 사실이 새어 나간다면 철저하게 책임을 추궁할 것이라는 추상같은 방장지령이었다. 소림에 몸을 담은 자들 중에는 누구도 그것을 어길 자는 없었다.

그렇게 그날 밤 소림에서 벌어진 일은 진실은 가려진 채 사람들에게 알려지게 되었다. 그리고……

소림은 복구 작업으로 연일 시끄러웠다. 손을 보탤 것도 아니라, 떠날 준비를 하던 사진량은 머뭇거리며 다가오는 장일소의 모습에 질문을 던졌다.

"무슨 일이지?"

저도 모르게 어깨를 움찔한 장일소가 흘끔거리며 사진량의 눈치를 살폈다.

"곧 떠나실 생각이십니까, 소공?"

"이곳에서 내가 할 일은 끝났다. 늦기 전에 화산에 도착해야 하지 않겠나?"

"그, 그렇긴 합니다만……."

장일소는 쉽사리 말을 꺼내지 못하고 말꼬리를 흐리며 머뭇거렸다. 처음 보는 장일소의 이상한 기색에 사진량은 고개를 갸웃거렸다. 짐을 꾸리며 그 모습을 지켜보던 남궁사혁이 답답하다는 듯 버럭 소리쳤다.

"아, 거참! 되게 꾸물대시네. 야, 너! 떠나기 전에 잠깐 만날 사람이 있어. 시간 좀 내라."

"나, 남궁소협! 그, 그렇게 갑자기!"

화들짝 놀란 장일소가 남궁사혁에게로 고개를 돌렸다. 사진량은 무표정한 얼굴로 물었다.

"만날 사람이라니?"

남궁사혁이 막 대답하려는 찰나, 장일소가 급히 끼어들었다.

"제, 제가 말씀드리겠습니다. 그것이 실은……."

장일소는 말꼬리를 흐리며 침을 꼴깍 삼켰다. 그러곤 다시 천천히 말을 이어갔다.

"실은 소, 소공의 모친께서 지금 이곳에 계십니다. 소공을 잃고 난 후, 홀로 중원을 떠돌다가 출가… 를 하셨다고 하더군요."

"내 어머니……?"

사진량의 반문에 장일소는 대답 대신 고개를 끄덕였다. 사진량은 한참이나 아무런 말이 없었다. 장일소는 조심스레 사진량의 눈치를 살폈다.

"마, 만나보시겠습니까?"

사진량은 나직이 한숨을 내쉬며 고개를 내저었다.

"아니, 그럴 필요 없다. 이미 출가를 하셨다니 나와의 연도 끝난 것이겠지."

사진량의 말에 남궁사혁은 못마땅하다는 듯 혀를 차며 구시 렁거렸다.

"에이, 매정한 놈, 쯧쯔."

한 차례 흘낏 남궁사혁을 쳐다본 사진량은 이내 천천히 입을 열었다.

"준비가 끝났으면 이제 출발하도록 하지."

"소, 소공! 잠시만 시간을 주시겠습니까? 한 식경, 아니, 반각이면 됩니다."

"그러지."

사진량이 고개를 끄덕이자 장일소는 서둘러 어디론가 걸음을 옮기기 시작했다. 그 모습을 바라보며 남궁사혁이 한 번 더 혀를 찼다.

"매정한 놈 같으니라고."

정명은 대웅보전의 복구 작업에 손을 보태고 있었다. 부지런히 흙 수레를 나르는 정명의 이마는 어느샌가 땀으로 흠뻑 젖어 있었다. 잠시 수레를 멈추고 흐르는 땀을 닦는 정명의 눈에 황급히 다가오는 장일소의 모습이 보였다. 정명의 눈썹이 파르르 떨렸다. 하지만 이내 태연함을 가장하며 정명은 다가오는 장일소를 향해 합장을 했다.

"아미타불. 또 뵙는군요, 장노."

"떠, 떠나기 전에 주모님께 여쭙고 싶은 것이 있어 이렇게 찾아왔습니다."

"속세를 떠난 몸이니 그리 부르지 마십시오, 장노. 정명이면 충분합니다."

정명은 고개를 내저으며 차분히 말했다. 장일소는 아랑곳하지 않고 빠른 속도로 말을 이었다.

"시간이 없으니 본론만 말씀드리겠습니다. 소공께서는 아직 살아 계십니다. 그리고 지금 이곳에 저와 함께 있지요. 저희와 함께 본가로 돌아가시지 않겠습니까, 주모님?"

"그, 그 아이가… 살아… 있다고요? 그게… 정말인가요?"

예상치 못한 장일소의 말에 정명이 크게 동요했다. 온몸이 부들부들 떨리고 힘이 빠져 나갔다. 장일소는 크게 고개를 끄덕이며 정명의 손을 잡았다.

"저와 함께 가시지요. 소공을 만나고, 다시 본가로 돌아가시는 겁니다."

꽉 잡은 손을 타고 미세한 온기가 전해졌다. 정명은 눈물이 가득 맺힌 얼굴로 장일소를 쳐다보았다. 장일소는 빙긋 미소를 지으며 정명의 손을 잡아당겼다. 하지만.

"아니, 저는 가지 않습니다."

"어, 어째서……?"

정명은 가만히 장일소의 손을 떨쳐냈다. 놀란 장일소가 이유를 물었다. 하지만 정명은 아무런 대답도 하지 않았다. 그저 눈물이 가득한 얼굴로 은은한 미소를 지어보일 뿐이었다. 정명과 눈을 마주한 장일소는 차마 이유를 물을 수 없었다. 가만히 정명을 바라보던 장일소는 이내 길게 한숨을 내쉬며 포권을 취했다.

"부디 무탈하게 지내시길 빌겠습니다."

그대로 돌아선 장일소는 천천히 왔던 길을 되돌아가기 시작했다. 멀어져 가는 장일소의 뒷모습을 가만히 바라보던 정명의 볼에 한 줄기 눈물방울이 주룩 흘러내렸다.

외전

길을 떠나다

"우끼이……!"

설아는 어깨를 축 늘어뜨린 채 해변에 앉아 먼 바다를 쳐다보았다.

사진량이 섬을 떠난 후, 하루에도 몇 시진이나 계속 설아는 그렇게 해변에 주저앉자 하릴없이 시간을 보내곤 했다.

시간이 얼마나 지난 것인지 태양이 수평선 너머로 모습을 슬금슬금 감추려 할 때였다. 조심스레 다가온 작은 성성이 한 마리가 폴짝 뛰어올라 설아의 왼쪽 어깨를 살짝 두드렸다.

붉게 물든 바다를 멍하니 보고 있던 설아가 천천히 고개를 돌렸다.

"우끼?"

설아가 고개를 갸웃하며 내려다보자 작은 성성이는 주먹을 꽉 그러쥐어 보이면서 히죽 미소를 지었다.

하지만 설아는 고개를 휘휘 내저으며 다시 바다를 쳐다보았다.

"우끼이……."

작은 성성이는 실망한 듯 어깨를 늘어뜨리며 천천히 돌아섰다. 주춤거리며 멀어지는 작은 성성이의 기척이 느껴졌지만 설아는 아랑곳하지 않고 그저 멍하니 바다를 쳐다볼 뿐이었다.

어느새 해가 지고 주위가 어둑어둑해졌다. 설아는 그제야 천천히 몸을 일으키며 돌아섰다. 순간 설아의 눈에 조금 떨어진 곳에 모여 있는 성성이들의 모습이 보였다.

한 줄에 다섯 마리씩 오와 열을 맞춰 세 줄로 서 있는 성성이들은 설아에게 한 번 보라는 듯 천천히 그동안 익힌 권법을 선보이기 시작했다.

후우웅! 후웅!

도합 열다섯 마리의 성성이가 마치 한 몸이라도 된 것처럼 한 치의 오차도 없이 화려한 권무(拳舞)를 선보였다. 주먹을 내지를 때마다 터져 나오는 묵직한 파공성이 야공을 어지럽혔다.

누군가 봤다면 저도 모르게 탄성을 터뜨렸을 법한 장관이었지만 설아의 눈은 그저 무심하기만 했다.

"우끼이!"

성성이들은 조금이라도 설아의 눈길을 끌기 위해 이를 악물고 필사적으로 기합을 내질렀다. 허공으로 뻗는 주먹은 여느 때보다 훨씬 강한 힘이 가득 담겨 있었다.

고작해야 일각의 시간이 지났을 뿐이었지만 성성이들의 온몸은 땀으로 흠뻑 젖어들었다.

"우끼이! 우끼!"

설아에게 함께하자는 듯 성성이들은 목소리 높여 기합을 토해냈다.

그 간절한 마음이 전해진 것인지 설아의 무심한 눈빛이 차츰 변하기 시작했다. 그것을 눈치챈 성성이들은 더욱 열심히 권무를 추기 시작했다.

격렬함.

그리고 아름다운 권무가 밤하늘을 어지러이 수놓았다. 마치 그 자리에 사진량이 함께 있는 것 같은 착각이 들 정도였다.

어느샌가 반짝이는 눈빛을 한 설아가 천천히 성성이들에게 다가왔다.

그러자 기다렸다는 듯 성성이들이 누런 이를 드러내며 히죽 미소를 지었다. 그러면서도 성성이들의 움직임은 조금의 흔들림도 없었다.

"우끼끼!"

양팔을 들고 버럭 소리치며 무리의 앞에서 멈춰 선 설아는 그대로 빙글 돌아섰다. 이내 주먹을 꽉 그러쥔 설아는 다른 성성이들과 함께 권무를 추기 시작했다.

후우웅! 후웅!

다른 성성이들에 비해 서너 배 이상은 덩치가 큰 설아의 주먹질은 주위가 크게 뒤흔들릴 정도로 묵직한 파공성을 터뜨렸다.

"우끼끽! 우끼!"

설아가 자신들의 권무에 동참하자 신이 난 성성이들은 하늘 높이 우렁찬 기합을 토해냈다. 그렇게 설아를 포함한 열여섯 성성이의 권무는 다들 기력이 다해 지쳐 나가떨어질 때까지 쉬지 않고 계속되었다.

"우끼이……!"

밤이 새도록 쉬지 않고 권무를 추던 성성이들은 해변 모래사장에 아무렇게나 드러누운 채로 잠들어 있었다.

그중 가장 먼저 눈을 뜬 것은 역시나 설아였다. 신음하듯 지친 음성을 토해내며 주섬주섬 몸을 일으킨 설아는 어느새 주위가 훤히 밝아져 있다는 것을 깨달았다.

"우끼이!"

설아가 낮게 소리치자 아무렇게나 널브러져 있던 성성이들이 하나둘 잠에서 깨어나기 시작했다.

온몸이 소금기 섞인 모래로 뒤덮여 지저분했지만, 한 차례 크게 몸을 털자 후두둑 모래가 떨어져 나갔다. 다른 성성이들도 서로를 도와 몸에 묻은 모래를 털어냈다.

그 모습을 물끄러미 바라보던 설아는 여느 때처럼 파도가 밀려 들어오는 해변에 앉아 먼 바다를 쳐다보았다. 다른 성성이들도 슬금슬금 그 뒤를 따라가 설아의 좌우에 풀썩 주저앉았다.

"우끼기!"

"우끼!"

설아의 바로 옆에 앉은 성성이가 손을 뻗어 엉덩이를 툭툭 두드렸다.

어젯밤 몇 시진이나 함께 어우러져 신나게 권무를 펼친 설아였지만 다시금 밀려드는 쓸쓸함을 이길 수는 없었다.

"우끼이……."

설아는 힘없이 신음하며 멍하니 바다만 쳐다보았다.

그때였다. 갑자기 설아의 왼쪽 옆에 앉아 있던 성성이가 무슨 생각이 들었는지 벌떡 일어나며 빽빽거리기 시작했다.

"우끼! 우끼끼!"

왜 그러냐는 듯 설아가 고개를 갸웃했다. 벌떡 일어난 성성이는 더욱 큰 소리로 소리치며 설아가 쳐다보고 있는 바다를 가리켰다.

"끼익! 우끼이익!"

그 소리에 다른 성성이들이 좋은 생각이라는 듯 손뼉을 치거나, 자신의 이마를 팍 때리며 고개를 크게 끄덕였다.

"우끼!"

"우끼기!"

하지만 설아는 나직이 한숨을 내쉬며 고개를 내저었다. 처음 의견을 제시한 성성이가 펄쩍 뛰어오르며 소리쳤다.

"우끼? 우끼끼이!"

다른 성성이들도 펄쩍펄쩍 뛰어오르며 바다를 가리키며 함께 소리쳤다.

고막이 떨어져 나갈 것처럼 성성이 열다섯 마리가 같은 소리를 계속 내지르고 있었다. 내공마저 담긴 소리라 작은 섬 전체가 크게 울릴 정도였다.

하지만 설아는 눈 하나 깜짝하지 않고 무언가 깊이 생각하는 듯 고개를 숙였다.

어젯밤 지쳐 쓰러질 때까지 권무를 추었는데도 그새 기운이 돌아온 것인지 성성이들은 계속해서 바다를 가리키며 소리쳤다.

그제야 설아가 무언가 결심한 듯 번쩍 고개를 들었다. 조금 전까지 기운 빠진 모습과는 달리 설아의 눈빛은 생기로 반짝이고 있었다.

설아의 변화를 눈치챈 성성이들이 씨익 미소를 지으며 손뼉을 쳤다.

짝짝짝!

"우끼이!"

설아는 벌떡 일어나 두 팔을 높이 들고 섬이 떠나가라 크게 소리를 질렀다.

"우키이이이이익—!"

쿠르릉!

그 소리에 지진이라도 난 것처럼 나무가 크게 흔들리고, 바닥이 떨렸다. 한참이나 목청껏 소리치던 설아는 그대로 성큼성큼 바다를 향해 걸어 나갔다.

촤악!

밀려온 파도에 온몸이 흠뻑 젖었지만 설아는 아랑곳하지 않고 계속해서 바다로 들어갔다.

다른 성성이들도 조금의 망설임도 없이 설아의 뒤를 따랐다. 수위가 무릎 위를 넘어선 순간, 설아는 그대로 깊은 바다를 향해 몸을 내던졌다.

첨벙! 첨벙! 첨벙!

설아의 거대한 몸체가 바다로 뛰어들자 커다란 물보라가 일었다. 다른 성성이들도 설아의 뒤를 따라 몸을 던졌다.

어느새 발이 닿지 않는 깊은 곳까지 나간 설아는 고개를 휙 돌렸다.

목만 빼꼼 내민 채 둥둥 떠 있는 다른 성성이들의 모습에 설아는 히죽 미소를 지었다.

"우끼이익!"

우렁차게 소리치며 설아는 손을 뻗어 파도를 가르며 앞으로 나아가기 시작했다.

착! 촤촤촤착!

노련한 어부 장 씨는 마을 사람들도 잘 오지 않는 외딴 해변에 그물을 활짝 펼쳐놓고 손질하고 있었다. 워낙에 오랫동안 사용한 그물이라 여기저기 낡고 손상된 것을 장 씨는 빠른 속도로 손질해 나갔다.

촤촤촥!

갑자기 빠른 속도로 다가오는 물소리가 들려와 장 씨는 저도 모르게 고개를 들었다.

장 씨의 눈이 휘둥그레졌다. 저 멀리서 빠른 속도로 헤엄쳐 다가오는 털북숭이 짐승의 모습이 눈에 보인 탓이었다.

"우끼이이!"

순식간에 해변에 도착한 털북숭이 짐승은 버럭 소리치며 온몸을 흔들어 바닷물을 털어냈다. 덩치가 장 씨의 네 배는 넘어 보이는 거대한 몸집의 성성이였다.

하늘 높이 소리치는 성성이의 외침에 장 씨는 두 다리에 힘이 풀려 그 자리에 풀썩 주저앉았다.

한데 그것이 끝이 아니었다.

거대한 몸집의 성성이의 뒤를 이어 십여 마리의 작은 성성이가 헤엄쳐 해변으로 다가왔다. 작다고는 하지만 그 덩치는 장씨와 비슷한 정도였다.

"우끽!"

"우키키!"

물 밖으로 나온 성성이들은 일제히 몸을 흔들어 물기를 털어냈다.

파파파팍!

사방으로 튄 물기가 장 씨의 몸을 적셨다. 다른 성성이들을 기다리고 있던 거대한 성성이는 어느새 대충 털을 고르고는 흘끔 장 씨를 쳐다보았다. 장 씨는 오금이 저려 꼼짝도 할 수 없었다.

"우키이이!"

거대한 성성이가 소리치며 손을 뻗어 작은 성성이 한 마리를 가리켰다. 지목을 받은 성성이가 폴짝 뛰어오르더니 얼굴을 바닥에 착 붙이고는 마치 개처럼 냄새를 맡는 시늉을 해보였다.

"우끼!"

이내 벌떡 일어난 작은 성성이가 한쪽 방향을 가리켰다. 거대한 성성이는 만족한 듯 고개를 끄덕이더니 작은 성성이가 가리킨 방향으로 걸음을 옮기기 시작했다. 그 뒤를 작은 성성이들이 줄지어 따랐다.

장 씨는 찢어져라 눈을 크게 치켜뜬 채로, 그 모습을 멍하니 쳐다보았다.

그러다 갑자기 맨 앞의 거대한 성성이가 걸음을 멈추고 고개를 돌렸다. 장 씨는 저도 모르게 어깨를 움찔하며 눈을 내리깔았다.

"우끼이!"

거대한 성성이는 인사를 하듯 한 손을 들어 흔들며 씨익 미소를 지었다. 누런 이가 드러나는 성성이의 미소에 장 씨는 멍한 얼굴이 되었다.

이내 돌아선 성성이가 다시 걸음을 옮기기 시작했다.

순식간에 시야에서 저 멀리 사라져 가는 성성이 무리의 모습을 멍하니 보고 있던 장 씨가 저도 모르게 중얼거렸다.

"저, 저게 대체 뭐여?"

『고검독보』 2권에 계속…

이모탈 퓨전 판타지 소설
FUSION FANTASTIC STORY

용병들의 대지

Road of Mercenaries

이 세계엔 3개의 성역이 존재한다.
기사들의 성역, 에퀘스.
마법사들의 성역, 바벨의 탑.
그리고… 그들의 끊임없는 견제 속에 탄생하지 못한

『용병들의 대지』

전쟁터의 가장 밑을 뒹굴던 하급 용병 아론은
이차원의 자신을 살해하고 최강을 노릴 힘을 가지게 된다.

**그의 앞으로 찾아온 새로운 인생!
아론은 전설로만 전해지던
용병들의 대지를 실현시킬 수 있을 것인가!**

Book Publishing CHUNGEORAM

FUSION FANTASTIC STORY

텀블러 장편소설

현대
천마록

천하를 호령하고 전 무림을 통합한
일월신교의 교주 천하랑.
사람들은 그를 천마, 혹은 혈마대제라고 불렀다.

『현대 천마록』

무공의 끝은 불로불사가 되는 것이라 생각했지만
그로서도 자연의 섭리 앞에선 어쩔 수 없었다!

'그렇게 많은 피를 흘렸음에도 불구하고
죽을 때가 되니 남는 것이 없군그래.'

거듭된 고련 끝에 천하랑의 영혼이
존재하지 않게 된 그 순간
그의 영혼은 현세에서 천마로서 눈을 뜬다!

Book Publishing CHUNGEORAM

유행이 아닌 자유추구 -
WWW.chungeoram.com

FUSION FANTASTIC STORY

가프 장편소설

시크릿 메즈
SECRET MEZ

―너는 10,000개의 특별한 뉴런을 더하게 되었어.
매직 뉴런, 불멸의 뉴런이지.

실험실 알바를 통해 만난 '6번 뇌'.
우연한 만남은 이강토를 신비의 세계로 이끈다.

『 시크릿 메즈 』

매직 뉴런을 탑재한 이강토의
정재계를 아우르는 좌충우돌 정의구현!
긴장하라, 당신이 누구든 운명은 이미 그의 손안에 있으니!

"무슨 꿍꿍이가 있는지, 어디 한번 봐볼까?"

Book Publishing CHUNGEORAM

유행이 아닌 자유추구 ―
WWW.chungeoram.com